MW01716812

BRÛLEZ TOUT

Du même auteur

Les Loups blessés, Paris, La Martinière, 2015.

La BRI. Histoire d'une unité d'élite de Danielle Thiéry, en collaboration avec Christophe Molmy, éditions Mareuil, 2018.

Quelque part entre le bien et le mal, Paris, La Martinière, 2018.

Après le jour, Paris, La Martinière, 2020.

La Fosse aux âmes, Paris, La Martinière, coll. « Onyx », 2021.

Comme un papillon, Paris, La Martinière, coll. « Onyx », 2025.

Christophe Molmy

Brûlez tout

Fayard

Couverture : Plainpicture/LE CERCLE ROUGE.
Studio : Le petit atelier.

ISBN : 978-2-213-73392-0
© 2025 Librairie Arthème Fayard
Dépôt légal : novembre 2025

À toutes celles et tous ceux qui servent et protègent les autres, au 36 comme ailleurs.

Le prix du Quai des Orfèvres a été décerné sur manuscrit anonyme par un jury présidé par Monsieur Fabrice GARDON, Directeur de la Police judiciaire, au 36, rue du Bastion. Il est proclamé par M. le Préfet de Police.

Novembre 2025

PRIX DU QUAI DES ORFÈVRES

Le Prix du Quai des Orfèvres, fondé en 1946 par Jacques Catineau, est destiné à couronner chaque année le meilleur manuscrit d'un roman policier inédit, œuvre présentée par un écrivain de langue française.

• Le montant du prix est de 777 euros, remis à l'auteur le jour de la proclamation du résultat par M. le Préfet de police. Le manuscrit retenu est publié, dans l'année, par les Éditions Fayard, le contrat d'auteur garantissant un tirage minimal de 50 000 exemplaires.

• Le jury du Prix du Quai des Orfèvres, placé sous la présidence effective du Directeur de la Police judiciaire, est composé de personnalités remplissant des fonctions ou ayant eu une activité leur permettant de porter un jugement qualifié sur les œuvres soumises à leur appréciation.

• Toute personne désirant participer au Prix du Quai des Orfèvres peut en demander le règlement au :

Secrétariat général du Prix du Quai des Orfèvres
36, rue du Bastion
75017 Paris

Site : www.prixduquaidesorfèvres.fr

E-mail : prixduquaidesorfevres@gmail.com

La date de réception des manuscrits est fixée au plus tard au 15 mars de chaque année.

PARTIE I

1

Sur les réseaux sociaux, les mêmes informations mensongères que la veille.

C'était comme si personne ne le voyait.

Le néant gagnait chaque jour un peu plus.

Il rabattit l'écran de son portable, se leva de sa chaise, s'étira et fit quelques pas jusqu'à la fenêtre de sa chambre. Au-dehors, une foule engourdie. Aucune réaction, aucune protestation, aucune résistance. Il fouilla la ville du regard, laissa sa colère l'imprégner. Il lui avait fallu du temps pour comprendre. Maintenant, sa rage enflait, s'échappait de son ventre jusqu'à sa gorge.

Avant de sortir, il inspecta la pièce. La place des livres et de l'ordinateur, les traces dans la poussière sur la console de l'entrée. Il mémorisa tout une dernière fois. Si quelqu'un profitait de son absence pour fouiller son studio, il le verrait.

Venez, je vous attends.

Il ferma derrière lui, enfonça la poignée. Deux fois. Glissa son trousseau dans la poche de son jean, puis dévala l'escalier, pressé de retrouver l'air de la rue. Tout serait bientôt prêt. Il était excité à l'idée de tout renverser, briser ce complot qu'il subissait depuis toujours. La lutte était inégale, ils n'étaient qu'un petit nombre à avoir ouvert les yeux, mais il avait hâte de commencer.

Le moment était venu. Il sentait l'espoir se répandre comme une onde de choc. Encore un peu de patience, ensuite plus rien ne les arrêterait.

2

22 h 15. À cette heure, la rue de Phalsbourg était presque déserte.

Coline Lafleur resserra le col de son manteau. La température avait chuté avec le jour. Chauffer l'habitacle supposait de faire tourner le moteur, au risque de se faire repérer. De sa place, elle voyait idéalement la porte de l'immeuble. Un livreur s'arrêta juste devant, elle se contorsionna pour ne pas la perdre de vue, un instant suffisait pour tout rater.

Déjà cinq minutes que leurs objectifs étaient entrés. Trop court pour fouiller un appartement, trop long pour un repérage. Elle hésita à appeler Sacha Letellier, son chef de groupe, sortit son arme de son étui pour la placer sous sa cuisse. Une habitude empruntée à Sacha, pour gagner une fraction de seconde au moment de surgir de voiture, mais aussi pour se préparer au flag. À sa violence, sa fulgurance. Son doigt glissa sur le guidon de son Glock 26, caressa le métal jusqu'au cran de mire. Inerte, l'objet était inoffensif, une livre de polymère. Mais il pouvait faire tant de dégâts. Une impression qui la troublait toujours.

La radio émit un long grésillement. Son voyant rouge clignota, signe que l'un de ses collègues manipulait son poste pour vérifier qu'il fonctionnait correctement. Elle n'était pas la seule à s'impatienter.

Dix minutes.

La lumière de l'entrée s'alluma, Coline se concentra. Ses yeux bleus scrutaient la nuit, la porte s'entrebâilla, puis une ombre se découpa dans le clair-obscur du hall.

– À tous, de Coline. Ça sort.

– Tu es sûre que c'est eux ?

– Négatif, c'est allé trop vite.

Coline sentit l'adrénaline envahir ses veines. Elle inspira, attendit de pouvoir confirmer. Sans ciller, son attention tendue vers un seul point, une trentaine de mètres plus loin. Trois nouvelles silhouettes surgirent, toutes habillées de noir. Elle eut le temps de distinguer un visage dans la lueur faible des lampadaires.

Maintenant, elle était sûre.

– C'est bon, ils sont sortis tous les quatre.

– De Yannick, je confirme. Ils montent dans la caisse, ça va partir. C'est reçu ?

– Fort et clair, de Sacha.

– Tu veux qu'on les tape ?

– Attente.

Des semaines de planques, de filatures et d'écoutes. Le dénouement était proche, Coline se sentait prête. Elle se redressa sur son siège, un œil sur l'endroit où les voyous avaient garé une Golf GTI volée la veille. Dès qu'ils déboîteraient, elle la verrait. Mais Yannick avait une vue dégagée sur le véhicule, il prit la main pour les prévenir du départ.

– Priorité radio, ça décolle.

Coline démarra, feux éteints. À l'écoute. La voix de Yannick, calme et apaisante, détachait toutes les syllabes.

– Ils sont au bout de la rue, j'enquille tranquillement.

Quand la voiture de Sacha la dépassa, elle sut qu'elle pouvait y aller.

– Attention, ne suivez pas. Il y en a un qui a les coudes sur la plage arrière pour mater.

– De Sacha, c'est bien pris. Décroche, Yannick. On va laisser travailler la balise, pas besoin de les chauffer pour rien. Louis, reste sur place et va voir s'ils ont tapé.

Avant de se mettre en place, Sacha leur avait rappelé la nécessité que leurs cibles passent à l'acte. De simples repérages ne suffiraient pas à accrocher l'équipe. Pour un recel de véhicule volé ou une association de malfaiteurs, ils n'encourraient que cinq ans d'emprisonnement, même avec détention d'armes. Dans le meilleur des cas, ils ne feraient que la moitié de leur peine, alors que le groupe les pistait pour un homicide volontaire. Une séquestration qui avait mal tourné.

Rien ne se passait jamais comme prévu. Coline s'était levée avec d'autres projets, et la ferme intention de prendre quelques jours de repos. Or ils étaient potentiellement partis pour 96 heures de garde à vue. Clément n'allait pas apprécier. Mais elle n'avait rien promis. Rencontrer ses parents, c'était si tôt. Ils ne se fréquentaient que depuis six mois.

Boulevard de Courcelles. Elle devinait Sacha une centaine de mètres plus loin, resta à distance. Au pas. La filature se jouait au ralenti. Elle laissa passer le feu au rouge et pensa à Louis, en train de courir dans l'escalier pour vérifier toutes les portes, guetter un cri ou des pleurs. Tout reposait sur lui, ils avaient besoin de sa confirmation pour le flagrant délit.

Le feu repassa au vert, Sacha avait disparu, mais elle ne bougea pas. Elle écoutait la radio, les muscles tendus. Jusqu'à ce que Yannick leur donne un cap.

– D'après la balise, nos amis viennent de passer la place des Ternes, direction l'Étoile.

En redémarrant, Coline songea aux victimes qu'elle avait auditionnées et à leur effroi. Une mère réveillée en sursaut, un couteau sur la gorge. Son mari battu à mort devant elle pour quelques bijoux. Elle avait eu si peur pour ses enfants que, des semaines après l'agression, sa voix en tremblait encore. Celle de Yannick la ramena au terrain.

– Ils sont sur le rond-point des Champs.

Coline accéléra légèrement, s'engagea sur l'avenue de Wagram, sans vie à deux heures du matin. L'Arc de Triomphe se dressait devant elle. Comme la plupart des Parisiens, elle ne l'avait jamais visité. C'était toujours pareil, chaque fois qu'elle se promettait de s'accorder du temps pour sortir, une affaire la rappelait au service. Elle évita de se mentir une fois de plus.

La radio crachota.

– De Sacha, on décroche. Louis vient de m'appeler, ils n'ont rien fait, même pas une tentative. On n'a rien de solide. On remet ça demain.

– C'est bien pris, de Yannick. On se pose pour débriefer ?

– Si tu veux, mais plus loin. Ils tournent dans le coin, je ne veux pas que tout le groupe se fasse retapisser bêtement. On se retrouve porte d'Auteuil.

Coline arriva la dernière. Sacha et Yannick discutaient devant une brasserie, à l'écart des autres. Elle reconnut la carrure de rugbyman de Julien et celle dégingandée de Guillaume qui patientaient un peu plus loin. Elle se gara, remit son arme à la ceinture avant de les rejoindre.

Yannick lui tournait le dos, agitait les bras en parlant. Sacha haussa le ton.

– Tu te calmes. On a fait ce qu'il fallait.

– Non, on aurait dû les ramasser.

– Tout de suite ?

– Oui, tout de suite. Ça fait des semaines qu'ils nous baladent pour rien. Là, au moins, on avait de quoi les serrer.

Elle faillit intervenir, préféra se taire pour écouter. Sacha souffla, signe qu'il s'efforçait de se maîtriser. Mais pas qu'il abdiquait.

– Je te le répète : pas question de les faire pour un recel de vol. La dernière fois qu'ils ont tapé, ils n'avaient même pas d'arme, juste un couteau pris sur place. Si on les arrache pour une voiture levée*, ils vont chiquer et ressortir avant que tu aies pu boucler la procédure. En plus de passer pour des cons, on aura fait tout ça pour rien.

– C'est pas une affaire pour nous, on aurait dû appeler la BRB**.

---

* Argot policier : « volée ».

** Brigade de répression du banditisme.

– Pourquoi, tu as besoin de renfort pour te faire quatre zonards ?

– Non, mais on n'est pas tout seuls. Les autres n'ont jamais fait de flag.

– Comme ça, ils apprendront.

– Parce que tu comptes continuer ?

– On se laisse deux-trois jours, après on verra. Il faut déjà comprendre ce qu'ils ont foutu. Tiens, justement, voilà le gamin.

Louis descendit de voiture. Sa tignasse hirsute lui donnait un air d'éternel adolescent et Coline se rappela la première fois qu'elle l'avait vu entrer dans son bureau, accoutré d'un sweat trop large et d'un jean troué aux genoux. Elle l'avait pris pour un convoqué, mais, passé le quiproquo, l'avait très vite apprécié. Peut-être parce que, grâce à lui, elle n'était plus la petite nouvelle.

Louis s'approcha, en restant à une distance prudente de Sacha. Qui aboya immédiatement.

– Tu t'es arrêté pour boire un coup, ou quoi ?

– Non. J'ai fait le tour de l'immeuble, comme tu m'as dit.

– Et alors ?

– Alors, rien. Je n'ai pas trouvé de porte fracturée. Je suis resté un peu dehors pour voir si les bleus intervenaient, mais je n'ai rien vu. Ça résonnait beaucoup dans l'escalier, ils ont peut-être été dérangés.

– Avec ça, on n'est pas plus avancés. Tu as relevé les noms sur les boîtes aux lettres ?

– Oui, c'est bon.

– On vérifiera demain, pour essayer de comprendre ce qu'ils foutaient là.

Yannick tapota l'épaule de Louis.

– Tu as fait du bon boulot, t'inquiète.

Sacha ne commenta pas, visiblement agacé. Coline décida de s'en mêler pour éviter qu'il s'en prenne à Louis.

– Je crois qu'on est tous crevés, on devrait lever. Demain, il fera jour. Ce n'est pas le bon moment pour se prendre la tête.

Un long silence. Puis Guillaume se rallia à elle.

– Tu as raison.

Coline sentit qu'elle avait gagné quand Julien se mit à bâiller en se frottant les yeux.

– Pareil, je suis rincé. On y va.

Sacha acquiesça, le visage marqué.

– Allez, au lit.

Sage décision. La fatigue est mauvaise conseillère. Elle avait près d'une heure de route pour rentrer, et à cet instant, Coline ne désirait qu'une seule chose. Son lit. Et son chat, Belzébuth, comme bouillotte.

3

Songeuse, Coline affrontait son reflet dans le miroir de sa salle de bains. Un ventre arrondi, des seins généreux. Des formes épanouies, héritées de sa mère, autrefois synonymes de beauté et d'opulence à une époque où la famine dévastait le monde, lorsque des corps pleins de rondeurs incarnaient autre chose que la paresse des femmes. La vie. Mais les corsets et les silhouettes maladives avaient peu à peu balayé les charmes de la Renaissance, jusqu'aux années 1920, qui avaient marqué le début de l'obsession de la minceur. Un diktat qui continuait à martyriser le corps des femmes.

Coline en avait longtemps souffert. Plus jeune, elle avait lutté de toutes ses forces pour maigrir. Aujourd'hui, elle s'assumait. Elle s'employait à s'aimer. Et tant pis pour ceux qui ne l'appréciaient pas comme elle était.

Elle effleura sa hanche, son nouveau tatouage, une bravade qu'elle n'aurait jamais osée quelques années auparavant. Une orchidée, signe de désir et de sensualité, aux pétales rose et blanc qui s'ouvraient à la naissance de ses fesses. Elle l'adorait.

Un désordre habituel envahissait sa chambre. Bien sûr qu'elle aurait dû ranger. Bien entendu que personne ne le ferait à sa place. Pas plus que le ménage ou le linge à repasser qui s'entassait dans un coin de la pièce. Mais elle n'arrivait pas à se résoudre à sacrifier son premier jour de détente depuis deux semaines. Une journée. Une seule journée sans surveillance ni filature. Ni même Clément pour la solliciter. Un moment juste pour elle, pour ne rien faire. S'attarder au lit, regarder la télé, profiter de son jardin. Une manière de se recentrer. Elle ne se souvenait pas de la dernière fois.

Un léger tremblement. Elle chercha sur son lit son portable, dont l'écran affichait sobrement « S ». Les vibrations cessèrent, puis reprirent. Sacha continuerait jusqu'à ce qu'elle décroche, elle le savait. Dès qu'elle entendit l'excitation dans la voix de son chef, elle comprit. Inutile de discuter, elle pouvait oublier ses projets.

– Tu fais quoi, là ?

– Je profitais de mon jour de repos. Pas toi ?

– Non, oublie. La balise vient de bouger, direction Paname. Yannick est parti devant en bécane, mais on a besoin d'aide. Tu peux ramarrer ?

Debout, son téléphone à la main, Coline contempla la clarté du jour. Dehors, les villes et les rues s'animaient. Une journée en famille, sans école ni travail. Mais pas pour elle.

– Oui.

– Super, grouille-toi. Je te rappelle dès qu'on sait où ils vont.

Un dimanche, en milieu de matinée, il y avait peu de risques qu'ils récidivent. Elle se retint de le lui faire la remarque, Sacha était déjà au volant.

Montparnasse. Rue du Départ. Sacha et Yannick trafiquaient à la radio lorsqu'elle arriva. La voiture volée bornait à proximité d'un parking souterrain. Coline s'annonça et chercha une place. Treize heures. Elle n'avait pas déjeuné, tout était fermé. Un livreur passa à vélo, son estomac gronda, elle se souvint d'un fast-food toujours ouvert à l'intérieur de la gare, mais renonça. Pas question de quitter l'écoute.

Yannick se remit à parler.

– Ils sont là-dedans depuis un quart d'heure. Tu veux que je fasse un passage pour voir ce qu'ils foutent ?

– Non, reste où tu es. Je vais aller au PC sécurité pour regarder les caméras. Tu es posée où, Coline ?

Elle se dépêcha de manœuvrer pour se garer sur l'emplacement de livraison qu'elle avait repéré et répondit.

– Je suis près de la place de Catalogne. Tu veux que je fasse quoi ?

– Rien, reste où tu es. Si ça sort, tu les prendras avec Yannick. Il est à moto de l'autre côté, vers l'avenue du Maine.

Le silence reprit ses droits, seulement troublé par les bruits de circulation ou des valises à roulettes traînées sur les trottoirs. Coline se cala sur son siège, habituée aux attentes inconfortables dans sa voiture. Qui avait envie de flâner sous la couette un dimanche ? Dix minutes que Sacha était parti. Que faisait-il ? Elle craignait pour lui lorsqu'il se fit de nouveau entendre.

– Je les ai en direct sur les caméras de sécurité. Ils ont posé la Golf au premier sous-sol et ils se baladent dans le parking. Je ne suis pas sûr, mais je crois qu'il y en a un qui tient une sorte de boîtier.

– Ça doit être un kit de démarrage à distance, on en trouve pour deux cents balles sur Internet. Ils doivent chercher une nouvelle caisse. Ils sont modernes, les mecs.

La remarque de Yannick ne sembla pas amuser Sacha.

– Attends qu'on les serre, ces cons.

Grincheux. La voix de Sacha se durcit.

– Ils ont réussi à en ouvrir une.

– C'est quoi ?

– Attends. Deux portes, couleur sombre. Je crois que c'est une Cupra.

– Une Cupra Leon ? Ça pousse, ça.

– Je n'arrive pas à lire la plaque, mais ça va bouger. Yannick, tu peux assurer la sortie ?

– C'est parti.

– Coline, tu as suivi ?

– En direct.

Elle déboîta et s'engagea sur le rond-point, se demandant comment ils allaient pouvoir sortir du parking. Elle fit un tour complet. *Évidemment*. Ils avaient abandonné la Golf et allaient ressortir avec le même ticket qu'ils avaient pris en entrant. Sacha reprit.

– Faites gaffe, la Cupra va sortir, et je vous rappelle qu'elle n'est pas balisée. Donc, on ne les paume pas.

Les deux mains sur le volant, Coline se concentra. Être flic, c'était sa vocation, assurément. Elle trouvait du sens dans ce qu'elle faisait. Mais oui, il lui arrivait de ne plus en pouvoir, en particulier quand elle essayait d'avoir une vie. Comme aujourd'hui. Elle acheva un énième tour de rond-point, entrevit une voiture foncée, mais Yannick la signala avant elle.

– Ça sort, je reconnais le chauffeur. Ils tapent à droite, direction Montpar.

Coline accéléra, focus sur la route et la radio.

– On est avenue du Maine, plein fer.

Sacha ne répondait pas, il devait regagner son véhicule. Coline ralentit à l'approche du carrefour, s'assura que la voie était libre et grilla le feu. Sur l'avenue, elle chercha en vain une moto devant elle. La voix de Yannick continuait de les aiguiller.

– On va enquiller l'avenue Jean-Moulin, vers les extérieurs.

Un SUV se traînait devant elle, Coline le doubla, piqua vers Alésia. L'allure la grisait, effaçant les façades et les passants. Elle accéléra encore, ressentant l'excitation de la chasse. À ses débuts, Sacha lui avait décrit cet état – lorsqu'il n'y avait plus que la traque et le flag. Une trottinette surgit devant elle, l'obligeant à piler. Elle sentit son cœur se serrer. Le jeune qui l'insultait n'avait rien, elle repartit sur la voie de bus.

– Tu suis, Coline ? On arrive porte de Châtillon, ça prend le périph extérieur. Je les tiens, mais ça roule très fort, et je suis tout seul derrière.

– J'arrive.

Elle était en nage. Sacha ne se manifestait plus, mais il les rattraperait. Elle emprunta la bretelle d'accès du périphérique, gagna la voie de gauche, fit une série d'appels de phare à un monospace qui la précédait et le doubla dès qu'il se rabattit. Un éclair lumineux sur son passage. Le flash d'un radar. Elle pensa confusément qu'elle devrait faire un rapport.

– On est porte d'Ivry. Quelqu'un reçoit ?

– Oui, Yannick. Je suis deux portes derrière toi.

– Bouge-toi, Coline. Ils vont finir par me détroncher.

Elle dépassa un taxi par sa droite, à cent dix kilomètres-heure, trop vite pour s'excuser. *Grouille-toi*. Stade Charléty. Elle approchait de la porte d'Italie, mais accusait toujours du retard. Yannick était déjà presque à Bercy.

– Ça prend la deuxième sortie après le pont.

– Reçu, de Coline.

En passant la Seine, elle se motiva. En ville, elle pourrait plus facilement regagner du terrain.

– On est sur Saint-Maurice, avenue de Gravelle. Je décroche, c'est reçu ?

– C'est bien pris, de Coline. Je suis à deux minutes.

Elle quitta le périph, déboucha sur l'avenue et stoppa. Sans savoir quelle direction prendre.

– Yannick, ils ont pris à droite ou à gauche ?

– À gauche, vers l'hippodrome. Mais je les ai perdus.

Elle traversa la route, longea la pelouse de Reuilly. Ils pouvaient être n'importe où. Elle devait se poser, réfléchir. Elle relâcha tout l'air de ses poumons, recommença, jusqu'à ce que son pouls faiblisse. La moitié des coupés qu'elle croisait étaient gris ou noirs, mais elle ne voyait aucune Cupra. La voie se perdait dans le bois de Vincennes. Un enchevêtrement de chemins qui offraient une multitude d'endroits où se cacher. Dans l'autre sens, Coline remarqua un Mercedes ancien modèle. L'avant cabossé, la peinture fatiguée. Une troisième main. Elle observa le passager avant et reconnut sa casquette. À une telle distance, difficile d'être tout à fait sûre, mais elle préférait se tromper qu'avoir des regrets.

– Yannick, je crois que je viens de les croiser. Dans une Mercedes noire, série B, mauvais état. Ils ont dû laisser la Cupra quelque part.

– Tu as tapé la plaque ?

– Non, je n'ai pas eu le temps. Ils redescendent vers Paname.

– De Sacha, je confirme, c'est eux. Quelqu'un peut noter ? Echo-Lima-682-Zoulou-Alpha.

– C'est bon, de Yannick. Tu es au cul ?

– Non, on laisse filer. Ils ont dû poser la Cupra dans le coin, on va la chercher.

La Mercedes ne venait pas de Saint-Maurice. Coline décida de chercher la Cupra dans le bois, se fiant à son instinct. Elle roula jusqu'à hauteur d'un cimetière et tourna à droite. Vers la Marne. Elle ralentit encore et continua au pas, jusqu'à un vieil hôpital niché dans la verdure, puis sur un parking réservé aux visiteurs. La voiture volée était garée tout au fond. Vide d'occupants.

– De Coline, je l'ai retrouvée.

– Tu es sérieuse ?

Comment ça, « sérieuse » ? Sacha était tellement agaçant.

– Oui, elle est juste à côté, sur le parking d'un hôpital.

– L'hôpital Esquirol, je connais. Bouge pas, j'arrive, j'ai une balise d'urgence pour la Cupra. S'ils l'ont posée proprement, c'est pour revenir la reprendre plus tard.

La voix de Yannick, si chaleureuse. Alors qu'elle patientait, Coline reçut un appel de Clément. Il voulait savoir où elle était, s'ils se voyaient. Ciné, balade, resto. Il avait tout prévu, sauf un déplacement de balise.

Elle repensa à ce que Sacha répétait souvent.

En PJ, le client est roi.

4

Le Bastion. Brigade criminelle. Dix-neuf heures. Le groupe avait passé la journée au bureau, à effectuer des recherches. L'immeuble que les braqueurs avaient repéré se trouvait dans un quartier chic, en plein cœur du XVIIe arrondissement, difficile de deviner quelle famille ils avaient ciblé. La seule certitude était qu'elle était riche. Très riche, au regard du large et luxueux escalier qui s'enroulait dans les étages.

Sacha Letellier jura. Louis venait de lui installer une nouvelle application. Il s'enfonça dans son fauteuil, posant les pieds sur son bureau.

– Et avec ça, on peut tous se parler. C'est ça ?

– Oui, c'est WhatsApp. Tu ne connaissais pas ?

Gloussement de Yannick. Sacha ne releva pas, absorbé par son portable. Il ne comprenait pas comment on pouvait passer tout son temps dessus. Un monde à portée de clics. Mais au prétexte de développer la communication et de renforcer les relations, toute cette technologie isolait les gens et il s'en méfiait. Une icône apparut sur son écran, il appuya dessus, entra son numéro puisqu'on le lui demandait. Puis il reçut un SMS.

– C'est quoi ?

– C'est pour t'authentifier.

Sacha jeta son téléphone sur une pile de dossiers.

– C'est pas pour moi, ces conneries.

Louis insista.

– Tu as tort, ça permet de faire un tas de truc : créer des groupes de discussion, s'envoyer des photos ou des docs, juste entre nous. C'est super pratique, et en plus c'est chiffré.

Puis Louis se voûta, tentant de faire disparaître son mètre quatre-vingt-dix. Il avait répondu par réflexe, se surprenant lui-même. Sacha le foudroya du regard.

– Quel intérêt ? Tu as peur d'être sur écoute ?

– Non, c'est plus sécure, c'est tout.

Clin d'œil complice de Yannick. Coline pouffa derrière son ordinateur, se replongeant dans l'étude de ses fadettes. Pour limiter les risques de fou rire général, Sacha tapa du poing sur la table.

– Vous n'êtes pas obligés de vous foutre de ma gueule à la moindre occasion. Je ne suis pas connecté et je m'en porte très bien. Vous me faites marrer avec vos applis, Insta, TikTok, Twitter. Quand c'est pas Tinder pour tirer un coup. Vous feriez mieux de bosser.

– Ça n'existe plus, Twitter. On dit X, maintenant.

Louis baissa les yeux. La réaction de Sacha ne se fit pas attendre.

– Qu'est-ce que ça peut foutre, franchement, que ton truc ait changé de nom ?

Il connaissait cette colère, absurde, qui explosait sans qu'il parvienne à la contrôler. Il aurait voulu l'étouffer, la bâillonner, mais e contraire se produisait, elle grandissait à esure qu'il répliquait. Il attrapa sa veste et leva.

– Bon, vous m'emmerdez. Je rentre chez moi.

Carrefour de la porte d'Asnières. Embouteillé comme souvent en début de soirée. Sacha força le passage, dépassa un taxi et se faufila vers le périph. Un flot de motos remontait entre les files dans la circulation ralentie. Sortir son gyrophare lui ferait gagner une demi-heure. Mais avec l'assurance d'un stress supplémentaire, l'aboiement du deux-tons et le regard des autres. Il préféra le sur-place, rien ne pressait.

La nuit était tombée. Un ciel sans nuages, rafraîchi par des vents légers, s'effondrait à l'horizon dans des nuances d'orange, de rouge et de rose. Paris incarnait le romantisme, il pensa à Emma. Le véhicule devant lui avança, il l'imita, porté vers elle.

Cela faisait longtemps qu'ils ne s'étaient pas accordé un moment. Il pouvait la surprendre, trouver un prétexte pour partir tous les deux. Loin de ce quotidien qui les épuisait. Loin de cette grisaille qui leur collait au corps, qui éclipsait les couleurs et les joies. Il était temps, il le sentait et, cette fois-ci, il allait s'écouter. Dès que l'affaire serait terminée.

Le trafic reprit, il était déjà sur l'A13, à hauteur de Saint-Cloud. Vingt heures passées, Emma venait de lui envoyer un SMS : le dîner était prêt.

Sacha ouvrit la porte et sentit l'odeur du poulet. Pas un bruit, sauf celui de la télé et de rires tamisés qui parvenaient depuis le seuil. Il rangea son arme, entra en silence jusqu'au salon. Le plus beau moment de sa journée. Il se glissa derrière le canapé, se jeta sur les enfants avec des grognements d'ours, en les chatouillant. Ils piaillaient, le piétinaient. Pour rien au monde il n'aurait souhaité être ailleurs qu'enseveli sous leur poids, noyé dans leur chaleur et son bonheur.

Se relevant, il les souleva en les agrippant par la ceinture.

– Police ! Bougez plus.

Ils s'échappèrent, surexcités, se mirent à courir dans la pièce. Il finit par les rattraper, les enlaça, le nez dans leurs cheveux. Après la douche, leur parfum mêlait celui de l'enfance à des fragrances de fleurs.

Un plaisir que tous les parents connaissaient.

Sa raison d'être.

Son point d'ancrage.

5

Rue du Chemin-Vert. Paris. Ses écouteurs dans les oreilles, il marchait sur le trottoir, invisible. Un piéton parmi les autres dans une foule résignée. Sa haine le suffoquait autant qu'elle l'exaltait. Il la nourrissait depuis longtemps, depuis le collège et ses premiers actes de résistance contre un système de pensée unique, un carcan conçu pour standardiser les esprits auquel il refusait de se soumettre. Malgré les brimades de ses professeurs, les coups de ceinture de son père, il n'avait jamais capitulé. Il se souvenait de l'intensité de la douleur et du sentiment d'injustice qu'il avait chaque fois éprouvé, mais il n'avait pas cédé. Cloîtré dans sa chambre, il s'était mis à lire tout ce qui lui paraissait transgressif : Bakounine, Proudhon. Tous, anarchistes ou libertaires, dont l'œuvre et la vie témoignaient d'une lutte désespérée contre l'oppression, avaient forgé son idéal.

Planté devant une boulangerie, il étudiait sa cible de l'autre côté de la rue, l'observant dans le reflet de la vitrine pour ne pas attirer le regard. Il nota les détails de l'entrée, les fenêtres au-dessus. Puis il prit quelques selfies qui lui permettaient de photographier la permanence sans en avoir l'air. Sur une affiche, un slogan et le sourire accrocheur d'un trentenaire séduisant. La promesse d'un monde meilleur. Mais, lui, il savait. Il connaissait la vérité. La pièce qu'on lui jouait n'était qu'une comédie, un morceau de ce monumental théâtre où s'invitaient farce, ruse et improvisation dans le seul but de les distraire. Les distraire d'une réalité mille fois plus effrayante.

Derrière lui, une femme pénétra dans le local en poussant la porte d'un geste sûr, avec l'assurance de ceux qui ne doutent pas. Elle posa ses affaires et disparut à l'arrière de la permanence. Il la trouva belle, se dit qu'il faudrait agir de nuit, lorsqu'elle serait absente. Le message devait être clair – pousser le peuple à se réveiller, pas le terroriser. Son adhésion était indispensable.

Il attendit encore un peu, vérifia que rien ne lui avait échappé, puis reprit son chemin. Il avait envie de profiter des derniers beaux jours, les mains dans les poches, l'air tranquille. Ceux qu'il croisait ne pouvaient pas deviner ses pensées, la force qui l'habitait, le poids qu'il portait. Sa démarche renvoyait une image d'insouciance trompeuse. Parce que son esprit n'avait plus connu la paix depuis des années, il était pareil à son cœur : froid et déterminé.

Il pensait à la suite.

Au chaos.

Tout allait bientôt changer. Il ne fallait qu'une étincelle, une légère poussée.

Ensuite plus rien ne pourrait les arrêter.

Tout s'embraserait.

Enfin.

6

Le deux-tons brisa le silence. La voiture banalisée traversa le carrefour, évita de justesse un scooter, puis remonta la rue à toute vitesse et à contresens, sans se soucier des appels de phares ni des klaxons des véhicules en face. Le portable qui vibrait dans sa poche déconcentra Sacha un instant, il ne vit pas le camion de livraison qui venait de surgir sur la droite de l'écran.

Le choc fut si soudain qu'Emma sursauta dans le noir.

Les braqueurs avaient réussi à s'échapper, Sacha était déçu. Le début du film lui avait laissé espérer plus de réalisme. Mais l'intrigue était bancale, les acteurs risibles. Il s'était laissé convaincre par les enfants. Pour partager un moment avec eux.

Emma poussa un soupir en le voyant sortir son téléphone. Elle avait raison, il aurait pu le lire plus tard. Alors pourquoi son écran était-il allumé ?

Ça bouge.
Je pars devant pour voir où ils vont. Rappelle-moi.

Une rafale résonna dans la salle, la chasse venait de reprendre. Emma murmura.

– Tout va bien ?

– Oui, c'est Yannick. Une balise vient de bouger.

Son visage, éclairé par l'écran, était fermé, comme chaque fois qu'elle était contrariée. Ils n'avaient pas profité d'un seul week-end depuis qu'il avait débuté cette enquête. Nouvelle salve de coups de feu, les garçons étaient captivés. Sacha mesura sa chance, le bonheur d'une famille. Pourtant, il s'entendit dire à voix basse :

– Je n'en ai pas pour longtemps, je vais juste voir ce qu'ils font. Si je ne suis pas de retour avant la fin du film, je vous retrouve au resto.

Elle ne répondit pas, plantant les yeux sur le film. C'était le moment de partir, le mal était fait. La salle explosa dans une boule de feu assourdissante, une diversion idéale. Dont il profita pour s'éclipser.

Il sortit du cinéma, se réhabituant à la lumière du jour, en essayant de comprendre ce qu'il se passait. Un samedi, en plein jour, les risques étaient énormes. À 16 heures, une séquestration était improbable, les témoins trop nombreux, il n'y croyait pas. Mais leurs objectifs préparaient quelque chose, au minimum un repérage. Et comme il l'avait prévu, ils avaient récupéré la Cupra. Il courut à sa voiture, prit quelques secondes pour se concentrer, derrière le volant, puis alluma son portable pour suivre la balise. Un point rouge indiquait sa position, elle filait sur l'A1, vers la porte de la Chapelle. S'il se dépêchait, il pouvait y être avant eux, et Yannick était déjà en route. Sacha repéra l'itinéraire, plaça le gyrophare sur le tableau de bord.

La sirène s'époumonait, amplifiée à l'intérieur de l'habitacle. Sacha fonçait, louvoyait d'une voie à l'autre avec un étrange sentiment de déjà-vu – poursuite en panoramique. Les mêmes images éclaboussées de lumière qu'il avait vues cinq minutes plus tôt, un seau de pop-corn sur les genoux.

Coup d'œil sur son portable. La Cupra était presque arrivée au périph, à quatre portes de celle d'Asnières et quelques centaines de mètres de la rue de Phalsbourg. Il avait déjà vécu ce moment. Pour pouvoir les interpeller, tout devait parfaitement s'aligner. Mais quels que soient ses efforts, Sacha ne pouvait pas tout contrôler. La PJ, c'était vivre une alternance de succès et d'échecs, sans prise complète sur les événements.

Porte de la Villette. Il coupa son gyrophare, checka la balise, qu'il localisa près du Stade de France, et appela Yannick à la radio.

– Tu es posé ?

– Oui, sur le boulevard Ney. Louis et Julien arrivent, mais on ne va être que cinq. Tu ne veux toujours pas demander un coup de main à la BRB ?

Après toutes ces années à travailler ensemble, Sacha avait appris à connaître Yannick et à respecter son sixième sens. Il était tendu, ça ne lui ressemblait pas.

– Ça vient de passer comme une balle, rue de la Chapelle.

Bloqué par une camionnette, Sacha klaxonna en frappant de rage sur son volant et en baissant son pare-soleil « Police ». Les secondes semblèrent des heures. Le livreur revint en courant, les roues de Sacha patinèrent, puis il se dégagea pour rattraper la filature. Yannick se tenait derrière la Cupra, mais en ville une moto qui ne double pas n'a rien de naturel. Sa voix était presque couverte par le sifflement du vent qui s'insinuait dans son casque.

– On arrive boulevard de la Chapelle, ça prend à droite. Tu suis, Sacha ?

– Je suis là, deux voitures derrière toi.

Sacha esquiva un piéton, négligeant le doigt qu'il lui tendait. Comme le feu qui passait au rouge. Par les boulevards, ils arriveraient vite à l'adresse que les braqueurs avaient repérée dans le XVIIe, mais Yannick fit mentir tous ses pronostics.

– À tous, ça tape à gauche sur Magenta. C'est reçu ?

Mais où ils vont, putain ? Ils ne prenaient pas le bon chemin, ça n'avait pas de sens. Sacha se glissa sur la voie de bus. Peu de raisons de croire qu'ils préparaient vraiment quelque chose, ils pouvaient aussi bien être seulement de sortie. Autant rester prudent et discret.

– Yannick, laisse un peu de mou, on a une balise. C'est pas la peine de les chauffer, ils vont bien finir par se poser.

République, boulevard Richard-Lenoir, Bastille, puis le faubourg Saint-Antoine, plein est, avant de reprendre au sud par l'avenue Ledru-Rollin. La Cupra les promenait depuis une demi-heure et Sacha commençait à douter.

– Mais qu'est-ce qu'ils foutent, ces cons ?

– Je n'en sais rien. Ils vont peut-être voir une gonzesse ?

– J'ai laissé Emma et les gosses au ciné, elle va m'arracher les yeux si je suis parti pour rien.

– Attends, laisse sa chance au produit.

Yannick avait raison, tout pouvait arriver. Cette nouvelle génération de braqueurs était imprévisible. Rouler dans une voiture volée, même en pleine journée malgré les risques d'être contrôlés, ne signifiait pas qu'ils allaient passer à l'action.

– De Coline, on approche d'Austerlitz.

– C'est reçu, de Sacha. Je les reprends après le pont.

Quai Saint-Bernard. La Cupra longea la Seine jusqu'à l'Institut du monde arabe, repiqua à gauche, vers la Contrescarpe. Sacha aperçut le dôme du Panthéon. L'Histoire. Ces gamins se moquaient bien de l'Histoire. Celle de ce mausolée, comme des hommes et des femmes qui y reposaient. La Cupra fit le tour de la place, marqua un premier arrêt, repartit, et se gara à l'angle de la rue Soufflot. Sacha fit un passage pour confirmer.

– C'est posé rue Soufflot, trottoir de droite, en direction du Luxembourg. Ils sont quatre à bord. Ça descend, mais je ne peux pas rester là.

– De Yannick, c'est bon, je jette la moto pour les prendre en piéton.

Le quartier grouillait de monde, Sacha eut un mauvais pressentiment. Alors qu'il cherchait une place, il réalisa que le reste du groupe n'était pas arrivé.

– Coline, appelle les autres pour savoir où ils en sont.

Yannick l'interrompit.

– Je les ai tous les quatre. Ça schouffe un peu, mais ils marchent tranquille.

– Tu as besoin d'aide ?

– Non, c'est bon. Reste à ta caisse, au cas où ça redécolle rapidement.

Stationné sur une place de livraison, Sacha vérifia son arme. Une balle dans le canon, quinze autres dans le chargeur. L'attente était le plus dur. Il fit craquer ses vertèbres. Emma savait faire passer la tension quand celle-ci s'accumulait dans ses dorsaux. Il imagina ses doigts le masser, dénouer ses muscles.

La radio crépita.

– Ça rentre dans un immeuble, au 13. Reçu ?

Yannick était plus tranchant qu'à son habitude. Sacha passa outre, le terrain commandait.

– C'est pris en direct. Tu peux essayer de les suivre ?

– J'attends un peu et j'y vais. J'ai pas envie de les prendre en pleine gueule.

Bientôt 17 heures. Sacha appela Coline pour savoir où les autres en étaient. Pour le moment, c'était ce qu'il y avait de mieux à faire.

Vingt minutes. Il n'y avait plus de doute. Au mieux, c'était un cambriolage. Au pire, une séquestration. Yannick n'avait rien vu ni entendu dans les étages, mais ils se trouvaient nécessairement dans un appartement. Maintenant, il fallait attendre qu'ils ressortent, parce que Sacha n'avait aucune envie de faire face à une prise d'otages.

Pas un murmure sur la radio.

En comptant Louis et Julien qui venaient d'arriver, ils étaient cinq pour arrêter quatre braqueurs. Dans ces conditions, impossible de laisser quelqu'un à la traîne pour confirmer qu'il ne s'agissait pas encore d'un simple repérage avant de les interpeller. La stratégie était vite trouvée : quoi qu'il puisse advenir dans cet immeuble, il fallait agir dès qu'ils en ressortiraient.

Quelque chose d'autre le tracassait. Sacha songea à ce que Yannick avait proposé – l'aide de la BRB. Trop tard pour ça, le dispositif était déjà en place. Il préféra tout vérifier une dernière fois.

– Julien, de Sacha. Tu as posé la cuve* ?

– Oui, en face de l'immeuble. Coline est dedans.

– OK. Tu reçois, Coline ?

– Fort et clair. J'ai la porte à vue, j'annoncerai la sortie.

Dernières consignes. Ensuite, ils n'auraient plus le temps de se parler.

– Bon, on les laisse monter dans leur caisse et on les tape avant que ça démarre. Louis, tu les bloques par l'avant avec le monospace, je m'occupe de l'arrière. Yannick et Coline, vous les figez en piétons. C'est clair pour tous ?

---

* Véhicule de surveillance.

Ils accusèrent tous réception. Puis les mouvements de la rue devinrent flous, les bruits imperceptibles. Il était suspendu à l'annonce de Coline, plus rien d'autre ne comptait.

Silence radio depuis vingt-cinq minutes. Sacha fit un bond en entendant la voix de Coline grésiller.

– Ça sort.

C'est parti. Il démarra, mais sans bouger de sa place.

– Je n'en vois qu'un pour le moment, c'est reçu ?

– Comment ça, qu'un ? Ils sont où, les autres ?

Sacha s'empêcha de reposer la même question que Yannick.

– Je n'en sais rien, mais il n'y en a qu'un qui est sorti.

– De Julien, je l'ai. Il redescend vers la Cupra. On fait quoi ?

S'en tenir au plan.

– On ne bouge pas tant que les autres ne sont pas là.

Un deux-tons résonna dans la rue. Sacha chercha autour de lui, ne vit rien. Mais il n'était pas seul à l'avoir entendu, Julien réagit.

– On fait quoi si les bleus déboulent ?

– Rien, on reste tranquilles. Faut déjà voir si c'est pour nous.

La sirène faiblit, Sacha aperçut une voiture sérigraphiée qui s'éloignait. Mais, avant qu'il n'ait le temps de se rassurer, la Cupra déboîta. Elle le dépassa, se rapprochant de l'immeuble. Il verbalisa ce qu'ils pensaient tous.

– Il va les récupérer à la sortie. Dès qu'ils sont montés, on les coince, et on les arrache comme prévu.

– De Coline, les autres sortent. Ça schouffe partout. Il y en a un qui porte un gros sac à l'épaule.

Sacha s'avança dans la rue.

Que sera, sera.

– Coline, dès qu'ils sont montés, tu donnes le top interpel.

– Attente. Une gonzesse vient de se garer juste derrière eux. Elle sort, je crois qu'elle récupère un gamin sur le siège arrière. C'est reçu ?

Avec des civils en plein milieu du dispositif, il n'avait pas beaucoup d'options.

– De Sacha, on les laisse décoller, on les tapera après.

La Cupra faisait plus de trois cents chevaux, une fois qu'elle serait sortie de la capitale, il n'y aurait plus moyen de la suivre. Il fallait profiter d'un feu ou d'un embouteillage, la bloquer devant-derrière, en espérant que le chauffeur ne les pousse pas.

– Ça démarre, de Coline. Direction le Luxembourg.

Le plus probable était qu'ils prennent à gauche, boulevard Saint-Michel. Direct vers l'Observatoire, Port-Royal, Denfert-Rochereau et la banlieue par la porte d'Orléans. Sacha opéra un demi-tour, redescendit vers les jardins. La Cupra était devant lui, elle arrivait au carrefour, Julien devant elle. Un bus en travers du carrefour bloquait la circulation. Une embellie. *C'est maintenant ou jamais*. Il vit la moto de Yannick qui remontait vers lui, Louis qui le suivait, et se décida.

– De Sacha, on va se les faire tant qu'ils sont bloqués.

– Tu es sûr ?

– Ouais. Rapproche-toi, Yannick. Julien est devant eux, je me colle derrière, et on y va au top.

Cinquante mètres. Sacha ralentit, vint se placer à l'arrière de la Cupra et tira son frein à main. Louis se décala sur sa gauche, tandis que Yannick le contournait, se coulant entre les voitures jusqu'à celle de Julien.

Le bon alignement. Sacha donna l'ordre.

– Top interpel.

Il sortit le premier, suivi par Louis, puis Julien et Yannick la seconde d'après. Tout s'enchaîna très vite. Il braqua le chauffeur, renforcé par Yannick qui arrivait en courant.

– Police ! Fais voir tes mains.

Le chauffeur le fixait, la main sur le levier de vitesse, hésitant. Sacha cria.

– Coupe le moteur.

Yannick ouvrit la portière. Le temps s'étira, se contracta avant d'exploser. La Cupra bondit. Un coup de feu claqua. Des hurlements. Sacha quitta le sol, son corps tourbillonna et s'éleva dans les airs comme une feuille morte.

Puis vint la douleur.

Et le noir.

PARTIE II

7

Coline remit ses mains sous l'eau. Elle frottait, mais le sang ne voulait pas partir. Il la souillait. C'était arrivé, elle pouvait s'arracher la peau, ça n'y changerait rien. Personne ne le pouvait.

Celle qui l'observait dans le miroir était une étrangère. Livide, marquée de fatigue. La lueur blafarde des néons soulignait la sueur sur son front, ses paupières bleuies par les larmes. Elle prit de l'eau dans ses paumes, la porta à ses yeux. Recommença, encore.

Ses jambes la soutenaient à peine. Elle était sous le choc, ressassait les images. Elle devait se ressaisir, sortir de ces toilettes, rester là ne l'aiderait pas.

Le reste du groupe était en salle d'attente. Une petite pièce, sommairement meublée par quelques chaises, chargée de souvenirs douloureux qui imprégnaient les murs et l'air qu'ils respiraient. L'endroit était morne, dénué de vie. Elle le détesta immédiatement.

Coline s'assit et son cœur se remit à cogner à toute vitesse dans sa poitrine. Elle s'étouffait. Julien s'en rendit compte, posa une main sur son bras.

– Ça va ?

– Oui, je suis crevée, c'est tout. Et j'en ai marre d'attendre. On a du neuf ?

– Non, ils sont encore au bloc tous les deux. Une infirmière nous a dit que Sacha n'avait rien de grave, une jambe cassée, mais elle ne sait pas pour Yannick.

Une odeur de détergeant et de désinfectant la saisit. Elle réprima une envie de vomir, un sentiment de dégoût plus sûrement provoqué par l'idée qui la traversait – perdre l'un d'entre eux.

Elle sentit la pression rassurante de Julien.

– Ça va aller. Il est fort, tu sais.

– Mais qu'est-ce qui s'est passé, putain ?

– Je n'en sais rien. Avec Louis, on s'occupait du passager et tout est parti en vrille. On pensait que la caisse était bloquée, mais elle a avancé d'un coup. J'ai vu Sacha voler, on a entendu un coup de feu… après, tu étais là.

– Qui est-ce qui a tiré ?

– Je ne sais pas. Le chauffeur avait un calibre, non ?

– Je crois, mais tu l'as vu tirer ?

Julien se raidit, elle regretta sa question.

– Non, mais qu'est-ce que ça change ?

– Rien, mais l'IGPN va faire une enquête. On va tous être auditionnés, c'est sûr.

– Et alors ? Qu'est-ce que ça peut faire ? C'est pas notre faute si ces connards ont blessé deux collègues, si ?

– Je n'ai pas dit ça.

Sacha lui avait appris qu'ouvrir le feu lors d'une opération était toujours un échec, d'une manière ou d'une autre. Il faudrait bien qu'ils en parlent, mais pas à vif. Ils ne feraient que se déchirer.

– Quelqu'un a prévenu leurs proches ?

– Oui, j'ai appelé Emma. Pour Yannick, personne ne sait comment joindre son ex. Un samedi, en plus à cette heure-là, il n'y a aucune chance d'avoir l'info avec la boîte. Je verrai demain avec le taulier pour qu'il essaye de toucher quelqu'un au bureau du personnel, il doit bien y avoir une permanence.

– Et Emma, comment elle a réagi ?

– Pas trop mal. Elle arrive, le temps de confier les gamins à ses parents.

Louis ne parlait pas. Derrière le voile de souffrance qui lui couvrait le regard, Coline devinait une détresse infinie. Elle aurait voulu le réconforter, ne trouva pas quoi dire et, l'espace d'un instant, blâma Sacha de l'avoir laissée seule pour faire face à tout ça. Durant une fraction de seconde, elle le maudit. Une fraction seulement. Jusqu'à ce qu'elle réalise qu'elle n'était pas en colère, mais malheureuse.

Elle prit Louis dans ses bras, pleura avec lui, laissant la peine les engloutir. Un chagrin cruel, injuste, qui rendait les mots inutiles. Coline entendit des pas dans le couloir. Adèle Mayer, leur cheffe de section, apparut à l'entrée de la salle, les bras ballant le long du corps. Plongée dans la même tristesse. Coline se leva pour l'accueillir.

– Ne restez pas là, venez vous asseoir.

– C'est grave ?

– Sacha a une jambe cassée. Pour Yannick, on n'en sait rien.

Adèle ne répondit pas. D'habitude convaincue, elle paraissait confuse. Coline l'aida à s'asseoir. La commissaire reprit ses esprits et, retrouvant son rôle, posa *la* question.

– Qu'est-ce qui s'est passé ?

– On ne sait pas trop. La Cupra qu'on avait balisée a bougé et, au début, on a cru que l'équipe allait revenir dans le XVIIe, où ils avaient fait leur dernier repérage, mais on s'est retrouvé au Panthéon. Avant qu'on n'ait le temps de comprendre, ils sont entrés dans un immeuble, et on a dû improviser.

– Pourquoi vous n'avez pas demandé un coup de main à la BRB ou la BRI* ? C'est leur boulot, ça.

Le coup de grâce. Comme si c'était le moment et l'endroit. Coline éluda.

– Le mieux, c'est que vous voyiez ça avec Sacha.

– Vous avez raison, désolée. Vous étiez sur votre équipe de saucissonneurs** ?

---

* Brigade de recherche et d'intervention.

** Braqueurs qui séquestrent et attachent leurs victimes à leur domicile.

– Oui, ce coup-là, ils ont contacté un homo sur un site de rencontres. Le type croyait recevoir un jeune, et dès qu'il a ouvert la porte, ils l'ont massacré.

– Il est dans quel état ?

– Rien de cassé, mais il a eu très peur. Ils sont tarés, ces mecs.

– OK, et après ?

– Sacha a décidé de les serrer devant l'immeuble, mais un seul mec est sorti, le chauffeur. Il s'est posé devant l'immeuble avec la Cupra, et quand les autres l'ont rejoint, on a été gênés par une nana avec son gamin. On s'est mis derrière, au bout de la rue, un bus bloquait la circulation et Sacha a voulu profiter de l'occasion. Ensuite, je ne sais pas trop. Le temps que je sorte de la cuve et que j'arrive, c'était terminé.

Adèle acquiesça, puis s'adressa à Julien.

– Vous y étiez, vous ?

– Oui, mais c'est allé très vite, je n'ai pas tout vu. Je sais juste que Yannick est entré dans la voiture au moment où elle a avancé et qu'il a été blessé en même temps que Sacha.

– Comment ça, *il est entré dans la voiture* ?

Il hésita et, à son regard, Coline comprit que quelque chose lui avait échappé. La voix de Julien se fit moins sûre.

– Je crois qu'il a essayé de prendre les clés de la voiture, pour les empêcher d'avancer.

– Mais pourquoi il a fait ça ? C'est à ce moment-là qu'il s'est fait tirer dessus ?

– Oui.

– Et Sacha l'a laissé faire ?

– Je vous l'ai dit, tout est allé très vite.

Coline aperçut une silhouette dans le couloir. Elle reconnut Emma qui les écoutait, son sac à main serré contre elle. Elle chancela, se retint au chambranle de la porte. Louis se précipita pour la soutenir. Tout son corps se contracta, elle se mit à convulser. Il l'allongea sur le sol et Coline courut demander l'aide d'une infirmière.

Le grondement hypnotique de la climatisation. Les vibrations de la machine à café. Les urgences sommeillaient. Coline jeta son gobelet dans la poubelle et regarda sa montre. Vingt-deux heures trente. Quatre heure qu'ils patientaient. Elle fit quelques pas et passa une tête dans la salle d'attente. Julien ouvrit les yeux.

– Il y a du neuf ?

– Non, rien. Je me dégourdissais les jambes.

– C'est normal que ça dure aussi longtemps ?

– Je ne sais pas. Mais pas de nouvelles, bonnes nouvelles. Hein ?

Julien grimaça.

– Tu y crois vraiment ? Moi, ça commence à m'inquiéter. On devrait au moins savoir pour Sacha, il ne faut pas des heures pour poser un plâtre. Tu es retournée voir sa femme ?

– Pas encore, je pense qu'elle dort. Le médecin m'a dit que c'était fréquent après une crise d'épilepsie. Ils l'ont mise sous perfusion, apparemment ça lui arrive régulièrement.

– Il te l'avait dit, Sacha, qu'elle était malade ?

– Non.

Coline s'étira en bâillant. Une démarche décidée claqua sur le lino, un homme en blouse blanche apparut à la porte, les traits tirés. Son regard était vide d'émotion, une barbe dévorait ses joues creuses, il semblait ne pas avoir dormi depuis des jours. Elle cessa de respirer, la gorge nouée. Le médecin avait l'air embarrassé. Elle avait froid. Il bougeait les lèvres, mais elle ne l'entendait pas.

Mon Dieu, non.

Tout vacilla autour d'elle. Elle flottait, soudain blottie contre Clément. Elle n'était plus là.

– Ça va, madame ?

Elle revint à elle, le médecin l'avait retenue. Ses gestes étaient doux.

– Vos collègues viennent de sortir du bloc. Ils sont vivants, tous les deux. Monsieur Letellier a le fémur gauche cassé, il a fallu réduire la fracture et poser une broche, il aura besoin de rééducation, de beaucoup de repos, mais il va bien et n'aura pas de séquelles.

– Et Yannick ?

Le chirurgien s'assombrit.

– C'est plus compliqué. Il a été blessé par balle, à la tête. Le projectile a pénétré à l'avant du crâne, au niveau de l'os frontal gauche, et a traversé une partie du cerveau jusqu'à la jonction fronto-pariétale. Les dégâts sont importants. C'est très impressionnant, mais la plaie est nette. On a déjà vu des patients s'en remettre, il faut rester optimiste.

Coline gémit sans le vouloir.

– Ça va aller, alors ?

– C'est trop tôt pour être sûr. Mais les premiers secours ont fait du bon boulot. La plaie a été bien irriguée et on lui a posé très vite un pansement hémostatique pour limiter le saignement.

– Les pompiers passaient par là, on les a requis.

– Vous avez bien fait, ça l'a sauvé.

En temps normal, elle n'aurait pas facilement accepté le compliment. Mais elle se sentait coupable – de ne pas avoir soutenu Yannick quand il avait des doutes, d'être arrivée après l'interpellation. Et d'être en vie. Surtout d'être en vie. Alors, elle le laissa la rassurer, parce qu'elle en avait besoin.

– Merci, docteur.

– Ils sont tous les deux en salle de réveil. Vous devriez rentrer vous reposer un peu.

– On ne peut pas les voir ?

– Pas maintenant. On vous appellera, c'est promis.

– Je préfère attendre.

Louis s'était endormi, le visage dans son écharpe. Il se retourna en geignant et elle passa sa main dans ses cheveux, comme dans ceux d'un enfant, protectrice et envieuse. Pas de rêves pour elle. Ses yeux la brûlaient à force de fixer le mur devant elle. Elle ne pouvait pas les fermer sans tout revivre. Elle les voyait à chaque fois, étendus tous les deux, en sang.

Quelque chose sonnait dans le couloir. Un signal aigu, violent. Qui grandissait à mesure qu'elle s'enfonçait dans le noir pour le rejoindre. Coline entrouvrit la porte d'une chambre, un homme était allongé, piqué de perfusions, un masque à oxygène sur le nez. Un drap blanc couvrait presque entièrement son corps. Comme un linceul. La tête inclinée vers elle, il semblait mort. Pourtant, à côté de lui, un *bip* de jeu vidéo retentissait, l'alarme d'un appareil médical qui appelait en vain. Elle crut reconnaître Yannick et une peur panique la déborda. Il fallait qu'elle sorte de là. Elle marcha vers l'escalier, dévala les marches. La sonnerie la poursuivait. Elle sortit sur le parking, courut à sa voiture, jusqu'à ne plus l'entendre.

Une lune froide éclairait la nuit, brillant d'une beauté inhabituelle. Elle serait bientôt pleine. Coline rassembla ce qui lui restait de forces, hurla après elle, puis lui adressa une prière. L'astre déplaçait des océans, il pouvait bien l'exaucer et épargner Yannick.

8

Sacha éloigna la tasse de ses lèvres et la reposa. Pour certains, il suffisait que le café soit chaud. Pour lui, c'était un rituel. Un moment codifié, immuable, qu'il renouvelait chaque matin. Une façon de relier ses journées, en tissant, à travers ce geste simple, un fil entre les enquêtes. Mais celui-ci était imbuvable. Coline était arrivée la première, elle avait voulu bien faire, pensant sans doute qu'il suffisait de remplir le filtre et lancer la machine. Sans prendre le soin de doser le volume d'eau, d'en contrôler la dureté, ou de s'assurer du temps d'extraction. L'amertume et la puissance de la préparation dépendent de cette alchimie complexe. À l'évidence, Coline l'ignorait. Il ne lui fit aucune remarque lorsqu'elle entra dans son bureau. Quelques mois auparavant, il l'aurait fait. Avant l'incident de Yannick. Avant d'apprendre à se concentrer sur l'essentiel. En l'occurrence : elle s'était efforcée de lui faire plaisir.

– Tout va bien, chef ?

– Impeccable. Les autres sont arrivés ?

– Une partie, oui.

Il grogna. Plus par jeu que par contrariété. Les dossiers en cours n'étaient pas si urgents et, au fond, il n'accordait pas beaucoup d'importance à la ponctualité. Une qualité qu'il ne cultivait pas lui-même. Coline était différente, elle s'appliquait à donner le meilleur d'elle-même en tout, tout le temps. Comme si elle cherchait sans cesse à prouver qu'elle méritait sa confiance.

Elle venait de s'asseoir quand Adèle entra à son tour. La cheffe de section ne passait pas si tôt d'habitude. Sacha la salua et attendit qu'elle parle la première. Parce qu'en général c'était par elle que les affaires arrivaient, les bonnes comme les mauvaises.

– Je viens d'avoir le parquet, on a une nouvelle saisine. Un vigile retrouvé mort dans un centre d'analyses médicales. Visiblement, il a été agressé.

– Les bleus sont encore sur place ?

– Oui, ils ont gelé les lieux dès qu'ils ont compris que ce n'était pas accidentel. Ils vous attendent.

– C'est peut-être un cambriolage qui a mal tourné. Il doit y avoir des médocs dans un labo, ça attire les tox.

– Je n'en sais rien, vous verrez ça sur place. J'ai prévenu la PTS*, les techniciens vous rejoignent là-bas. Vous avez besoin de renforts ?

– Non, on est au complet.

– Parfait. Alors, c'est parti, je préviens le taulier. Vous me tenez au courant ?

Sacha reprit sa tasse. Tant pis pour le goût, il avait besoin d'un stimulant pour fouetter son système nerveux.

Malgré la circulation, Sacha décida de ne pas sortir le gyrophare. Le bruit du deux-tons lui était devenu insupportable, d'autant que rien ne pressait. La victime était décédée depuis des heures, la scène de crime préservée, et la journée encore jeune.

Il laissa le volant à Coline, pour se permettre d'observer la ville. Le soleil revenait en ces premiers jours de mai, donnant plus de lumière que de chaleur encore : il faudrait attendre avant de manger en terrasse. Mais c'était sa saison préférée. Celle du renouveau. La sortie d'un long sommeil. La promesse d'un flot de sève qui bouillait déjà, crevait les bourgeons et ranimait la vitalité des plantes comme des hommes.

* Police technique et scientifique.

Coline se démenait dans le trafic au milieu des voitures, des scooters et des trottinettes qui surgissaient de partout. Elle portait une broche en forme de chat, piquée sur une veste colorée, sortie probablement d'une boutique de fripes. Sa coupe au carré, façon Betty Boop, ses bijoux fantaisie, ses ongles longs changeaient du look habituel en PJ. Mais elle s'en moquait. Comme lui. Parce qu'il ne voyait en elle que ce qu'elle était : un bon flic.

Elle passa le barrage de la DSPAP *, se gara en face du laboratoire. Sur le trottoir, des badauds glanaient des images, leur portable à la main. Ils filmaient n'importe quoi, le moindre événement susceptible d'être posté. Sacha avait les réseaux sociaux en horreur. Une immédiateté inutile et toxique. Il repéra un curieux qui approchait, un sac de courses dans une main, une lueur malsaine dans le regard, et colla sa paume devant lui pour l'empêcher de le photographier. Une fois dans le bâtiment, il se retourna. L'homme attendait derrière le cordon de sécurité. Il guettait, sans savoir ni quoi ni pourquoi. Un crétin en ligne. Sacha n'y comprenait rien.

Coline sur les talons, il emprunta un long couloir qui longeait une sorte d'open space,

---

* Direction de la sécurité de proximité de l'agglomération parisienne chargée des commissariats parisiens.

puis arriva à l'entrée des toilettes où gisait le corps, face au sol. Une flaque sombre auréolait sa tête d'une couronne de sang noir, déjà oxydé. En s'accumulant sous la peau devenue translucide, il dessinait également des lividités cadavériques qui permettraient au légiste de dater la mort. Le visage cireux fixait le néant. Sacha estima que la victime devait avoir une trentaine d'années. Un peu tôt pour mourir. Surtout ainsi, le crâne défoncé. Il attendit que le technicien de la scientifique termine sa série de clichés, puis se baissa, et montra la plaie du doigt à Coline.

– Regarde, il a été frappé à la nuque. Aide-moi, on va le retourner pour voir s'il y a d'autres marques.

Il glissa délicatement ses mains sous le torse, en s'assurant que Coline avait trouvé une prise.

– Tu es prête ?

Précautions aberrantes. Ils manipulaient un cadavre, une enveloppe vide qui ne craignait plus rien. Après l'avoir posé sur le dos, ils se regardèrent un instant. Parce que, même dépossédée de son âme, la dépouille les renvoyait à leur propre humanité. À leur fragilité.

Pas d'autres blessures. Sacha prit quelques notes et se redressa. Il restait à attendre les conclusions de l'autopsie. Les constatations post-mortem sont primordiales, elles peuvent révéler des traces de défense, des résidus sous les ongles, des indices invisibles à l'œil nu. Tout ce qui peut permettre de comprendre les faits, voire d'identifier l'agresseur. Parfois, un ADN suffit à boucler une enquête.

Il sonda la pièce autour de lui. Puis remarqua une ombre sous un bureau. Il mit un genou à terre pour examiner ce qu'il avait découvert. Coline s'accroupit à son tour.

– C'est quoi ?

– Je ne sais pas. Une lampe torche, je crois. Tu as un sac à scellé ?

Sacha glissa un stylo derrière la torche électrique, la tira jusqu'à lui et la fourra dans la pochette plastique que Coline avait sortie. Elle la considéra, perplexe.

– Qu'est-ce que ça fout là, ça ?

– Je ne sais pas, mais on a l'arme du crime. Il y a du raisiné et des cheveux dessus.

Il se releva péniblement, frottant sa jambe endolorie, séquelle de sa fracture. Le reste du groupe venait de débarquer, l'enquête pouvait commencer : passer les lieux au peigne fin, relever les preuves, interroger les témoins. Ils ne seraient pas trop de cinq.

– Louis, tu rédiges le PV de constatations. On a pris quelques notes avec Coline, elle va t'aider. Julien, tu t'occupes de l'enquête de voisinage. Quand le légiste nous aura donné l'heure approximative du meurtre, tu reviendras pour voir s'il n'y a pas un riverain ou un professionnel quelconque qui passe habituellement dans le secteur sur le même créneau horaire. Guillaume, tu te charges de la vidéo. En plus du PZVP*, regarde s'il n'y a pas d'autres caméras dans le secteur. Coline gérera la téléphonie, et moi, je vais discuter avec le responsable du centre. Il a peut-être une idée de ce qu'il s'est passé.

D'un signe de tête, il donna le départ d'un ballet ordonné. Lui, retrouva le directeur du labo dans son bureau, assis devant l'écran éteint de son ordinateur. Sous le choc. Sacha connaissait cet état, lorsque le cerveau ne parvient pas à se reconnecter, qu'il mouline pour tenter de trouver une logique à l'irrationnel. Ce matin, en arrivant, l'homme avait découvert Régis Legendre, son veilleur de nuit, étalé dans une mare de sang. Cette vision avait fait disjoncter son circuit émotionnel, une réponse plutôt saine. Sacha tapa à la porte.

– Ça va ?

– Pas trop, non. Je n'avais jamais vu de cadavre. Juste ma grand-mère, quand j'étais enfant, mais au funérarium. Pas comme ça.

– Je comprends. Vous le connaissiez bien ?

Le directeur se redressa en respirant bruyamment, la chemise trempée de sueur.

– Régis ? Oui, évidemment, il travaillait chez nous depuis des années. C'était

* Plan zonal de vidéoprotection de la ville de Paris.

quelqu'un de sérieux. Jamais de retard ni de problème.

– Il n'avait pas de souci avec d'autres employés ?

– Non, aucun. Il les croisait à peine, à la fin de son service.

– Et en dehors ?

– Je ne sais pas, il ne parlait pas beaucoup de lui. Vous savez comment c'est, bonjour-au revoir, c'est tout. Je crois que sa famille est dans le Nord, il vivait seul à Paris.

– D'accord. Dites-moi : pourquoi employer un veilleur de nuit dans un centre d'examen ? Vous conservez des opiacés ?

Regard fuyant. Le directeur déglutit, l'air inquiet. Assez pour exciter la curiosité de Sacha.

– Vous gardez des stups ? Oui ou non ?

– Non, pas du tout. Mais, dans le passé, on a eu pas mal de dégradations. Des tags, des bris de vitres, à cause du planning familial. C'est un sujet qui ne me met pas à l'aise.

– Je ne comprends pas.

L'homme haussa les épaules.

– Certains extrémistes nous accusent régulièrement de faciliter l'IVG. Ils venaient même faire des piquets devant l'entrée en insultant les employés. Ça a duré un moment, et puis ça s'est calmé, mais on a préféré garder le contrat de gardiennage. La direction était d'accord et ça rassurait les équipes.

– Récentes, ces menaces ?

– Ça date d'au moins trois ans. C'est fini, maintenant.

– OK. Vous savez ce qu'il s'est passé cette nuit ?

– Rien n'a été volé ni dégradé, ils ont dû être surpris et paniquer devant Régis.

– Possible. Ou bien l'agresseur est venu pour lui.

Effet garanti. Le directeur fit un bond, soudain apeuré. Il ne savait rien.

– Vous croyez que c'est ça ?

– Difficile à dire. L'enquête débute, mais je vous tiendrai au courant. Une dernière chose : vous avez son adresse ?

– Non, pas là. Je vais demander aux RH.

– Ce serait gentil, merci.

Sacha quitta le bureau. Ses collègues s'affairaient chacun dans leur coin. Il retourna voir le corps pour contempler la scène dans son ensemble. Le veilleur de nuit était allongé, tête vers l'entrée. Peut-être qu'il avait cherché à s'enfuir en sachant qu'il allait mourir ?

9

Fouiller un domicile est à la portée de n'importe qui. Il suffit de trouver un moyen d'entrer et de tout retourner pour dénicher ce qu'on cherche. Des richesses ou des secrets, c'est selon. Mais procéder à une perquisition est un art. Une étape cruciale, une immersion que Coline affectionnait particulièrement.

Elle aimait s'enfoncer dans l'intimité des autres, s'imprégner de tout ce qui définissait une personne, les détails insignifiants qui la trahissaient. Chaque objet, froid ou sensible, futile ou personnel, s'assemblait aux autres pour dévoiler une équation singulière. Les traces que chacun semait à son insu.

Régis Legendre avait vécu dans un minuscule appartement. Un studio situé dans une banlieue triste, dans un immeuble sans charme. Pourtant, dès le seuil, Coline fut intriguée. Elle s'était attendue à découvrir un repaire de célibataire, dénué de décoration et du moindre raffinement. Un mobilier sommaire, fonctionnel, disposé autour d'une télé grand écran et d'une console de jeux. Des cartons de pizza et des canettes vides un peu partout. Au lieu de quoi, elle pénétra dans une pièce soignée. Sur tous les murs, des étagères remplies de mangas et de figurines parfaitement alignés. Au centre, une table basse décorée d'un bonsaï, un pin parasol qui prenait racine sur une pierre. Des ciseaux de jardinier et un petit arrosoir étaient posés à côté, près d'un service à thé – un modèle de théière en fonte accompagné de deux tasses en céramique délicate. Une pile de revues dédiées au Japon confirma l'impression qu'elle avait eue en entrant.

– Il faut que je reste ?

Le ton de la gardienne était affecté. Coline nota son regard gourmand, ses yeux indiscrets qui balayaient la pièce. Elle se délectait, malgré des protestations convenues lorsque Louis l'avait requise comme témoin avec un voisin. Ses cheveux blancs tirés en arrière lui donnaient un air sévère, sec. Elle tendait le cou, esquissant un pas dans l'appartement pour mieux voir.

– On ne le croisait pas beaucoup, ce monsieur. Toujours très poli. Mais ça ne m'étonne pas qu'il ait eu des problèmes, je sentais bien qu'il cachait des choses. Il a fait quoi ?

– Il a été assassiné.

Elle recula, gênée. Coline la laissa se débattre avec la nouvelle, amusée par cette femme tiraillée entre ses instincts qui lui envoyaient des injonctions contradictoires. *Rentre. Détale.* La curiosité sembla l'emporter.

– Vous dites qu'il se cachait ? Quelqu'un lui voulait du mal ?

– Non, je ne crois pas. Pourquoi ? Vous pensez que je suis en danger ?

Coline comprit qu'elle ne tirerait plus rien de la gardienne, et lui intima d'attendre sur le palier avec le voisin, qui n'avait pas bougé. Louis s'attaqua à la cuisine et elle à l'unique placard. Quelques chemises pendaient sur leurs cintres, impeccablement repassées, comme les tee-shirts et les pantalons, soigneusement pliés sur les étagères. Coline referma le placard avec le sentiment de troubler une harmonie parfaite, un endroit préservé du chaos qui régnait au-dehors.

Une commode occupait le mur en face. Dans un tiroir, rangés par couleurs, des chaussettes et des caleçons. Dans un autre, des documents administratifs, des photographies, tout ce qui avait un peu de valeur. Triés avec la même minutie, la même exigence.

– C'était un maniaque, le gars.

Coline glissa un regard moqueur à Louis.

– Plutôt, oui. Heureusement qu'il ne vivait pas avec toi.

Louis soupira. Coline allait en rajouter quand quelque chose attira son attention.

– Tiens, regarde sur le lit, son ordinateur portable. Saisis-le, on verra ce qu'il y a dessus.

– Tu penses à quoi ?

– Je n'en sais rien, des mails, des photos, son historique de navigation. Tout ce qui pourra nous aider à comprendre qui il était.

Pendant que son collègue sortait un sac à scellé, elle repensa à la scène de crime dans le centre médical avec la conviction d'avoir raté un élément important. Elle l'avait sur le bout de la langue, comme lorsqu'elle cherchait un mot, parfois pendant des heures. Puis, d'un seul coup, elle se souvint.

– Il n'avait pas de portable.

– Quoi ?

– Le vigile, il n'avait pas de portable. Maintenant que j'y pense, je suis sûre qu'on n'en a pas retrouvé.

– Et alors ?

– Alors, je n'en vois pas non plus ici. Tu en connais beaucoup, toi, des gens qui n'en ont pas aujourd'hui ?

Louis la regarda, admiratif.

– Non, c'est vrai. Tu crois qu'on l'a tué pour ça ?

– Je n'en sais rien. Cherche, il est peut-être là, quelque part.

Ils remuèrent tout, méthodiquement, et finirent par trouver la boîte d'emballage et la facture d'un smartphone. Son intuition était juste, le veilleur de nuit avait bien un téléphone.

– On prend tout. Ça nous permettra d'identifier sa ligne et d'avoir ses fadettes. Au moins, on connaîtra ses contacts. Et tu demanderas une association IMEI-IMSI, au cas où.

Louis demeura muet, il n'avait pas compris.

– Tu ne sais pas comment faire ?

Il secoua la tête.

– OK, je te ferai voir. Il suffit de demander toutes les associations de boîtiers et de puces à l'opérateur. Si le téléphone a été réutilisé avec une autre ligne, on le verra.

– Tu crois que le tueur prendrait un tel risque ? N'importe qui sait qu'il faut se méfier de ces trucs, c'est le meilleur moyen d'être pisté.

– Ouais. Mais ça coûte un bras, un nouveau modèle. Parfois, c'est un mobile suffisant.

Avant de partir, Coline libéra les témoins.

– On a fini, vous pouvez y aller. Il faudra que vous passiez au service pour signer le procès-verbal.

Plus de son, plus d'image. La gardienne restait sans répartie, tétanisée à l'idée de voir son nom figurer sur un PV. Coline avait l'habitude.

– Vous avez compris ce que je viens de dire ?

– C'est obligé ?

– Oui, madame, c'est obligé. C'est la loi. Vous êtes témoin de la perquisition, vous vous souvenez ?

Coline peina à rester impassible. Elle remercia la gardienne quand celle-ci prit sa carte de visite, rendit grâce à son civisme et à sa disponibilité. Et attendit d'être dans l'ascenseur pour éclater de rire avec Louis.

– Bon, alors. Qu'est-ce qu'on a ?

Sacha interrogeait le groupe du regard. Aucun d'eux ne parlait. Il fixa Coline, qui répondit en écartant les mains. *On n'a aucune piste. Qu'est-ce que tu veux y faire ?* Sacha se tourna vers Guillaume.

– Ça donne quoi, la vidéo ?

– Pas grand-chose, aucune caméra ne couvre l'entrée du labo. J'ai vérifié à proximité, aucun commerce n'a de vidéo qui donne sur la rue.

– Même pas le labo ?

– Non. La direction n'en voyait pas l'intérêt avec un vigile.

– Donc, on n'a rien d'exploitable ?

Coline sentit l'air devenir lourd. Elle pensa à Yannick. Lui savait raisonner Sacha d'un mot, parfois d'un signe. Juste ce qu'il fallait d'humour et de sérieux. À Julien de passer sur le gril.

– Et l'enquête de voisinage ?

– C'est pas mieux. Les locataires de l'immeuble n'ont rien entendu en pleine nuit. Aucun d'entre eux ne bosse en décalé et, à 3 heures du mat', personne ne promène son chien.

– Tu y es quand même allé à la même heure, j'espère.

– J'y vais cette nuit, mais je n'y crois pas trop.

– Super. Et la téléphonie ?

Coline rassembla les feuilles éparpillées devant elle.

– Je n'ai rien trouvé d'intéressant dans les fadettes de la victime. Il appelait essentiellement ses parents en province, quelques fois le boulot, mais rien de saillant. Pas de dealer ni de pute, aucun numéro surtaxé. C'était un ascète, ce type.

Sacha roula des yeux et applaudit, en s'approchant de Louis, qui plongea dans ses notes. Coline décida de mettre le holà.

– Ça va. On fait tout ce qu'on peut, et ça n'ira pas plus vite parce que tu nous engueules. Mais il y a un truc intéressant avec la téléphonie.

Il ouvrit les bras en grand pour l'encourager à poursuivre.

– Je t'écoute.

– OK. Ce qui est bizarre, c'est qu'on n'a pas retrouvé son portable. Il n'était pas sur le corps, ni à son appart.

– Tu as demandé une association IMEI-IMSI ?

– Oui, Louis a tout lancé. On attend les résultats.

– Et c'est quoi, ton scénario ? On l'a tué pour lui piquer son smartphone ?

Elle ne le connaissait pas aussi narquois et agressif, prêt à mordre.

– Je dis juste que son portable a disparu, c'est tout. Mais, pour le moment, c'est la seule piste qu'on ait.

– C'est des conneries, on n'assassine pas un vigile pour un téléphone. D'ailleurs rien d'autre n'a été volé. Il faut creuser dans sa vie privée, il devait bien avoir des zones d'ombre, ce mec.

Sacha avait l'air surmené. Coline aurait dû se taire, laisser la tension retomber. Mais elle continua.

– Son appart était nickel, rien ne dépassait. On a passé son ordinateur au crible, il n'y avait même pas de porno, une vie super rangée. Aucune face sombre. Pas de copine, pas de sortie, ni came ni jeu. Juste un célibataire maniaque qui taillait son bonsaï. Je penche plutôt pour un casse raté. Il s'est retrouvé au mauvais endroit, au mauvais moment, c'est tout.

– Un casse ? Et pour piquer quoi ? Le labo ne garde même pas d'opiacés. On ne tue pas quelqu'un pour des résultats sanguins ou des analyses d'urine.

– Ils ont peut-être été dérangés, et quand le vigile leur est tombé dessus, ça a dégénéré.

Sacha la fixa, ironique. Il la cherchait.

– Pourquoi *ils* ? Qu'est-ce qui te fait dire qu'ils étaient plusieurs ?

– En fait, on n'en sait rien, mais ça me paraît probable.

– On n'est pas payés pour se perdre en conjectures. Tiens-toi à ce que tu sais, aux preuves. Ce dont on est sûr, c'est que rien n'a été volé ni fouillé. Donc, pour l'instant, on se concentre sur lui. Il a dû énerver quelqu'un, un mari jaloux ou un créancier violent. On trouve ce qu'il cachait et on trouvera qui l'a tué.

– Et son portable ? Pourquoi on le lui a volé ?

– Qui te dit qu'il ne l'a pas perdu en allant au boulot ? Ou qu'on n'est pas passés à côté ?

– Rien.

– Bah, voilà.

C.Q.F.D. Coline serra les poings. Des pensées violentes la traversèrent. L'une lui clamait de réagir, de tout balancer à travers la pièce. Parce qu'elle était blessée, humiliée. Plus personne ne commandait comme ça de nos jours, il allait trop loin, il devait le comprendre.

Elle ouvrit la bouche, puis la referma, ravalant sa colère. Un drame n'y ferait rien.

Sacha regagna son bureau, la laissant médusée.

La discussion l'avait assommée, elle préféra rentrer chez elle. À l'abri dans sa chambre, devant une série, à se gaver de guimauve.

Avec son chagrin juste pour elle.

Une fois seule, elle le laisserait peut-être l'envelopper.

Comme il les enveloppait tous depuis quelques mois.

10

Sacha frissonna, le regard posé sur la fenêtre derrière lui, hypnotisé par les perles de pluie qui se formaient et sinuaient sur le carreau. Un nouvel orage menaçait, il n'aimait pas la pluie. L'odeur de terre humide, de béton mouillé qui restait dans l'air le rendait nostalgique. Il détestait surtout sentir ses cheveux trempés, l'eau glisser sur la nuque, les vêtements moites lui coller à la peau.

Lorsqu'il se retourna, Yannick était assis face à lui.

Il ne l'avait pas entendu entrer, mais il se tenait là, avec sa tête des mauvais jours et son blouson de motard. Celui qu'il portait lorsqu'il avait été blessé.

– Tu as été un peu dur avec elle.

– Coline ? Elle s'est plainte à toi ?

– Non, pas besoin, je te connais.

Sacha ferma à demi les yeux et parla entre ses dents.

– Pitié, pas toi. Je suis crevé, là.

– Je sais, mais ne t'en prends pas à elle. Elle essaye de t'aider, c'est tout. Et en plus, elle n'a pas tort.

– Comment ça, *elle n'a pas tort* ? Et puis, qu'est-ce que tu en sais ? Ça fait des mois que tu n'as pas mis les pieds au bureau. Avant de dire des conneries, jette un œil à la procédure. Il n'y a rien dedans, on n'a pas l'ombre d'un début de piste.

Il tendit une liasse de PV à Yannick. Qui demeura immobile. Sacha décela de la douleur dans son regard.

– Ça va ?

– Ça va, merci.

– Tu as encore mal ?

– Quand j'y repense. Je gère, ne te mine pas pour ça.

Sacha passa une main sur son visage. Pour tout effacer. Et ne pas laisser Yannick lire en lui. Il en avait assez avec Emma. Tous ses magazines de psychologie avaient fini par la rendre folle. Elle l'entreprenait tous les soirs, le harcelant de questions, alors que la seule chose qu'il réclamait, c'était qu'on le laisse en paix.

– Ce n'était pas ta faute.

– Bien sûr que si.

– C'est des conneries, tu le sais, et puis je ne suis pas là pour ça.

– Ah ouais. Tu es là pourquoi ?

– Pour Coline. Tu lui mets trop de pression. Elle t'adore, elle veille sur toi, te défend quoi que tu fasses. Bec et ongles. Tu ferais mieux de l'écouter au lieu de l'envoyer bouler. Si elle se plante, explique-le-lui, mais sans l'engueuler.

Plutôt que polémiquer, Sacha ouvrit son placard pour en sortir une bouteille de whisky, la posa devant lui, attrapa deux verres et les remplit à moitié.

Yannick déclina.

– Pas pour moi. Et tu devrais éviter, toi aussi.

– Tu es devenu chiant. Tu le sais, ça ?

L'alcool lourd et râpeux lui brûla la gorge. Sacha plissa les yeux, Yannick s'esclaffa, puis se mit à tousser en se tenant le ventre. Il souffrait, mais, cette fois, Sacha s'abstint de commentaire.

Une douce ivresse s'emparait de lui. Il espéra qu'elle se prolonge indéfiniment. Que son âme étourdie par l'alcool cesse enfin de le tourmenter.

Il se contenta d'écouter Yannick parler. Sa voix était un murmure rassurant. Il s'endormit.

Repose-toi, ça va aller.

11

Il remuait la pâte avec précaution, en maintenant fermement le seau pour qu'il ne lui échappe pas des mains. Toutes les aérations étaient calfeutrées pour confiner l'odeur. Tout était calculé. Pour qu'aucun voisin ne le soupçonne, il veillait à ne jamais faire de bruit, et ne travaillait qu'en pleine journée, quand l'immeuble était vide.

Il rajouta un peu d'engrais, puis du fioul, prudemment. Quelques années auparavant, il avait rencontré un militant qui avait perdu tous les doigts d'une main en préparant une bombe artisanale. Pensant avoir raté les dosages, il avait jeté son mélange dans l'évier et s'était fait souffler par l'explosion. Il lui avait raconté sa chair brûlée, l'intervention des pompiers, les flics qui l'avaient menotté malgré ses blessures.

Pour ne pas commettre la même erreur, il avait tout planifié pendant des mois, effectué des recherches, des tentatives ratées. Jusqu'à ce qu'à force d'ingurgiter des articles en ligne, il apprenne tout ce qu'il avait à savoir sur les explosifs, leur composition comme leurs effets. C'était incroyable tout ce qu'il était possible de fabriquer dans une cuisine, avec pour l'essentiel des ingrédients disponibles à la vente. Il avait d'abord essayé le peroxyde d'acétone. Le TATP. Un produit primaire, particulièrement efficace, prisé par les djihadistes, mais très instable. Sans compter l'achat des composés nécessaires qui était surveillé. Pas besoin d'attirer l'attention de l'antiterrorisme.

La solution était le nitrate d'ammonium, l'explosif du pauvre. Un comburant communément utilisé comme engrais. Il lui avait suffi de convaincre un agriculteur de lui en vendre. Trouver du fioul domestique avait été encore plus simple. Et un tuto lui avait appris à transformer un téléphone portable en détonateur à distance. Ça l'avait presque fait changer d'avis sur Internet ; le plus sophistiqué des outils de surveillance de masse finalement retourné contre le système qui l'avait créé. Une délicieuse ironie.

Il versa ce qui restait de carburant, mixa la pâte, doucement. Puis il passa la main sur le couvercle et une excitation presque sensuelle le saisit. La même que celle qu'il ressentait chaque soir, quand il cherchait le sommeil au milieu de fantasmes d'incendie et de destruction.

C'était le troisième seau. Soixante kilos en tout, l'équivalent de trois kilos de Semtex, suffisamment pour couper un avion de ligne en deux. Le même produit qui avait détruit l'usine AZF à Toulouse en 2001 ou le port de Beyrouth en 2020. Il ne disposait pas des mêmes volumes, mais ça suffirait pour ce qu'il avait prévu.

Un nouveau frisson le parcourut en caressant le plastique du bout des doigts. Il imaginait les flammes avaler toute la crasse, épurer le monde de sa corruption.

La renaissance se ferait sur des cendres.

Il vérifia que les seaux étaient scellés. Deux fois.

Le psychologue que sa mère l'avait forcé à consulter lorsqu'il était enfant avait expliqué que ses TOC étaient causés par une profonde anxiété. D'après lui, ses obsessions se traduisaient par des gestes compulsifs et incontrôlables supposés le rassurer. Mais il avait tort, ce n'était pas de l'anxiété, mais la marque d'un perfectionnisme qui confinait à l'excellence. Tous les leaders étaient minutieux.

Il se destinait à quelque chose de grand, qui exigeait le plus grand soin. Un total dévouement. Il était différent des autres. De tous ceux qui l'avaient autrefois si mal jugé.

Ils finiraient par le comprendre dès que l'État profond serait tombé. Dès que le peuple aurait retrouvé sa liberté, que la société secrète qui le gouvernait aurait chuté et que les élites auraient disparu. Ils le comprendraient. Une fois la poussière retombée, ils le verraient. Et ils l'écouteraient. Enfin.

Il alluma le portable et l'éteignit. Deux fois. Le dispositif d'amorçage était prêt. Il effleura les seaux une dernière fois et eut la vision d'une explosion, une magnifique gerbe de feu qui s'élevait dans le ciel. Mais ses mains ne tremblaient plus.

12

Coline plongea. Elle glissa à la surface, retenant son souffle, puis se mit à battre des pieds pour gagner en vitesse et allongea les bras, l'un après l'autre, dans un crawl appliqué. Une série de trois mouvements. Elle ressortit la tête dans un tourbillon d'écume et de bulles d'air, vit une paire de palmes qui la dépassait. Se faire doubler la contrariait. Elle évalua son allure, regrettant de ne pas s'entraîner plus sérieusement. Elle aurait aimé être plus légère, plus rapide. Pouvoir s'imposer sans effort.

Elle nageait par nécessité, pour pratiquer un sport autre que la course à pied. Chaque foulée lui rappelait son poids. La natation lui convenait mieux.

Celle qui l'avait doublée sortait du bassin quand Coline finit sa longueur. Assise sur le bord, elle retira son bonnet, ses lunettes et, d'un geste gracieux, libéra une chevelure fauve qui lui tombait jusqu'aux reins. Les autres nageurs la dévoraient des yeux. Coline éprouva un pincement de jalousie envers cette femme qui n'avait jamais eu à se soucier de plaire. Une chance qu'elle n'avait jamais connue. Parce qu'elle n'avait ressenti que la peur depuis son enfance. Peur de pas être capable d'éveiller le désir, de ne pas trouver le bonheur, de vieillir seule. Pensées ineptes. Le mal qu'elle s'était infligé ne l'avait menée nulle part.

Quelques longueurs de plus pour se vider complètement l'esprit. Elle se concentrait sur le bruit de l'eau qui giclait derrière elle, le mur qui s'approchait à chaque brassée, puisant dans ses dernières forces. Quand ses muscles crièrent grâce, elle se hissa par l'échelle et aperçut Louis. Il l'attendait dans les gradins, emmitouflé dans sa serviette, un sandwich à la main.

– Tu es déjà sorti ?

– Oui, j'étais au bout de ma vie. Et je commençais à avoir faim.

– Quelle limace. C'est quand ça tire que c'est bon, tu aurais dû t'accrocher. On remet ça demain ?

– On verra. Tu devrais te grouiller, Sacha veut nous voir. Il a envoyé un message pendant que tu finissais de barboter.

Coline attrapa sa serviette.

– Tu sais ce qu'il veut ?

– Non, juste qu'il y a du neuf sur le dossier.

Elle arrêta de se frotter les cheveux.

– Lequel ? L'homicide du veilleur de nuit ?

– Je crois, oui.

Avant que Louis ait pu réagir, elle avait ramassé son sac, le plantant là, la bouche pleine.

Louis avait rattrapé son retard et l'attendait sur le trottoir, devant la piscine.

– Magne-toi, on est à la bourre.

– Tu en sais plus ?

– Non, j'ai sondé les autres, il a juste demandé à tout le monde de revenir au bureau.

Coline ne raffolait pas des surprises. Ça lui donnait l'impression d'être infantilisée. Sacha adorait ça, lui.

Louis prit le volant, elle terminait de se coiffer dans le miroir de courtoisie. Un silence inhabituel régnait, que Coline voulut rompre en mettant les infos. Un journaliste évoquait le réchauffement climatique, mais elle n'écoutait pas. Ses pensées l'emportaient ailleurs. Au bureau, où l'atmosphère était devenue lourde. Ils n'arrivaient plus à se parler dans le groupe, retenant leurs émotions. Par pudeur ? Ou parce qu'aucun d'eux n'osait faire allusion à ce qui les hantait ? L'interpellation ratée. Ce n'était qu'un événement malheureux, imprévisible. Personne n'était responsable… Mais chacun se sentait coupable.

Louis toussota. Les blancs le mettaient mal à l'aise.

– Tu penses qu'il se passe quoi ?

– Je ne sais pas, peut-être que Sacha a trouvé quelque chose. Mais la téléphonie n'a rien donné, pareil pour la vidéo ou les témoignages. Honnêtement, je ne vois pas bien ce qu'il pourrait y avoir de neuf.

– Il a peut-être eu une info.

– Un tuyau ? Là-dessus ? On n'est pas sur un dossier de grand banditisme. Ça m'étonnerait qu'un de ses indics l'ait rencardé sur une simple agression.

Coline ferma les paupières, appuyant légèrement dessus jusqu'à ce que des arabesques viennent danser sur sa rétine. Des courbes serpentines qui s'entrelaçaient. Qui l'aidaient à s'évader, à échapper à Sacha. Clément. À ses propres turpitudes.

Elle avait été infidèle, pas question de l'oublier. Égarement, trahison, envie, tout se mélangeait dans son esprit. Elle devait assumer. Comprendre ce qui l'avait conduite à cela. En parler à quelqu'un. Un jour. Lorsqu'elle serait prête.

La réunion avait commencé lorsqu'ils arrivèrent. Sacha ne s'interrompit pas pour eux, apparemment mécontent. Coline retint la remarque qui lui brûlait les lèvres devant l'air affecté de ses collègues. On aurait dit une veillée mortuaire, mais avec un prêtre odieux, qui admonestait l'assemblée.

– Maintenant qu'on est *tous* là, on va pouvoir s'y mettre… J'ai demandé aux impôts ce qu'ils avaient sur notre client et, visiblement, il n'était pas aussi lisse qu'on le pensait. En plus d'être employé comme veilleur de nuit au labo, il faisait des extras comme videur dans une boîte : le Swing.

Personne ne broncha. L'écho navré du silence redoublait le malaise qu'il avait lui-même provoqué. La suite ne se fit pas attendre.

– Ça intéresse quelqu'un, ce que je dis ? Je suis le seul à m'impliquer dans cette enquête, ou quoi ? Il y en a au moins un qui connaît le Swing ?

Nerveux, Louis fit tomber son sac de sport. Coline n'eut pas le temps d'intervenir.

– Qu'est-ce que tu as à t'agiter, toi ? Ça t'emmerde, ce que je raconte ?

– Non, non… je t'écoute.

– Parfait. Ce soir, tu m'accompagnes. Comme ça, tu apprendras peut-être quelque chose. Et pour ceux qui n'en ont jamais entendu parler, le Swing, c'est un club échangiste. Moi, je trouve quand même étonnant que notre victime, que certains ont l'air de considérer comme une sorte de moine bouddhiste, ait travaillé dans une boîte à partouze.

La remarque était pour elle, Coline ne bougea pas.

– Louis, on se retrouve ici à 23 heures. Pas la peine d'y aller trop tôt, il n'y aura personne. Pour les autres, vous pouvez reprendre une activité normale.

Louis était pétrifié. Coline réfréna un fou rire en voyant la tête qu'il faisait. Puis elle l'embrassa sur la joue. Sans son sac, la foudre serait tombée sur elle.

13

Sacha avait préparé Louis à ce qui l'attendait, lui décrivant les pratiques libertines de l'endroit. Un milieu très éloigné des valeurs conjugales et de l'intimité puritaine que ses parents lui avaient inculquées. Louis n'était pas naïf, mais ce qu'il découvrit le saisit tout de même.

Il avait suivi Sacha jusqu'au bar. Le Swing était sombre, évidemment dépourvu de fenêtres, baignant dans une lumière tamisée émanant de lampes rouges, pourpres et roses. Couleurs passion, sang, enfer, luxure.

Une danseuse se trémoussait dans une cage stylisée à quelques mètres des chaises de comptoir où ils s'étaient installés. Louis repéra un couple qui les matait depuis les canapés, un seau à champagne posé devant eux. L'homme, la cinquantaine, l'envisageait sans aucune gêne pour sa compagne, une femme plus jeune d'une quinzaine d'années.

Sacha lui mit un coup de coude dans les côtes.

– Tu as un ticket.

– Moi ?

– Oui, tu devrais essayer, ça élargira tes horizons.

Le gérant arriva au milieu des moqueries de Sacha.

– Bonsoir messieurs, je vous offre une coupe de champagne ?

Maniéré, exagérément sympathique : une caricature. Un vieux beau. Les dents refaites et la peau couverte de tatouages qui s'échappaient de ses manches et de son col de chemise généreusement ouvert sur son torse épilé. Sacha le fixa un instant, l'air sévère, puis se mit à rire.

– Détendez-vous, on n'est pas des cabarets*. J'ai besoin de quelques infos sur un type que vous avez employé comme videur, c'est tout.

– Qui ça ?

– Régis Legendre.

Le gérant parut rassuré.

– Ah oui, Régis. Il a fait quelques extras, surtout le week-end, mais ça fait quelque temps qu'on ne l'a pas vu. Qu'est-ce qu'il a fait comme conneries ?

– Il est mort.

---

* Groupe chargé à la PJ de la surveillance des établissements de nuit parisiens.

Le patron pâlit, tordant ses lèvres en une moue de dégoût.

– Ah merde, qu'est-ce qui lui est arrivé ?

– Il a été tué. Je ne peux pas en dire plus, l'enquête est en cours.

– Je comprends. Mais ça concerne l'établissement ?

– Non. Enfin, je ne pense pas.

Je ne pense pas. Sacha était subtil. Louis nota la manière avec laquelle il laissait la porte ouverte à toutes les hypothèses. *Tu ferais mieux de coopérer si tu ne veux pas que ça aille plus loin*. Le gérant saisit le sous-entendu.

– Écoutez, je vais être clair, je l'employais au black.

– J'apprécie votre franchise, mais ça, on s'en fout. Ce que je veux savoir, c'est si quelqu'un avait des raisons de lui en vouloir. Un employé ou un client ? Il n'a pas été mêlé à une bagarre ou autre chose qui pourrait expliquer ce qui lui est arrivé ?

– Non, je ne vois pas. On a parfois des tensions à la porte, mais rien de méchant. Juste des types seuls qui essayent de rentrer et qui se font refouler. Ça ne va jamais très loin. À l'intérieur, on a surtout des couples et, en général, ils repartent plutôt détendus, si vous voyez ce que je veux dire.

Un rire gras secoua le gérant. Un rire grossier, bruyant et crapuleux, qui répugna Louis. Sacha poursuivit.

– À part vous, qui pourrait nous renseigner ?

– La barmaid… Attendez, je l'appelle.

Le patron rejoignit une femme qui s'affairait à l'autre bout du bar. D'une beauté remarquable, au sens littéral. Son bustier en dentelle noire enserrait sa taille, pressait habilement ses seins. Ostentatoire mais pas vulgaire. Se dégageait d'elle une délicatesse qui tranchait avec le reste de sa tenue. La finesse de ses attaches, de son maquillage. Les boucles rebelles de ses cheveux. Elle se pencha pour écouter son chef, puis se dirigea vers eux, riva son regard à celui de Louis. D'un bleu vif troublant. Elle était consciente de son pouvoir.

– Bonsoir messieurs, le patron m'a dit qu'il était arrivé un accident à Régis ?

– On peut dire ça, oui.

– C'est triste, c'était un chouette garçon, vraiment gentil. Il savait se tenir avec les femmes. C'est important dans ce métier.

Sacha ne répondit pas.

– C'était quelqu'un de sympa. De temps en temps, il se prenait la tête avec des types à la porte, mais sans plus. Ce n'est pas une boîte classique, ici.

– J'avais remarqué, oui.

Elle gloussa, Louis se détourna, trop tard. Elle l'avait harponné. Elle fit mine de rien et reporta son attention sur Sacha.

– Vous êtes un marrant, vous. Ce que je veux dire, c'est qu'on a rarement affaire à des méchants, plutôt à des frustrés. Ils râlent un peu et s'en vont, c'est tout. Je vois mal un client lui faire la peau.

– Et une femme ?

– Une femme ?

– Bah, oui, je suis pour l'égalité des sexes. Il n'a jamais eu de conflit avec une femme ?

– Non, au contraire, il était prévenant et doux avec elles. Mais, maintenant que vous en parlez… Je pense à un truc.

– À quoi ?

– Un couple d'habitués. La femme avait un faible pour Régis, et je crois que son partenaire n'appréciait pas trop. Il lui a presque sauté à la gorge la dernière fois.

Sacha parut dérouté.

– Un type a voulu se battre avec lui parce qu'il était jaloux de sa femme ? Alors qu'il l'amenait ici pour l'offrir à d'autres ?

– Présenté comme ça, c'est sûr que c'est surprenant. Mais l'échangisme, c'est un état d'esprit basé sur la confiance. Accepter que sa femme réalise ses fantasmes, et se rendre compte qu'elle vous trompe, c'est très différent.

– OK… Ça m'échappe un peu, mais admettons. Et comment ça s'est fini ?

– Le mec et sa femme sont partis, c'est tout.

– Vous les avez revus, ensuite ?

Elle attrapa une tablette posée derrière le comptoir.

– Bonne question. Je regarde.

– Vous notez toutes les entrées ?

– Non, juste celles des adhérents. Et non, ils ne sont pas revenus.

– Vous avez leurs coordonnées ?

– Oui, pour les promos. Le nom, c'est sûrement un pseudo, mais le portable, c'est un vrai numéro.

Sacha se tordit le cou pour voir l'écran.

– Merci, on va vérifier ça. Si un détail vous revient, n'hésitez pas à nous contacter.

La serveuse regarda Louis et lui sourit, faussement ingénue.

– On se connaît tous les deux, non ?

Le sang explosa au visage du jeune homme. Elle racontait n'importe quoi, il ne l'avait jamais rencontrée ! Ses nuits ne ressemblaient à rien de tout ça. Il voulut protester, mais Sacha lui dama le pion.

– Tu ne réponds pas à la dame ?

Quoi qu'il dise, Sacha aurait le dernier mot. Il se tut, laissant la barmaid rire aux éclats.

– Bon, je crois que vous l'intimidez. On va y aller. Si vous vous souvenez de quoi que ce soit, rappelez-moi.

Elle attrapa la carte que Sacha lui tendait, sans quitter Louis des yeux.

– La prochaine fois, demandez Vanessa à la porte, je viendrai vous accueillir.

Il était presque 2 heures. Une légère bruine tombait sur la rue, un froid poisseux qui s'accrocha à eux dès qu'ils ressortirent. Diffractée par la pluie, la lumière des lampadaires peinait à éclairer l'entrée de la boîte, mais Louis vit que Sacha rigolait toujours.

– Je n'ai jamais vu cette femme, je te le jure. Je n'ai jamais foutu les pieds dans cette boîte.

– Je sais bien, les putes adorent ça. C'est pour te déstabiliser. Ça lui permet aussi de ne pas répondre aux questions. C'est vieux comme le monde.

– Pourquoi tu n'as rien dit, alors ?

– Parce que c'était marrant.

Sacha lui mit une tape dans le dos.

– En tout cas, on n'y est pas allés pour rien. Il faut qu'on creuse cette histoire. Demain matin, tu identifies le portable du couple, et tu les passes aux fichiers. Ça doit être un toc*, mais vérifie.

– Tu y crois, au mari jaloux qui emmène sa femme en boîte à partouze ? C'est plutôt contradictoire, non ?

– Tu as entendu la dame ? C'est une affaire de confiance. Et ce ne serait pas la première fois qu'une affaire de cul se solde par un meurtre.

Un éclair frappa l'horizon. Puis un autre. Louis avait hâte que la journée se termine.

* Fausse identité.

Mais il reçut une notification, lut le message à Sacha.

Explosion criminelle rue du Chemin-Vert à Paris. D'après les premiers effectifs sur place, l'attentat a soufflé la permanence d'un parti politique. Aucune victime à déplorer.

PARTIE III

14

Coline attendait le top.

Elle ne voyait que le dos de Julien, guettait le moindre bruit en serrant son arme restée à l'étui, concentrée sur le silence. Pas un son, tout le monde dormait dans l'immeuble. Son gilet pare-balles l'étouffait, elle glissa deux doigts dans l'échancrure et tira dessus.

Le bois du chambranle se mit à craquer légèrement. Coline respira doucement, se vida l'esprit. Nouveau craquement, plus long, plus profond. La porte céda, puis Sacha entra en hurlant.

– Police judiciaire.

Une main sur l'épaule de Julien, Coline dégaina et s'élança, comme à l'entraînement. L'obscurité du couloir était balayée par les faisceaux des lampes. Elle se rua au fond, ouvrit une porte, trouva un placard encombré. Louis la dépassa, elle pénétra dans une autre pièce. La salle de bains. Personne. Elle alluma, vérifia derrière le rideau de douche et ressortit au moment où Julien criait. « *RAS !* » L'intervention était terminée. Ça n'avait duré que deux minutes. Deux minutes durant lesquelles elle n'avait sécurisé que des pièces vides. *Fais chier*. Frustrée, elle rangea son arme. La pression mettrait quelques minutes à redescendre. Il n'y avait pas eu d'incident, c'était déjà ça.

Elle entendit la voix de Sacha dans la chambre à coucher. Le suspect était assis au bord du lit, en caleçon, les mains menottées dans le dos. Enlacé autour de son bras, un dragon crachait une longue flamme qui venait mourir à la naissance de son poignet. Des tatouages tribaux ornaient ses cuisses, un aigle sur son torse : le mélange manquait d'harmonie. Elle n'y voyait aucune symbolique, aucune esthétique, juste un manque d'imagination qui la désola.

Sacha lui notifia ses droits.

– Il est 6 h 10. Vous êtes placé en garde à vue dans le cadre d'une commission rogatoire délivrée pour des faits d'homicide volontaire. Vous avez le droit à un avocat et un médecin. Comme votre femme est présente, je crois que c'est inutile de prévenir un proche. Vous avez compris ce que je viens de vous dire ?

Hagard, l'homme regardait autour de lui sans comprendre ce qui lui arrivait. Il baissa la tête, parut réfléchir. La releva, soudain agressif.

– Je n'ai rien fait, et je vous emmerde. Vous n'avez pas le droit d'entrer chez moi comme ça, sans mandat.

– Les mandats, c'est dans les films américains. En France, on a des commissions rogatoires comme celle que je vous ai présentée.

– Je veux un avocat. En attendant, je n'ai rien à vous dire.

Coline remarqua l'arcade sourcilière de l'épouse, violette et ourlée de jaune, qu'elle essayait de cacher sous ses cheveux. Battue, violentée, et c'était elle qui avait honte. Coline connaissait cet état, celui de l'emprise. Elle l'avait souvent vu en commissariat. *Faute avouée à demi pardonnée*. Beaucoup de conjointes maltraitées excusaient l'inexcusable. Elles finissaient par retirer leurs plaintes, sédatées par des promesses et le sentiment de mériter leur sort, effrayées aussi à l'idée de se retrouver seules. Coline s'approcha, découvrit d'autres marques sur les bras de la jeune femme. Sacha entrevit qu'elle pouvait lui parler et lui offrit une opportunité.

– On va procéder à une perquisition. Coline, tu peux emmener madame à côté ?

– Non, elle va nulle part.

La femme s'immobilisa, stoppée net par la brutalité dans la voix de son époux. En guise de réponse, Sacha se mit à vider le contenu de l'armoire sur le lit et Louis attaqua les tables de nuit pendant que Coline accompagnait la victime dans le salon.

– Vous n'avez pas le droit.

Debout sur une chaise, Sacha passa sa main au-dessus du meuble, balança un carton poussiéreux à terre, esquissa une sorte de sourire d'excuse tandis que toutes sortes d'objets se mettaient à pleuvoir. Coline enjamba un tas de vêtements, prit la femme par la main et se dépêcha de sortir. En sentant qu'elle ne suivait pas, elle se retourna et reconnut la peur dans son regard. La même qu'elle avait déjà affrontée. Ce sentiment d'être impuissante.

Castré, enchaîné, il surveillait la fouille du salon. Le mâle alpha, viril et tout-puissant pleurnichait désormais à cause des menottes. Voulait se faire passer pour la victime. Coline le connaissait, il ressemblait à beaucoup d'autres qu'elle avait déjà rencontrés. Pieds nus, vêtu d'un vieux survêtement, soudain doux et poli, il jouait les effarouchés. Mais elle n'éprouvait aucune pitié pour lui, seulement du mépris.

Louis confectionnait les scellés provisoires, installé dans le canapé.

– On prend quoi, Sacha ?

– L'ordinateur de bureau, sa tablette, et les portables.

– Tous les portables ?

– Ouais. Le numéro que ta copine du Swing nous a donné est une entrée libre *, il doit le planquer quelque part. Si on ne le trouve pas là, on fera sa bagnole et la cave.

* Ligne GSM sans abonnement.

À moins qu'il nous dise où il est, ça nous ferait gagner du temps.

Nouvelles lamentations. Coline n'en pouvait plus. Elle suivit l'épouse dans la cuisine, lui servit un verre d'eau qu'elle but d'une traite avant de céder enfin aux larmes. Coline la serra contre elle, sans rien dire. Deux femmes qui s'épaulaient. Tant pis pour la distance que Sacha lui reprocherait de ne pas avoir maintenue, elle s'en moquait.

Après la perquisition de l'appartement, ils s'attaquèrent à celle de la voiture du couple. Coline se délectait de voir le visage de l'homme se décomposer. Encore plus quand Louis trouva ce qu'ils cherchaient.

– C'est pas à moi.

– C'est à qui, alors ? C'était dans votre boîte à gants. C'est votre voiture, non ?

– Oui, mais c'est pas mon portable.

Au cours de toutes les auditions qu'elle avait menées, Coline avait croisé des hypocrites, des bluffeurs, des mythomanes. Ce qui distingue les vrais menteurs des autres, c'est leur capacité à croire à ce qu'ils racontent. Celui-ci hésitait maladroitement. Sacha s'énerva.

– Vous vous foutez de moi ? C'est quand même pas moi qui l'ai planqué là.

– J'en sais rien… Peut-être. En tout cas, il est pas à moi.

– Et à qui, à votre femme ?

– Vous n'avez qu'à lui demander, mais il est pas à moi.

Coline sentit monter une bouffée de haine. Elle resserra sa prise d'un quart de tour, la morsure des menottes entailla les poignets du mari, qui se mit à geindre. Sacha échangea avec elle un regard entendu.

– OK, on verra ça au bureau. Coline, tu ramènes madame avec Louis, c'est mieux. Julien et Guillaume, vous vous occupez de lui, je conduis.

La cité s'éveillait. Les riverains commençaient à s'emparer de la rue et à venir aux nouvelles. Ils avaient regagné leurs véhicules. Bientôt 8 heures, ils allaient se retrouver pris dans les bouchons. Louis sortit le gyrophare, clippa la plaque « Police » sur le pare-soleil, et Coline attendit pour démarrer. Rouler en convoi était plus efficace. Elle laissa Sacha prendre la tête, se colla derrière lui et activa son deux-tons.

La sirène beuglait, forte et obsédante, mais elle n'empêchait pas Coline de repenser à la réaction de l'homme quand ils avaient découvert le portable. C'était clair qu'il lui appartenait, mais elle ne comprenait pas en quoi cela lui posait un problème. Sa femme n'ignorait rien de ses mœurs, peu importait qu'il ait une maîtresse. Ça lui coûtait de l'envisager, mais Sacha avait peut-être vu juste ; ce type cachait quelque chose. Pas un secret véniel, pas une simple entorse au mariage. Un péché plus grave, inavouable. *Et quoi de plus inavouable qu'un meurtre ?*

15

– Il va falloir arrêter de nous prendre pour des cons. Le portable qu'on a trouvé dans votre voiture, c'est le numéro que vous avez donné pour votre inscription au Swing. Et comme votre ligne officielle, il était coupé au moment de l'agression. Vous pouvez m'expliquer ça ?

L'homme jouait avec un gobelet en plastique. Il le faisait craquer entre ses doigts et les petits bruits secs tapaient sur les nerfs de Sacha. Deux heures d'audition, deux heures de questions sans réponses. *Motus*. L'avocat avait recommandé le silence, un conseil que son client appliquait à la lettre. Le dossier était vide. Pas d'ADN, pas d'empreintes, aucun témoin. Uniquement des présomptions fondées sur les déclarations d'une barmaid de club échangiste. Sacha ne pouvait pas lui en vouloir de se taire, il aurait fait la même chose.

L'aveu. La reine des preuves. Il lui fallait une confession. Ce type puait la mort, il était coupable, Sacha le sentait. Il flairait une odeur de sang, reniflait après lui, grattait pour déterrer ses secrets. Façon molosse.

– On sait que vous n'étiez pas chez vous cette nuit-là, votre femme nous l'a dit. Alors expliquez-nous ce qui s'est passé. C'était un accident ? Vous êtes allé voir le videur sur son lieu de travail ? Vous vouliez qu'il la laisse tranquille et ça a dégénéré, c'est ça ? Je peux le comprendre, vous savez. La juge aussi le comprendra. Mais si vous continuez à vous taire, vous ne pourrez pas vous défendre. On retiendra le pire, la préméditation. Un homicide involontaire et un assassinat, c'est pas le même tarif. Il ne vous l'a pas expliqué, votre avocat ?

Poker face. Le visage face à lui ne trahissait rien, aucune émotion. Sacha avait l'impression de se mesurer à un joueur professionnel. Un innocent se serait révolté, il aurait larmoyé qu'il n'avait rien à faire là, supplié qu'on le relâche. Certains gardés à vue s'effondraient complètement et perdaient toute dignité. Ou bien choisissaient l'attaque comme défense, quitte même parfois à menacer les flics. Mais Sacha n'avait jamais vu un innocent rester calme. *Je sais que c'est toi*. Il fallait juste trouver le bon fil et tirer dessus.

– C'est pas la bonne stratégie, on finira par démontrer que vous étiez sur place. De nos jours, c'est devenu impossible de passer inaperçu. Paris est truffée de caméras et vous n'êtes pas invisible. On va retrouver des traces : un cheveu, une peau morte. Même avec des gants, vous avez dû laisser votre ADN partout, c'est sûr. On va vous coincer et, à ce moment-là, vous regretterez de ne pas avoir choisi de vous expliquer.

L'homme hocha la tête, Sacha crut l'avoir touché.

– Cherchez tant que vous voulez, je n'ai rien fait à ce mec.

– Alors, racontez-moi où vous étiez ?

Nouveau mutisme obstiné. Sacha pensa à Yannick : les entêtés lui plaisaient. Il passait des heures à les laisser patiemment s'emmêler dans leurs contradictions, aux aguets, attendant *une* erreur, la fausseté d'un détail qui faisait tout basculer. Sacha n'avait pas ce flegme. Le bruissement d'un gobelet, le vrombissement de l'ordinateur, tout l'énervait. *Ce gars se fout de moi.* Il avait envie de l'empoigner, le secouer jusqu'à ce qu'il parle, mais il devait respecter les règles. *La procédure. Suivre la procédure.* Et faire une pause. Il avait besoin de souffler, son gardé à vue aussi. L'avocat l'aurait exigé de toute façon.

Dans la salle de repos, Sacha était allongé sur un vieux canapé, laissé-pour-compte d'un déménagement. Avachi, il se repassait l'audition. C'était décourageant, il n'avait rien obtenu. Soit parce que la morale l'empêchait de faire ce qu'il fallait, soit parce qu'il n'était tout simplement plus capable d'assumer la violence nécessaire. Il lui aurait pourtant suffi de virer l'avocat et d'attraper son client pour le passer par-dessus la table. Depuis plus de vingt ans, il nageait dans un marais infesté d'imposteurs, de violeurs et de meurtriers. Tous ses efforts étaient inutiles, les choses ne faisaient qu'empirer. Il fallait que ça cesse. Que tout ce foutoir s'arrête. Que plus personne ne meure.

Il rouvrit les yeux, quelqu'un tapait à la porte. Coline passa la tête par l'entrebâillement, l'air ennuyée de le déranger.

– On voulait faire un point avec les collègues. Tu viens ?

– J'arrive.

Il s'assit, le crâne dans un étau. Usé, vidé, acculé. Une impasse. Rien dans ses déclarations ou ce qu'ils avaient trouvé sur leur suspect ne démontrait qu'il avait tué le vigile. Mais une image poursuivait Sacha : le regard inquiet du type lorsqu'ils avaient découvert le portable dans sa voiture. La clef était peut-être là.

C'était l'heure du petit déjeuner, le moment des croissants et des pains au chocolat. Louis lui tendit une tasse. Sacha s'installa à son bureau. Dans un seul mouvement, le groupe au complet se tourna vers lui pour le regarder. Comme une bande de suricates curieux et craintifs. Il but une gorgée de café, passa en revue leurs visages. La plupart étaient gênés, certains le fuyaient. Il eut la désagréable impression d'être jugé et la scène lui rappela une scène de mutinerie. Coline commença.

– On voulait te parler.

– Me parler ?

Il se contint. Convoqua ce qui lui restait de sang-froid. Trahi, atrocement déçu. Coline avait cette mimique qu'elle arborait chaque fois qu'elle était embêtée.

– Ne te braque pas. C'est juste qu'on a un peu discuté entre nous, et on n'a pas le sentiment de tenir celui qu'on cherche.

Entre nous. Ils s'étaient réunis sans lui, dans son dos.

– Et pourquoi ?

– Louis a analysé le portable qu'on a trouvé dans la caisse, et il a pu remonter certains SMS qui avaient été effacés. La nuit du meurtre, notre client est ressorti, mais il n'est pas passé au centre médical. Il est allé retrouver quelqu'un qu'il avait rencontré en ligne. Sa femme l'a confirmé. Elle dit qu'il est parti plus de trois heures et que, quand il est rentré, il avait l'air bien. Il a pris une douche avant de se coucher, mais il était normal, pas du tout nerveux.

– Et donc ?

– Donc, c'est pas lui.

Sacha rit. D'un rire acerbe et méchant. Maintenant, elle lui apprenait à mener une enquête. De trahi, il venait de passer à idiot en un rien de temps. *Belle promotion*. Il la coupa d'un geste.

– Ça ne prouve rien. D'abord, il a pu s'arrêter au labo à l'aller ou au retour. Il ne faut pas longtemps pour tuer quelqu'un. Et surtout, ça n'explique pas pourquoi il n'a pas tout simplement dit qu'il était allé se taper un plan cul. C'était plus simple, non ? Ce n'est pas le genre honteux d'avoir une maîtresse, il cache autre chose. Vous avez appelé cette gonzesse pour vérifier ?

– Oui… Mais ce n'est pas une gonzesse, c'est un homme. C'est sans doute pour ça qu'il ne voulait rien dire. Sa femme m'a expliqué qu'il n'assume pas sa bisexualité. Il se planque pour rencontrer des mecs, et quand elle essaye de lui en parler, il lui fout sur la gueule. Tu as vu ses marques ?

Un homme. Sacha encaissa la nouvelle. Cette époque le perdait, il n'avait plus les codes. Coline insista. Elle n'y prenait aucun plaisir, il le voyait, mais elle était résolue.

– Ce n'est pas lui, Sacha, on s'est trompés. Il faut lever la GAV*. Mais sa femme va déposer plainte. Si tu es d'accord, je vais proposer au parquet d'ouvrir une procédure

* Garde à vue.

incidente pour violences conjugales et repasser l'affaire à un commissariat. Il ne mérite que ça, ce con.

Il lâcha prise, écœuré. Leva les mains en signe de reddition. Coline en avait fini. Louis mangeait encore, les autres baissèrent le regard. *Basta*. Il termina sa tasse et la reposa. D'un coup sec. Il n'avait pas envie de se battre.

– OK. Occupe-toi de la fin de garde à vue et appelle la juge. Je repasse chez moi pour me changer. Je ferai le point à la taulière en revenant.

Sa chaise crissa alors qu'il se relevait. Retour à la case départ. Un vide énorme s'ouvrait devant lui, un abysse de doutes. L'image du vigile lui revint pendant qu'il sortait. Son corps étendu sur le sol. Les yeux morts, sa nuque pleine de sang.

16

Assis sous le vasistas, il relisait l'un des articles qu'il avait découpés. Ils racontaient tous la même chose. Les journalistes décrivaient les dégâts, faisaient parler les voisins, extrapolaient sur les risques évités, mais en éludant les causes. Sans chercher à comprendre. Des faits bruts. Parce qu'ils ne se posaient pas les bonnes questions, ou bien parce qu'ils étaient muselés. La liberté de la presse n'était qu'un leurre, une manipulation de plus pour garder la population faible et obéissante. Même le Net était sous contrôle. Les fake news foisonnaient sur les réseaux sociaux, entretenant un flou orchestré pour brouiller les consciences et les empêcher de se réveiller. Mais, bientôt, plus personne ne pourrait ignorer la vérité ni arrêter le changement qui se préparait.

Il regarda la photo prise après l'explosion.

La permanence en feu.

Les flammes dévoraient la façade du bâtiment et léchaient les fenêtres au-dessus. Les autres étages étaient habités. Tant pis. Les dommages collatéraux étaient consubstantiels à la guerre. C'était inévitable.

L'incendie paraissait vivant. Il se souvint d'une phrase de Zola : « Allumez le feu aux quatre coins des villes, fauchez les peuples, rasez tout, et quand il ne restera plus rien de ce monde pourri, peut-être en repoussera-t-il un meilleur. »

Tout brûler pour tout reconstruire.

La révolution n'avait pas de mesure. Elle naissait de la souffrance, se nourrissait d'espoir, mais ne s'encombrait pas de bons sentiments. Elle était pure.

Il laissa ses doigts frôler le papier. Et frémit. Il avait hâte de voir les rues s'embraser, l'attente était interminable. Il alluma son portable. Pour se connecter au site de rencontres qu'il fréquentait. Pas pour trouver une partenaire, il préférait d'autres jouissances. Il rejoignait son groupe, ceux qui partageaient ses convictions. Les services de renseignements épiaient la plupart des forums politiques, alors il avait dû trouver un moyen d'échapper à leur surveillance et de contourner la censure. Quoi de mieux que se cacher au milieu d'un fouillis d'annonces ? Ils étaient déjà des dizaines, prêts au combat et au sacrifice.

Il reconnut un profil : *Proudhon 337*. Cliqua sur la fiche, vérifia que son contact était bien sur le tchat et écrivit.

*Salut, tu as vu dans le XI*e *?*

Les trois points se mirent à clignoter. Son interlocuteur répondait.

L'attentat rue du Chemin-Vert ?! Oui, tu sais qui c'est ?

Il hésita. Poser des questions était inhabituel, tous les membres de sa communauté étaient au fait des règles. *Proudhon 337* les avait pourtant ralliés depuis plusieurs mois, ils avaient souvent discuté ensemble et aucun flic n'était encore venu défoncer sa porte. Mais pourquoi prendre le risque ?

Gardons un peu de mystère... Mais j'ai l'impression que ce n'est qu'un début. Tiens-toi prêt, le vrai changement est pour bientôt.

Il avait beaucoup à faire avant cela, la prochaine action était plus ambitieuse. Elle supposait beaucoup de préparation et de meilleurs repérages pour assurer une parfaite synchronisation. L'enjeu le justifiait. Le danger de la 5G était réel, mais la menace de cancers : une broutille pour les opérateurs. Il fallait faire assez de bruit pour que les gens comprennent. Dès la nuit tombée, il irait découvrir les lieux, vérifier l'itinéraire.

Il regarda le bout de ciel par le vantail crasseux de fientes. Il ferait encore jour pendant des heures, il avait le temps.

Notification. Un nouveau correspondant, parrainé, qu'il laissa se loguer. Il avait envie de bavarder, d'occuper ses pensées pour tromper son impatience, même provisoirement.

Parce qu'il avait le cœur brûlant.

Comme le feu qui couvait.

17

L'accent de Toulouse de Yannick. Ses mots roulaient comme des pierres. Un supplément d'âme. Mais il ne décrochait pas. Sacha écouta la messagerie vocale, attendant le *bip* pour parler.

– Je voulais te faire un point sur l'affaire du centre médical. On a tapé le suspect, mais on s'est plantés. Enfin, c'est l'avis général. J'aurais bien voulu avoir le tien. Tu aurais adoré, les mômes ont essayé de prendre le pouvoir. Si je ne fais pas gaffe, ils vont finir par me mettre au rancart. Tu leur manques, tu sais. Je me sens un peu seul, j'avoue.

Des pas résonnèrent dans le couloir.

– Je te rappelle.

Il raccrocha. Adèle Mayer, la commissaire, poussa la porte, laissant entrer un courant d'air glacé qui le pénétra jusqu'aux os. Il retira ses pieds du bureau. Elle regarda rapidement autour d'elle.

– Je vous dérange ?

– Non, venez, je vous en prie.

Elle ferma la porte derrière elle avant de s'asseoir. Mauvais signe. Pour une visite de courtoisie, elle l'aurait laissée ouverte. Leur dernière discussion avait été tendue.

Le dossier du veilleur de nuit piétinait. Elle lui avait déjà reproché ses divergences avec Coline et les autres, de ne pas se montrer assez attentif à leur point de vue. Ce à quoi il rétorquait qu'elle dépassait ses prérogatives en s'immisçant dans sa gestion de groupe. Dialogue de sourds. Difficile de s'entendre lorsque l'on ne s'écoute pas. Ses yeux se changèrent en deux pointes vives et brillantes tandis qu'elle tentait un sourire.

– Comment ça va ?

Soudainement pleine de sollicitude. Avec cette expression de celle à qui on ne la fait pas. Mais il la voyait venir. Soufflant le chaud et le froid, la plus gentille des taulières. Il ne dit rien, ses tentatives de séduction l'amusaient.

– Vous avez l'air vanné. Ça fait longtemps que vous n'avez pas pris de jours ? Vous devriez vous poser un peu, prendre le temps de souffler.

– C'est gentil, mais ça va. Qu'est-ce que je peux faire pour vous ?

Elle tournait autour du pot. Elle avait quelque chose à lui demander – cette voix douce, inhabituelle.

– Je voulais vous confier une enquête. Celle sur laquelle vous êtes n'avance pas, et ça vous ferait du bien de vous mettre sur autre chose. À vous, comme à vos collègues.

– Vous me retirez l'affaire ?

– Non, pas du tout, vous la gardez. Mais ça vous permettra de prendre de la distance, de trouver… un second souffle.

Un second souffle ? De quoi elle parlait ? Il se redressa sur son siège, décidé à ne pas se laisser faire.

– On n'a pas besoin de se changer les idées, encore moins de se disperser. C'était une fausse piste, ça arrive, mais on va trouver. Il reste des vidéos à exploiter, on attend des retours de réquises sur la téléphonie. Ça va finir par donner, il faut juste être patient.

– C'est vrai, mais il s'agit d'une affaire toute simple.

Elle essayait de l'amadouer et elle s'y prenait mal. *La manipulation pour les nuls.* Il fallait qu'il pense à lui offrir le manuel. *Ça pue le piège à plein nez.*

– On est occupés pour l'instant, demandez à un autre groupe.

– Je n'ai pas le choix, et vous non plus. C'est un dossier VIP, le patron vous l'a affecté. Désolée.

Clair et concis. Au moins, il savait à quoi s'en tenir.

– Je crois que la victime connaît le ministre, c'est pour ça qu'on a hérité de la saisine. Vous savez comment ça marche.

Servitude et grandeur policières. Sacha soupira.

– C'est qui ?

– Arnaud Dufauchelle.

– Qui ça ?

– Un intellectuel. Vous ne lisez pas le journal ?

– Juste les pages sports. Qu'est-ce qui lui est arrivé ?

– Deux types lui sont tombés dessus quand il sortait de chez lui. Ils l'ont presque laissé pour mort. Il a fait quelques jours de coma, alors il faudra l'entendre à l'hosto.

Il était consterné. Et ça se voyait, parce que le sourire d'Adèle s'effaça.

– Où est le problème ?

– On traite de violences volontaires, maintenant, à la Crim' ?

– Quand la victime est aussi connue, oui. Et le parquet a ouvert en tentative d'homicide. Ça fait partie des exercices imposés, vous avez l'habitude. Deux jours de boulot, après vous pourrez retourner à votre affaire. Je compte sur vous.

Elle n'ajouta rien, se releva et sortit en claquant la porte. Par la fenêtre, Sacha regarda le soleil disparaître, laissant la place à un demi-jour sans éclat où les points rouges des voitures clignotaient tristement. La porte se rouvrit. Adèle voulait-elle être certaine d'avoir été comprise ? Mais c'était le visage de Coline qui s'encadrait dans l'ouverture. Avec un air qu'il avait d'abord pris pour de la tristesse, mais qui était en fait l'expression d'une affection sincère.

– Qu'est-ce qu'elle voulait ?

– Prends tes affaires, je te raconterai sur la route. On a une plainte à prendre.

La chambre était immense, décorée avec soin. Sacha découvrait le luxe de l'Hôpital américain. Ce qui ne changeait rien au fait qu'il n'avait aucune envie d'être là. Les heures de visite s'achevaient dans quelques minutes, il reposa la même question.

– Vous êtes sûr de ne pas pouvoir les décrire ?

Arnaud Dufauchelle grimaça de douleur et empoigna la pompe à morphine posée sur son drap. Après quelques secondes, l'effet des antalgiques se fit sentir et il se mit à respirer plus lentement. Ses deux jambes et son bras droit étaient plâtrés. Il portait une minerve et des bandages autour du crâne. Ses agresseurs ne l'avaient pas raté. Mais il était incapable de les reconnaître. Il n'avait rien vu, juste deux ombres lui foncer dessus dans l'obscurité.

– Vous savez d'où ils venaient ?

– Non, j'étais au téléphone, je ne les ai même pas vus arriver. J'aurais dû attendre que mon taxi arrive pour sortir.

– Une idée de qui c'était ?

– Aucune, mais je n'ai pas que des amis.

– Vous pouvez être plus précis ?

– Dans mon dernier livre, j'ai dénoncé les théories accélérationnistes. Ça n'a pas dû plaire à tout le monde.

Sacha resta impassible, inutile de paraître stupide. Il nota sans poser de questions, pensant vérifier plus tard, mais le philosophe avait compris. Il eut un rire bref et grogna. *Les côtes, bien fait*. Sacha fit un clin d'œil à Coline, que Dufauchelle surprit. Il se vengea en les assommant de mots.

– J'ai pointé du doigt des mouvements qui veulent détruire notre société en intensifiant ses dérives. Des extrémistes qui prônent l'autodestruction des institutions en accélérant le processus et en exacerbant les critiques du système. C'est un système de pensée nihiliste. Vous comprenez ?

Bien sûr qu'ils ne comprenaient pas, c'était l'idée. Mais Sacha joua le jeu.

– Non. Ça veut dire quoi ?

– En clair, je lutte contre des groupuscules qui attaquent la démocratie, mais aussi le capitalisme et le libéralisme. Une stratégie commune à l'extrême gauche comme à l'extrême droite, en passant par les éco-terroristes et les nationalistes. Alors ils me détestent tous.

– Ça nous fait beaucoup de suspects, ça. Vous avez déjà reçu des menaces ?

– Des tonnes. Quelques-unes par courrier, mais la plupart du temps sur les réseaux sociaux. La magie du progrès. Maintenant on peut harceler n'importe qui sans quitter son salon. J'ai tout gardé, si vous voulez.

– On va tout récupérer, oui. Vous avez déjà déposé plainte pour ça ?

– Non, jamais. Je ne pensais pas que ça irait plus loin.

– À part ça, vous voyez autre chose qui pourrait nous permettre de les identifier ?

– Non… Enfin, peut-être un truc. Je suis à peu près sûr que, pendant qu'ils me tapaient dessus, l'un des deux me filmait avec son portable. Je ne sais pas si ça peut vous aider.

Coline parut percuter et s'approcha du lit.

– Vous êtes certain qu'il vous filmait ?

– Sûr et certain. Parce qu'il a dit à l'autre que la prise était parfaite. *Parfaite*. Vous vous rendez compte ?

Le nez dans son portable, Coline ne parla pas durant tout le retour. Elle semblait observer le monde sur son écran, dans des recoins où le regard de Sacha ne porterait jamais, absorbée par cet univers qui lui échappait et qu'il ne voulait pas connaître. Un cloaque sans intérêt. Une ruelle sombre où s'entassaient toutes les immondices, tout ce que nos inconscients ne pouvaient pas digérer et qui suintait de nos fantasmes les plus abjects. Il refusait de s'y égarer.

– J'ai trouvé.

Coline releva la tête.

– La vidéo de l'agression, je l'ai trouvée, regarde. Ça tourne sur Instagram, il y a déjà près d'un million de vues.

18

Coline faillit s'endormir. À travers la vitre, les bâtiments défilaient et se confondant le long de la voie. Le train ralentit à l'approche d'une courbe. Elle sentit ses paupières s'alourdir, sa tête peser vers l'avant, et inspira pour se vivifier. Le crissement des freins finit de la réveiller. Encore dix minutes de trajet, dernier jour de la semaine. Ensuite, elle pourrait dormir, boire quelques verres. Peut-être faire l'amour. Elle s'étira la nuque, effectua quelques exercices simples de relaxation, puis scruta le wagon. À cette heure, la plupart des voyageurs étaient dans le même état qu'elle : éteints, engourdis, encore sous l'influence de leurs rêves ou de leurs cauchemars. Certains lisaient ou écoutaient de la musique. D'autres dormaient carrément, pelotonnés sur leur siège, les jambes parfois mêlées à celles de leurs voisins. Elle aimait les transports en commun. D'abord parce que c'était une photographie fidèle de la banlieue. Ensuite parce que ça lui rappelait les fois où, enfant, personne ne pouvait la garder et qu'elle accompagnait sa mère à son travail. Mais, surtout, parce que depuis qu'elle était en PJ elle avait appris à vraiment observer les autres. Un wagon de chemin de fer était l'endroit idéal.

Son regard glissa d'une place à une autre. Derrière chaque visage, elle essayait de deviner une vie. Elle buta sur un homme assis en fond de rame qui la lorgnait ouvertement. Ses yeux la fouillaient sans pudeur et sans gêne. Elle pouvait le deviner la salir de ses pensées obscènes, la déshabiller lentement. Elle ne devait pas perdre le contrôle – ne pas penser à ce qu'elle était parvenue à enfouir pour ne plus être obligée de tout revivre.

Cette erreur qui la poursuivait.

Elle se souvenait de tout. Son odeur, sa voix, son haleine fiévreuse. Elle se rappelait chacun de ses gestes, ce qu'il lui avait chuchoté à l'oreille alors qu'il la pénétrait. Cent fois, mille fois, elle avait failli en parler. Elle s'en voulait d'avoir cédé aussi facilement, de s'être fait ainsi droguer sans même se méfier. Un moment d'égarement impardonnable qui l'avait conduite à mentir et à se renier. Elle se reprochait beaucoup de choses, pour tellement de mauvaises raisons. Mais ce qu'elle regrettait le plus, c'était d'être devenue une victime.

Un flic n'était pas une victime.

En temps normal, elle ne se serait jamais inscrite sur un site de rencontres. Elle s'était décidée sur un coup de tête, dans une attitude de défi envers tous ses complexes. Le besoin de se sentir désirée, en laissant de côté tous ses défauts pour un moment et se trouver belle. Il avait su trouver les mots qu'il fallait. Après des semaines d'échanges, alors qu'elle s'était promis de ne pas aller au bout, elle avait fini par accepter de le rencontrer. Boire un verre, flirter avec lui, sans aucune promesse. Un rendez-vous qui devait être sans lendemain. Mais rien ne s'était passé comme prévu. Le premier cocktail l'avait étourdie, elle s'était sentie euphorique, prise d'une légère sensation de vertige. Toutes ses inhibitions avaient disparu par magie – la suite n'était qu'un trou noir. Elle n'avait le souvenir que de quelques bribes, d'images trop floues. Leurs corps, des lèvres et des doigts, sa peau et, chaque fois qu'elle rouvrait les yeux, le plafond crasse d'une chambre d'hôtel.

Lorsqu'elle avait repris connaissance, elle était anéantie.

Elle aurait dû déposer plainte. Mais, à l'idée de pousser la porte d'un commissariat, elle avait renoncé. Raconter les moindres détails, dire pourquoi elle avait trompé Clément, dévoiler son intimité. Tout cela l'avait dissuadée. Elle s'était efforcée d'enterrer cette soirée et de reprendre le cours de sa vie. Mais *ça* ne faisait que grossir. Dès qu'elle fermait les yeux, il ressurgissait. Il se jetait sur elle continuellement. Ses mains sur sa gorge. Il revenait chaque nuit pour la forcer à se rappeler, se vantant sans scrupule, comme si elle lui appartenait.

Le train entrait en gare et elle parvint enfin à le chasser. Un court instant. Il la rattrapa sur le quai, la poursuivit jusqu'au métro. Elle tenta de le semer dans la foule, mais il la suivait partout. Quoi qu'elle fasse, cet homme existait. Il l'avait violée, elle devait vivre avec ça.

Brigade criminelle. Quand elle arriva, Louis était déjà vissé devant son écran. Il visionnait la vidéo de l'agression et ne l'entendit pas entrer dans le bureau. Coline se faufila dans son dos.

– Alors, ça mate ?

Il bondit sur sa chaise. Elle remarqua les cernes sombres qui soulignaient ses yeux, et qui, étonnamment, lui donnaient un air plus sérieux. Peut-être plus mûr. D'habitude, il arrivait après elle. Sauf les fois où il dormait devant son ordinateur. Il allongea ses longs bras en bâillant et en arquant le dos, les poings tendus devant lui.

– Tu es conne, tu m'as fait peur.

Elle rit, lui ébouriffa les cheveux, il se mit à ronronner.

– On dirait mon chat. C'est la vidéo de l'agression de Dufauchelle ? Qu'est-ce que tu as trouvé ?

– Pas grand-chose. Je peux juste te dire qu'elle a été postée après l'attaque par un type qui se fait appeler *Watchmen*.

– Ça veut dire quoi ? *Les gardiens*, c'est ça ?

– Ouais, je crois. J'ai tracé son IP et je suis tombé sur un portable. Une entrée libre, j'attends sa fadette. En travaillant sur ses correspondants, on aura peut-être une chance de le remonter.

Des gobelets vides et des emballages de gâteaux tapissaient son espace de travail. Elle lui en fit la remarque. Qui l'amusa, comme chaque fois qu'elle le maternait.

– Tu es rentré chez toi, au moins ?

– Oui, maman, mais j'ai fini vachement tard. J'ai fouillé les réseaux sociaux pour lister tous ceux qui ont balancé des saloperies sur ton philosophe, et il y en a des tas. Rien que sur Insta, j'en ai remonté plus d'une centaine.

– Ça donne quoi ? Tu as une piste ?

Louis gonfla ses joues et les vida d'un coup. *Prrr*.

– Non, que dalle. Il faut que je lise tout et que je fasse un tri. Certains posts sont limites, mais d'autres font carrément froid dans le dos. Il y en a même qui le menacent de mort, direct. Ces réseaux, c'est l'ubérisation de la connerie. Les tarés n'ont même plus besoin de se réunir quelque part pour partager leurs délires. En trois clics, ils sont en contact via des sites à peine contrôlés et se lâchent sans réfléchir. Depuis ce matin, la vidéo a été mise en ligne sur à peu près toutes les plateformes. Elle tourne partout sans que ça choque grand monde. C'est même le contraire, ça a plutôt l'air de les exciter. À croire qu'il n'y a plus que le cul et la violence qui marchent, maintenant.

– C'est dingue.

– Ouais, surtout quand tu penses qu'aujourd'hui la majorité des gens ne s'informent que là-dessus.

Coline se laissa tomber sur sa chaise. Elle jeta son sac sur son bureau, posa ses coudes et planta son menton entre ses mains, songeuse.

– Ça ne va pas plaire à Sacha. Déjà qu'il ne voulait pas de cette enquête…

– Il est un peu tendu en ce moment, non ?

Louis s'était rapproché en baissant la voix, comme s'il craignait d'être entendu. *Pas de messe basse sans curé*. Elle le voyait venir et n'avait aucune envie de déblatérer sur un collègue. Ses propres secrets lui suffisaient.

– Qui ça ?

– Bah, Sacha. Tu ne le trouves pas à cran ?

Elle le tança du regard. Mais c'était rassurant de constater qu'elle n'était pas la seule à s'inquiéter.

– Si, je trouve aussi… J'ai même pensé à en parler à Adèle, mais, s'il l'apprend, il est foutu de me virer du groupe. Je ne sais pas ce qu'il a.

– C'est peut-être un peu dur pour lui, tu ne crois pas ?

– C'est dur pour tout le monde.

Elle regarda Louis. Un jour ou l'autre, il faudrait bien qu'elle se confie, Louis n'était pas le plus mauvais choix. Il était gentil, compréhensif, et saurait se taire si elle le lui demandait. Elle était sur le point de lui parler quand Guillaume entra dans le bureau.

– Salut les jeunes, ça bosse ?

Le karma. Elle en profita pour changer de sujet.

– Louis m'expliquait les joies des réseaux sociaux et, visiblement, on n'a pas fini de se marrer.

– Putain, regardez ça.

Louis avait les yeux rivés sur son écran. Il montrait du doigt un pylône électrique qui explosait et poussa un cri surexcité.

– *Watchmen*, il a posté une autre vidéo.

PARTIE IV

19

Le périph. Un camion pila devant lui. Sacha fit un écart pour l'éviter, manquant de percuter une voiture qui arrivait sur sa gauche. Il mit un nouveau coup de volant à droite, se rétablit *in extremis* et se rangea derrière le poids lourd.

– Oh, c'était limite, là !

Yannick tenait sa ceinture de sécurité des deux mains, les yeux écarquillés. Sacha souffla, il s'en était fallu de peu.

– Qu'est-ce qui t'arrive ? Fais un peu gaffe, s'il te plaît. J'aimerais arriver entier.

– C'est bon, n'en fais pas trop, on n'a même pas cassé un rétro.

Yannick garda le silence, un malaise s'insinua. Il finit par fixer Sacha et dit :

– Bon, qu'est-ce qu'il y a ?

– Rien. Le boulot me fatigue, c'est tout.

En fait, rien n'allait. Tout partait à vau-l'eau depuis que Yannick avait quitté le groupe. Adèle était sur son dos, les jeunes ne l'écoutaient plus, même chez lui, Emma se tenait à distance. Il se sentait seul, abandonné, privé de son complice. Responsable de son accident. De n'avoir eu, lui, qu'une jambe cassée. Un profond sentiment de culpabilité le travaillait en pensant à ce qui aurait pu arriver. Yannick soupira, exaspéré. Il n'abandonnerait pas, c'était un acharné, il avait ça dans le sang. Alors, Sacha préféra crever l'abcès.

– Qu'est-ce que tu as à me mater comme ça ? Accouche.

– Je ne t'ai jamais vu dans cet état, vraiment. C'est le taf qui te prend la tête ?

– Entre autres, oui. On pédale sur notre affaire, je n'aurais pas dû bloquer sur cette histoire de cul, on a perdu du temps pour rien. Comme si ça ne suffisait pas, Adèle m'a refilé un dossier sans intérêt, l'agression d'un philosophe à la con. Je suis sûr que c'est pour m'emmerder.

– Tu pousses un peu. Fais pas ton parano. Si elle te l'a confiée, c'est parce que la victime passe à la télé. Et c'est pas toi qui dis toujours qu'il n'y a pas de petites affaires ?

Sacha grommela. *Ça m'emmerde, tout ça.* Il doubla une voiture par la droite, poussa son moteur. Il voulait rentrer, manger, dormir. Et oublier. Porte de Saint-Cloud, autoroute de Normandie, il n'en avait plus que pour vingt minutes.

Yannick continuait de l'observer. Sacha savait que son ami ne s'arrêterait pas tant qu'il n'aurait pas vidé son sac.

– Tu ne vas pas me foutre la paix, hein ?

Non de la tête.

– Tu veux parler de quoi ?

– Des jeunes.

– De Coline, tu veux dire ?

– Oui, de Coline.

– Elle m'agace. Elle se croit plus maligne que les autres.

Pas besoin de tourner la tête pour voir que Yannick souriait. Pas pour se moquer de lui. C'était de la tendresse.

– Tu as été comme elle, tu ne te souviens pas ?

– Moi, j'écoutais mes aînés. Elle s'est mis en tête que l'agression de l'intello est liée à une série de dégradations sur des antennes relais. Et ça, parce qu'avec Louis ils ont trouvé des vidéos postées sous un même pseudo. C'est un peu court.

– Tu trouves ? C'est peut-être à creuser ?

Il acquiesça mollement. Yannick avait raison, c'était leur seule piste.

– On verra… Ils ont lancé des réquises, au cas où. D'après Louis, c'est un vrai merdier, ces réseaux sociaux. Le fait qu'un pseudo soit repris, ça ne veut rien dire, c'est peut-être juste une coïncidence ou des émules. On va commencer par les basiques : la vidéo, la téléphonie, l'environnement de la victime. Après, on creusera cette hypothèse.

– Comme tu le sens.

Yannick reporta ses yeux sur la route, l'air déçu. *Tu es chiant*. Sacha savait où il voulait en venir, mais ne voulait pas se laisser manipuler.

– C'est moi que tu devrais soutenir, pas elle.

– Ton problème, c'est que tu n'arrives pas à la voir grandir. C'est plus la gamine que tu as recrutée. Elle a appris, c'est devenu un bon flic. Tu devrais t'appuyer sur elle plutôt que la rabrouer. Attends au moins les retours de réquises. Mais si c'est le même type qui a filmé l'agression et ces explosions, il faudra que tu l'acceptes. Et que tu le lui dises.

C'était du bon sens. Mais ça lui coûtait de l'admettre.

– Tu es cuit, là. Ça crève les yeux. Prends quelques jours. Ça fait combien de temps que tu n'as pas passé un moment avec Emma, sans les gosses ?

Il essayait de faire le calcul, Yannick le prit de vitesse.

– Ça fait dix ans. Tu te rends compte ? Lâche un peu de lest. Si tu ne le fais pas, je te garantis que tu vas finir par le regretter. Tu peux me croire, on n'a pas tous une deuxième chance.

Le regard perdu, mélancolique, Yannick semblait différent. Comme changé. Mais il avait raison, la famille était le seul salut.

Sacha déboîta. File de gauche. Les chiffres du compteur s'envolèrent.

Emma et les enfants l'attendaient.

Le reste n'avait pas d'importance.

20

Piétons et voitures défilaient à toute vitesse. Assise à côté de Louis, Coline regardait le même écran depuis des heures, toutes les vidéos de surveillance qu'ils avaient saisies. Elle leva soudain la main pour qu'il fasse un arrêt sur image. En vain, une fois de plus.

– Non, c'est pas lui.

Ils n'étaient même pas parvenus à voir le philosophe sortir de son immeuble. La plupart des caméras étaient mal orientées, de mauvaise qualité, ou les rues mal éclairées. Louis chargea un nouveau fichier, mais elle commençait à perdre espoir. Sacha les avait prévenus, la technique ne fait pas tout. L'identification des portables utilisés pour poster les stories de *Watchmen* n'avait rien donné non plus. C'étaient deux entrées libres, sans aucune correspondance. Des *one-shot*.

– On a presque tout vu. Il ne reste que la vidéo du distributeur de billets qui est au coin de son immeuble, après on aura fait le tour.

– Vas-y, envoie.

Une trottinette. Un voisin qui promène son chien. Une voiture dans le champ qui se gare quelques instants pour déposer une jeune femme. Mais pas d'agression. *Niente.*

Ils perdaient leur temps. Coline allait proposer une pause quand elle aperçut une silhouette traverser la rue.

– Putain, regarde. C'est lui.

L'image était floue, mais elle reconnut Dufauchelle qui marchait, son portable à l'oreille. Coline s'approcha de l'écran. Un homme le suivait et changea de trottoir pour se placer derrière lui. Un scooter passa près d'eux et, dans le halo des phares, elle le vit clairement. La trentaine, caucasien, passe-partout. Il tenait un objet à la main, une sorte de cylindre. L'instant d'après, il le levait devant lui en ouvrant la bouche comme pour hurler. Son bras s'abattit, une fois, deux fois. Jusqu'à ce qu'elle arrête de compter.

– La vache, tu as vu ça ?

– Grave. Pas étonnant qu'il ait fini à l'hosto, c'est hyper violent.

– Ils sont deux, non ?

Coline désigna le coin de l'image.

– Regarde. C'est celui qui a filmé l'agression.

– *Watchmen* ?

– Je n'en sais rien, mais c'est lui qui a pris la vidéo, c'est sûr. Avance un peu, on va essayer de voir par où ils s'enfuient.

Louis joua avec sa souris, recula et passa en mode accéléré, rendant la scène presque comique. Les corps gesticulaient de manière grotesque. Un mime raté qui essayait de faire rire en exagérant ses coups, brassant l'air de sa matraque et secouant bizarrement les bras dans le vide. Il cessa de frapper, s'éloigna en se dandinant, ses mouvements accentués par la lecture rapide. Son complice courait derrière lui en brandissant son portable. Ils sortirent du cadre. Le show était fini.

– Ne les perds pas.

– On ne verra rien de plus. Mais maintenant qu'on a un créneau et un secteur sur lesquels chercher, je peux vérifier sur le réseau PP*. Viens, on bouge.

Salle de visionnage du PZVP. Louis choisit une caméra, calibra l'horaire et lança sa recherche. Les deux agresseurs reparurent. Ils marchaient tranquillement, un soir comme un autre à Paris, des passants lambda qui déambulaient comme si de rien n'était. Comme s'ils ne venaient pas de laisser un homme à moitié mort en pleine rue. Le sang de Coline se glaça en les voyant rire.

– Ils sont là.

– Ouais, mais ça ne nous dit pas qui c'est. S'ils ne montent pas dans une bagnole, ou si on ne les loge pas, ça ne nous avancera pas beaucoup. Il fait trop nuit pour que je puisse leur tirer le portrait et le diffuser.

– Pas grave, suis-les. Ça va payer, je le sens.

Louis se pencha sur le boîtier de commande, revint en arrière. Pause. Il avança,

* Préfecture de police de Paris.

répéta plusieurs fois l'opération. Il cherchait quelque chose. Gros plan. Louis se colla au moniteur, puis se redressa, crânement.

– Là, il téléphone. Pas celui qui filme, l'autre. C'est bon, ça.

– Tu peux l'identifier ?

– Non, pas avec un seul relevé, il faut que je puisse le discriminer avec une autre base. Mais je vais demander un gel de cellule pour récupérer tous les numéros qui étaient sous la borne en même temps que lui. Il suffit qu'on le voie appeler une autre fois, à un autre endroit. Avec deux points de comparaison, je pourrai le remonter sans problème.

– Mais, là, tu ne peux pas ?

– Non, je viens de te le dire ! Mais c'est un bon début, il y a cinq minutes, on était secs. On va y arriver, ne stresse pas.

Louis était en effervescence. Il manquait sans doute de mesure, mais Coline trouvait sa confiance réjouissante. Il bouillonnait, la bousculait dans ses certitudes. Et offrait un contrepoint rafraîchissant à l'humeur taciturne de Sacha. L'idée qu'elle pourrait plus facilement se livrer à lui qu'à Clément germa de nouveau en elle.

– Ça va, tu fais une drôle de tête ?

– Je suis crevée. Bon, vas-y, continue. Il ne va pas venir tout seul ton point de comparaison.

Il se frotta les mains, laissa ses doigts courir sur le clavier. Coline réfléchissait. Louis dut le sentir et la dévisageait étrangement. Il s'apprêtait à parler quand il se figea. Leur suspect tenait de nouveau son portable à l'oreille.

– Tu es certain ?

Louis engloutit une part de pizza et répondit la bouche pleine.

– Ouais, j'ai vérifié deux fois, c'est le bon numéro. Mais c'est une entrée libre, ouverte avec une identité balourde*. Comme j'apprends vite, j'ai demandé les fadettes, les associations IMEI-IMSI. Et c'est pareil, ça ne mène nulle part, ni la puce ni le boîtier n'ont été réutilisés. En revanche, la ligne fonctionne en circuit fermé avec deux autres.

– Comment ça ?

– Trois numéros qui ne s'appellent qu'entre eux. Ça paraît vachement élaboré pour une simple agression. À croire qu'ils s'attendaient à ce qu'on essaye de les remonter.

Coline se servit une part, Louis engouffra le dernier morceau en une seule bouchée. Il mangeait comme un ado, en poussant avec les doigts pour tout faire entrer dans sa bouche.

– Tu vas t'étouffer.

Il avala une gorgée de soda, reposa sa canette et précisa sa pensée.

* Fausse identité.

– Ces mecs sont super organisés, on dirait des braqueurs ou une équipe de go-fast. Personne ne prend autant de précautions juste pour casser la gueule à quelqu'un.

– C'est aussi eux qui ont fait sauter ces antennes relais en banlieue, ils ont le même pseudo. Mais pourquoi *Watchmen* ?

– Je ne comprends pas non plus. Peut-être qu'ils surveillent Dufauchelle parce qu'il a des actions dans la boîte qui installe les antennes relais, ou parce qu'il ne payait plus ses factures de téléphone. Va savoir.

Louis avait un rire d'enfant. Libre, généreux. Mais elle n'avait pas le cœur à s'amuser.

– Non, mais sérieusement, c'est pas cohérent. Comme poster leurs conneries, je ne vois pas l'intérêt. Si c'est vraiment une action coordonnée, pourquoi ils n'expliquent pas leurs motivations ?

– Dommage qu'on ne puisse pas comparer nos bases avec celles de l'anti-terro. Si ça se trouve, l'un des numéros qu'on a identifiés est sorti dans l'une de leurs affaires.

– Ou alors les types qui ont agressé Dufauchelle ont copié le pseudo ? *Watchmen*, c'est un profil qui claque. Qu'est-ce que tu en penses ?

– Possible. Mais au moins, en comparant nos bases avec eux, on serait fixés.

Elle réfléchit. Il devait y avoir une solution.

– On devrait en parler à Sacha.

– Tu es folle ? Il va nous envoyer promener.

– Et Adèle ? Elle m'aime bien, elle nous écouterait.

– Là, c'est sûr qu'il pétera un câble. Oublie.

Bien sûr. Elle aurait dû y penser avant.

– Je connais quelqu'un à la SDAT*. Léandre, un collègue de promo, je peux le joindre en off pour lui demander de regarder.

– Ce serait top. On a les mêmes logiciels, ce sera facile de savoir si on travaille sur la même équipe.

Une voix intérieure lui disait qu'elle se fourvoyait. Coline décida qu'il était plus sage de l'écouter.

– Bon… Je vais quand même en parler d'abord à Sacha. On verra après.

21

Réunion pénible dans le bureau d'Adèle Mayer. Dix mètres carrés, spartiate, sans fioritures. Sacha ouvrit la porte à Coline et vit immédiatement qu'elle était mal à l'aise. Il évita son regard en entrant. La voix de la commissaire claqua comme un fouet.

* Sous-direction anti-terroriste.

– Entrez.

Coline s'avança vers la seule chaise libre. Ni Adèle ni lui ne lui avaient dit pourquoi elle était convoquée. Elle s'assit, mit les mains sur ses cuisses, attendant que l'un ou l'autre prenne la parole.

– Vous savez pourquoi vous êtes là ?

– Je crois, oui, à cause de l'enquête sur l'agression de Dufauchelle.

Elle avait répondu dans un souffle. Sacha avait toujours apprécié sa franchise, elle s'était montrée jusque-là droite et loyale. Tout ce cirque indisposait Sacha, ce tribunal improvisé comme le côté ombrageux d'Adèle. Mais il resta de marbre, tout le monde pouvait changer. Depuis quelque temps, Coline contestait régulièrement ses décisions, se repliait sur elle-même comme si elle se défiait de lui. Cette distance était pour lui un échec. Adèle avait moins d'états d'âme.

– C'est exact, c'est à cause de cette affaire. Vous pourriez me dire qui vous a autorisée à communiquer avec un autre service ?

Les yeux de Coline s'embuèrent.

– Répondez-moi. Vous avez communiqué sur le dossier, oui ou non ?

Sacha se fit violence pour ne pas intervenir. Les jambes serrées, la tête basse, Coline respirait à peine. Une enfant prise en faute qui se faisait sermonner, il ne l'avait jamais vue aussi affaiblie. Adèle durcit pourtant encore le ton.

– Bon, Coline, on ne va pas y passer la journée. Si vous avez appelé quelqu'un, il faut nous le dire, au moins pour qu'on comprenne pourquoi.

– J'en ai parlé avec un collègue de promo, c'est tout. Mais je ne pensais pas que ça poserait un problème. C'est juste qu'on n'arrivait pas à avancer tout seuls.

– C'est qui, *on* ?

– Louis et moi. Mais il n'a rien fait. Je ne l'ai pas prévenu avant d'appeler.

Adèle nota quelque chose, puis continua, douloureusement sèche.

– Pourquoi vous avez fait ça ?

– Je voulais savoir s'il y avait un lien entre l'agression de Dufauchelle et les destructions d'antennes relais.

– Quel est le rapport ?

– Dans les deux cas, les auteurs ont tout filmé et posté leurs vidéos avec le même profil : *Watchmen*. J'ai vérifié, personne d'autre n'a utilisé ce pseudo sur les réseaux. Je me suis dit qu'il pouvait y avoir une correspondance en téléphonie, mais c'est la SDAT qui est saisie des autres faits.

– Donc, vous avez décidé de les appeler sans autorisation. Vous auriez mieux fait d'en parler avant.

Sacha se mordit la lèvre. Elle était venue lui en parler, mais il l'avait rembarrée avant qu'elle puisse s'expliquer. Yannick lui avait dit de faire attention à elle, il aurait dû l'écouter.

C'était son erreur, pas la sienne. Il s'attendit à ce qu'elle le dénonce, mais Coline conclut par ces cinq mots qui le crucifièrent.

– J'ai voulu bien faire.

Adèle agitait les mains en hurlant et en chassant des mouches imaginaires. Une vraie furie. Elle avait viré Coline de son bureau, Sacha n'avait même pas eu le temps de la défendre.

– C'est quoi, ce bordel ? Vous vous rendez compte ? Son collègue a prévenu son chef de groupe, qui a prévenu son chef de section, et maintenant, on se retrouve avec la SDAT dans les pattes. Leur directeur a appelé le taulier ce matin pour revendiquer notre saisine, et je me suis fait copieusement engueuler. Pour le moment, notre position, c'est que l'utilisation d'un même pseudo ne suffit pas à joindre les affaires. Donc, à l'avenir, vous me tenez au courant de vos progrès et de vos intuitions avant de prendre des décisions stratégiques. Et la prochaine fois qu'elle s'amuse à zapper la hiérarchie, je la dégage du groupe. C'est compris ?

– Ce n'est pas sa faute, elle m'en avait parlé.

Adèle marqua le coup.

– Vous étiez au courant ?

– Pas qu'elle avait appelé la SDAT, juste qu'elle avait fait un rapprochement. Mais oui, elle m'en avait parlé. J'ai considéré que l'utilisation d'un même profil ne suffisait pas à tirer des conclusions, et je le pense toujours.

– Vous déconnez ?

– Non.

Elle hocha pensivement la tête. Sacha vit qu'elle réprimait sa colère – mais aussi une sorte de tristesse teintée de dépit.

– Si le taulier apprend ça, il va vous exploser. Mais c'est pas votre faute, c'est la mienne. J'aurais dû vous forcer à prendre du repos.

– Je vais poser quelques jours. Dès qu'on aura terminé l'enquête du labo. Quant à Coline, elle n'a peut-être pas tort ? On devrait croiser nos bases avec la SDAT. Je ne vois toujours pas le rapport entre une agression de voie publique et des écolos qui font sauter des antennes relais, mais on ne sait jamais.

Elle éclata d'un rire nerveux.

– Donc, vous la croyez, maintenant ?

– Je n'ai pas dit ça. C'est une emmerdeuse, mais c'est surtout un bon flic. Si elle s'entête comme ça, c'est parce qu'elle y croit, quitte à se mettre en danger. Et puis qu'est-ce qu'on risque à essayer ?

– Se faire piquer le dossier. Il ne vous intéresse peut-être pas, mais moi je n'ai aucune envie de me laisser dessaisir, en particulier après le travail que votre groupe a fourni. Malgré toutes ces conneries, ils ont quand même réussi à identifier le portable de l'un des agresseurs de Dufauchelle, alors on ne laisse pas tomber. Et s'ils ont d'autres idées, faites au moins l'effort de les écouter.

Il retourna à son bureau sans trop savoir ce qu'il éprouvait réellement, sinon qu'il étranglerait le prochain qui lui conseillerait de prendre des vacances. Après Emma et Yannick, sa cheffe s'y mettait, ça devenait pénible. Il marchait en ruminant, l'esprit vagabond. Au détour d'un couloir, il percuta Louis sans le voir arriver. Son portable lui échappa, il le ramassa et le tendit à Sacha. La bouche ouverte, comme s'il cherchait ses mots. Puis son cerveau se rebrancha et il retrouva brusquement la parole.

– *Watchmen*, il a recommencé.

22

Il lisait tous les commentaires depuis des jours, mais personne n'avait vraiment compris la portée de son message. Tous se bornaient à la violence de son action, à la rumeur qu'elle avait provoquée, sans mesurer l'importance de sa mission.

Pourtant, s'il luttait, c'était pour eux. Ceux qui restaient figés par la peur du changement, comme des lapins pris dans les phares. Ils ne voyaient pas les choses dans leur ensemble. Parce qu'ils ne savaient pas regarder, ou alors parce que personne ne leur avait encore ouvert les yeux.

Il recula pour admirer le résultat.

Le drap bâillait légèrement.

On ne distinguait pas grand-chose derrière, juste un bout de rue par le coin de la fenêtre. Mais ça pouvait peut-être suffire pour le retrouver. Les IA analysaient tout, elles disséquaient et recoupaient les moindres détails, les éléments les plus insignifiants.

Depuis la fin de la Seconde Guerre mondiale, les gouvernements exerçaient une surveillance de masse. À la faveur d'Internet, cette réalité s'était lentement étendue à tous les moyens de communication, créant un réseau global d'espionnage qui permettait aujourd'hui de cribler toutes les formes d'échanges. Tous les téléphones, tous les ordinateurs. Maintenant les réseaux sociaux aussi étaient espionnés. Le système Echelon * violait les libertés individuelles au prétexte de les protéger. *Quelle blague.*

---

* Réseau mondial de surveillance et d'interception des communications publiques et privées.

Comme si ça permettait à quiconque de s'élever.

Mais *lui,* la sentinelle, ne se ferait pas avoir.

Il monta sur une chaise pour tendre le drap et l'agrafa. Tout était prêt. Sa cagoule enfilée, il se contempla dans le miroir. Les trois trous ne laissaient apparaître que ses yeux et sa bouche. Un vulgaire braqueur. Il aurait préféré s'en passer, se montrer à visage découvert, en leader qu'il était. Il fallait être patient, ce serait bientôt le moment.

Il relut une dernière fois le texte qu'il avait préparé. Le déposa non loin de lui, pour pouvoir le consulter, au cas où. Il l'avait appris par cœur, pendant des heures, en peaufinant son élocution, l'inflexion de sa voix sur chaque mot. Pas pour se mettre en scène, il n'avait pas d'ambition personnelle. Seulement celle de convaincre ceux qui allaient l'écouter.

Il s'assit face à la caméra. Vérifia qu'il apparaissait convenablement dans le cadre, que la lumière n'était pas trop forte. En live, il n'avait pas droit à l'erreur.

La prochaine cible était la finance, cette tique qui les saignait tous.

Il alluma l'appareil. Une poussée d'adrénaline le fit frissonner quand les secondes se mirent à défiler en haut de l'image, il ressentait une sorte de toute-puissance. Il s'apprêtait à tout changer. Par le peuple et pour le peuple. Il contrôla une nouvelle fois que le direct avait commencé. Tout ce qu'il voyait dans l'objectif était son reflet.

Il emplit ses poumons et parla.

Le mouvement était en marche.

23

Levallois. Bureaux de la SDAT. Le même immeuble que celui de la DGSI*. Le saint des saints de la lutte antiterroriste. Coline trottinait derrière Sacha sans poser de questions. Elle avait essayé de savoir où ils se rendaient, mais il s'était limité à un trait d'humour. « Là où tes conneries nous ont conduits. » Cynique.

Ils s'arrêtèrent devant une salle de réunion. Coline attendit qu'Adèle Mayer s'asseye pour se glisser entre elle et Sacha. Le collègue qui les avait accompagnés s'éclipsa, les laissant contempler les photos et les souvenirs de missions accrochés sur les murs.

Personne ne parlait, Coline se sentait horriblement mal. La brebis galeuse. La pestiférée qui avait trahi sa brigade. Pour la

* Direction générale de la sécurité intérieure.

consoler, Louis avait collé un post-it dans ses affaires, un dessin de cœur. *Trop cute*.

Elle entendit des pas, jeta un coup d'œil par la porte. Un mauvais sosie d'Al Pacino, plus petit et moins beau, fit irruption. Suivi par deux jeunes, dont Léandre. Elle comprit pourquoi elle était là. Les trois hommes s'installèrent, solennels, guindés. Un air de jury de concours. Elle ne s'était pas préparée à ça.

Adèle et Alexandre Casta, son homologue, se fixèrent comme deux joueurs de poker, le visage inexpressif. La partie pouvait commencer. Raclements de gorge, sourires gênés. *Un, deux, trois, soleil*. Adèle se mit à feuilleter son dossier, imperturbable. Casta ouvrit le bal.

– Merci, Adèle, d'avoir accepté de venir, je t'écoute.

Il y eut un léger flottement. *Le premier qui bouge a perdu*. Adèle répondit.

– C'est plutôt à toi de me dire ce qu'on fait là. On est saisis d'une affaire de violences volontaires, peut-être une chicaya de fin de soirée. Rien à voir avec un dossier de terro.

Retour à l'envoyeur. En minimisant l'affaire, Adèle cherchait à forcer la SDAT à se découvrir. Elle était impressionnante. Coline ne l'avait jamais vue dans ce registre.

– Je ne comprends pas bien. C'est vous qui nous avez appelés, non ?

Adèle se limita à un haussement de sourcils qui signifiait : *Je crois que je t'ai déjà répondu, non ?* Le ton de Casta changea.

– Je n'ai pas vraiment de temps à perdre, et je te le répète, c'est vous qui nous avez sollicités. Alors, je t'écoute.

– Tu parles d'échanges informels entre collègues de promo ? Jusqu'à preuve du contraire, moi, je ne t'ai rien demandé. Donc, soit tu nous expliques ce que tu nous veux, soit on plie nos gaules et on s'en va. C'est à toi de voir.

Soupir théâtral. Adèle ne put s'empêcher de sourire à Casta, qui glissa un mot à son voisin et finit par dire :

– Je crois qu'on est partis sur de mauvaises bases. Pour mémoire, on est saisis de deux attentats, et toi, d'une simple agression. À mon avis, il y a peu de chances pour que tu gardes la main si j'appelle le PNAT*. Dis-moi ce que vous avez trouvé, et si ça nous permet d'avancer, je te promets de te tenir au courant.

– OK, je crois qu'on a fait le tour.

Sacha et Adèle se levèrent, pas Casta.

– C'est bon, rasseyez-vous. Tu es consciente de la situation ? Tu as vu la dernière vidéo de ce taré ? En plus de ton tabassage, il revendique tout : l'attentat rue du Chemin-Vert, les antennes relais en banlieue. Maintenant,

* Parquet national antiterroriste.

il parle de s'en prendre à un employé de la finance au hasard…

– J'ai vu ça.

– Tant mieux. Comme ça, tu mesures dans quelle merde on est. Ce coup-là, il veut diffuser l'agression en direct, autant te dire que les autorités apprécient modérément. Cette histoire commence à enfler sur les réseaux sociaux. C'est devenu viral, ce barjot a déjà des millions de vues. Ce serait pas mal qu'on s'entende, parce que c'est clair qu'on travaille sur le même type.

Adèle reprit sa place, obstinément fermée.

– S'entendre, moi je veux bien. Mais ça suppose d'abord de se parler. Ce que tu proposes, c'est de tout récupérer sans contrepartie et ça ne marche pas comme ça, tu le sais bien. Ce que je crois, c'est que vous n'avez aucun élément exploitable, sinon on ne serait pas là. Donc, si tu veux qu'on partage nos infos, débrouille-toi pour nous faire cosaisir, parce qu'on ne repartira pas à poil.

Un instant d'hésitation. Adèle bluffait merveilleusement. Coline comprit que le match était gagné lorsqu'elle vit les visages se décomposer de l'autre côté de la table.

– D'accord, voilà ce qu'on a : l'analyse des explosifs nous a permis d'établir un lien formel entre les attentats de la rue du Chemin-Vert et sur les antennes relais. Objectivement, on n'a rien de plus. On a fait des gels de cellules, sans succès, aucun portable ne bornait sur nos deux faits. Le nouvel élément, c'est la vidéo de revendication, mais l'expertise informatique ne nous a rien appris. Pas moyen de l'identifier. Sa cagoule et ses fringues sont basiques, il n'a aucun accent, et débite les mêmes conneries que les extrémistes complotistes habituels. Tout ce qu'on aperçoit en arrière-plan de sa story, c'est un drap blanc, rien de plus.

Honnête. Adèle opina de la tête, puis Casta pointa un doigt sur Coline.

– On sait que ta protégée a réussi à isoler des portables en bossant sur vos vidéos. J'aimerais qu'on compare nos bases pour voir si un numéro nous a échappé.

Léandre n'avait pas ouvert la bouche. Il baissait la tête, signe qu'il devait s'en vouloir. Il n'y avait aucune raison. Coline ne pouvait pas s'empêcher de le regarder. Leur dernière rencontre remontait à des années, mais il était toujours aussi mignon. Elle rougit quand sa cheffe tourna la tête vers elle, mais sans même remarquer son trouble. Adèle enchaîna :

– Ça me va. On collabore, mais si ça permet de choper *Watchmen*, je veux que mon équipe puisse l'entendre sur notre affaire.

– Pas de souci, du moment qu'on monte la GAV ici.

Dogfight. Ça recommençait. Coline se dit qu'ils étaient repartis pour un tour, mais Adèle ne discuta pas – elle avait obtenu ce qu'elle voulait. Ça permettrait peut-être à Coline d'obtenir l'absolution ? En rangeant son dossier, elle fit tomber une partie de ses fadettes à ses pieds. Elle se baissa pour les ramasser, se cogna la tête en se relevant. Le chef de section de la SDAT s'approcha d'elle.

– Coline, c'est ça ?

Il l'aida à se relever, s'adressant à Adèle.

– Dans la mesure où Léandre et elle se connaissent déjà, autant qu'elle serve d'officier de liaison le temps de l'enquête. C'est bon pour toi ?

– Pourquoi pas.

Coline prit les feuilles que lui tendait le commissaire et les glissa dans son sac. Elle réprima un sourire. Changer d'air lui ferait du bien. Et travailler avec l'antiterrorisme, Louis allait être fou de jalousie.

24

Tout se ressemblait. De longues séries de portes, de murs froids. Coline cherchait son chemin depuis cinq bonnes minutes, longeant interminablement le même couloir aveugle, tournant en rond sans croiser personne. À croire qu'Adèle l'avait abandonnée là, dans ce dédale, pour expier ses erreurs.

L'immeuble était pensé pour éviter les intrusions et les fuites. Tous les accès étaient surveillés, les badges vérifiés à chaque étage. Elle était piégée dans ce labyrinthe géant. Fort Knox. La vision du secret dans l'esprit d'un architecte parano.

Fin du corridor. Retour au hall des ascenseurs. Elle ne se souvenait plus des détours qu'elle avait faits. Mais en restant sur place, quelqu'un finirait fatalement par se montrer.

La journée avait pourtant bien commencé. Elle avait été reçue par le chef de section, qui lui avait fait visiter les locaux, un bureau et un ordinateur avaient été mis à sa disposition, ainsi qu'un tas de fadettes qu'elle s'était tout de suite mise à étudier. Tout était parfait. Même cet éloignement provisoire. L'ambiance dans son groupe était délétère, en partie à cause de ce qu'elle avait fait, mais pas seulement. Sacha était devenu odieux. On pouvait dire qu'elle avait trahi sa confiance, oui, mais ça ne justifiait pas tout. Elle avait tout de même relancé l'enquête. Sans elle, sans son entêtement et celui de Louis, la réunion de coordination avec la SDAT n'aurait pas eu lieu. Sans elle, ils auraient raté une chance inespérée d'identifier *Watchmen*. N'était-ce pas le plus important ?

Un bruit de machinerie, un tintement. Les portes s'ouvrirent et Léandre parut. Elle se sentit stupide, prit une pose qu'elle voulait désinvolte.

– Tu partais ?

– Non, je me suis paumée en allant aux toilettes et je n'arrive pas à retrouver mon chemin.

Elle s'attendait à ce qu'il se moque d'elle, le rouge lui était monté aux joues. À la place, il la rassura.

– Il faut un moment pour s'y retrouver, c'est normal de se perdre au début. Viens, je t'accompagne à ton bureau.

Elle le suivit, se surprenant à lui reluquer les fesses. Il se retourna.

– Ça va ?

– Je pensais au dossier, à vos infos qu'il faut que je compare avec les nôtres. J'avoue que je ne sais pas trop par où commencer.

– Ne te mets pas la pression, ça va prendre du temps. Je suis là pour t'aider de toute façon.

Un silence soyeux. Il avait des yeux verts d'une expression changeante qu'elle n'avait jamais remarquée. Il lui montra son bureau.

– Je te laisse t'installer, fais-moi signe si tu trouves un truc intéressant.

Elle s'effondra dans son fauteuil, le visage enfoui dans les mains. Elle voulait disparaître et réapparaître à l'autre bout du monde. Une pile de documents s'entassait devant elle, la plupart ne présentant assurément aucun intérêt, mais elle allait devoir tous les lire. *Allez ma grande, au boulot.* Pas le temps de procrastiner, *Watchmen* faisait le buzz sur les réseaux. Et le temps jouait contre eux.

Elle eut d'abord du mal à y croire et prit un instant pour relire ce qu'elle avait sous les yeux. Après des heures passées à comparer des listes de numéros, à se plonger dans un océan de réquisitions et d'identifications, elle était exténuée. Mais la solution était là, devant elle depuis le début, enterrée sous des couches de données et de lignes de codes. Elle revérifia chaque chiffre, chacun des résultats qu'elle venait d'exhumer.

Il n'y avait aucun doute.

L'esprit en surchauffe, elle chercha le poste de Léandre et l'appela. Puis raccrocha aussitôt. Elle se renversa sur son siège pour réfléchir. Louis devait encore être au Bastion, il traînait souvent tard au service. Comme elle, les nuits lui convenaient plus.

Il répondit à la première sonnerie.

– Je croyais que tu m'avais déjà oublié.

– C'est moins drôle sans toi, tu t'en doutes.

– Mouais… Qu'est-ce que tu veux ? Je te connais, si tu m'appelles à cette heure-là, c'est que tu as besoin de moi. Et il est trop tôt pour aller en boîte.

– J'ai trouvé.

Elle savoura le moment. Se figura la tête de Louis, cet air ahuri qu'il avait chaque fois qu'il était stupéfait. Et bien sûr il craqua :

– Tu as trouvé quoi ?

– Un truc solide.

– Raconte !

Tout s'affichait à l'écran devant elle. Tous les portables qu'elle était parvenue à relier entre eux. *Watchmen* se cachait derrière l'un d'entre eux, elle le sentait. Il se croyait à l'abri, tapi dans son recoin d'ombre, mais elle le tenait.

– J'ai comparé nos gels de cellules avec ceux de la SDAT, et j'ai isolé deux nouveaux portables : le premier était rue du Chemin-Vert au moment de l'explosion, l'autre à côté de l'une des antennes relais quand elle a été détruite, et les deux se trouvaient aussi sur les lieux de l'agression de Dufauchelle. Ce n'est pas un hasard.

– Ils communiquent ensemble ?

– Non, mais c'est la même équipe, c'est sûr.

Bruit de succion désapprobateur, Louis n'était pas d'accord.

– Ça ne va pas te mener très loin. C'est des abonnements, ces deux lignes ?

– Non, encore des entrées libres.

– Donc, en fait, tu as identifié un second jeu de portables balourds qui ne s'appellent même pas entre eux. C'est bien, mais en quoi ça nous avance ? C'est un mode de communication étanche. On a essayé, il n'y a rien à en tirer.

Coline passa machinalement son doigt sur l'écran, sur la réponse qu'elle avait reçue de l'opérateur. Un nom et une adresse. Elle était excitée. Excitée et impatiente de lui clouer le bec.

– J'ai fait leurs fadettes, et cette fois-ci, il y en a un qui a commis une erreur. Le premier numéro, celui qui était rue du Chemin-Vert, il a appelé un fixe, une seule fois. Je ne sais pas pourquoi il n'a pas respecté leurs règles. Peut-être qu'il s'est emmêlé les pinceaux ? Mais maintenant qu'on est entrés dans leur bulle, on va pouvoir se les faire.

– Tu es certaine que c'était pas un faux numéro ? Il s'est peut-être gouré, ça arrive. Regarde la fadette, les lignes avant et après ton appel, pour voir s'il n'a pas interverti deux chiffres. J'ai déjà vu ça.

– J'y ai pensé, il n'y a rien. Et en plus, ils se sont parlé un quart d'heure, ça fait un peu long pour un faux numéro. Alors, tu es fier de moi ?

Louis siffla d'admiration. De son côté, elle triomphait sans modestie, battant des mains et des pieds dans le vide. Et le meilleur arrivait encore, mais elle préféra le laisser demander.

– Super fier, vraiment. Et tu as identifié le correspondant ?

– Oui, et ça va te plaire.

PARTIE V

25

– On n'a même pas pris le temps de brancher ce type, ni de le prendre en filoche. On va trop vite, c'est n'importe quoi.

– Je n'ai pas les mains libres, il faut composer avec la SDAT. Si on attend, ils vont y aller sans nous. Dès qu'il s'agit de terro, le débat est hystérisé. Mais j'en ai discuté avec Coline, sa théorie tient plutôt la route. Elle a fait un super boulot.

Discuté avec Coline ? Adèle Mayer ne passait même plus par lui pour parler à un membre du groupe. *Le grade, ça ne permet pas tout*. Sacha ne parvenait pas à se calmer. Trop énervé pour s'asseoir, il arpentait littéralement de long en large le bureau de la cheffe de section qui ne le quittait pas des yeux. Elle l'étudiait avec une morgue distante, une fausse innocence qui l'excédait. Il ne s'était pas assez méfié d'elle, la considérant comme sortie de l'école, alors qu'elle était à l'image de sa génération – ambitieuse et convaincue de tout savoir.

– Vous devriez vous détendre, vous n'avez pas l'air bien.

– Je suis crevé, ça va. Je vous l'ai déjà dit, je m'arrêterai quand cette affaire sera finie.

Et ce n'est pas en se précipitant ainsi qu'on va y arriver.

Elle feignait un air désolé, mais elle voulait en réalité l'apprivoiser. La bonne âme compatissante qui s'inquiétait pour lui. Au fond, elle n'avait aucun respect pour son vécu, ne jurant que par les preuves scientifiques. Tout ce qui constituait les acquis de sa carrière ne valait pas plus qu'une vague intuition, des impressions trop grossières à ses yeux. Seuls comptaient les analyses criminelles, les expertises psychologiques ou les indices numériques. Tout ce qui grouillait sur Internet et ces réseaux sociaux auxquels il ne comprenait rien. Elle avait trente-deux ans et lui, vingt de plus, voilà tout. La voix d'Adèle s'était faite plus douce.

– Je vous comprends, je vous assure. Mais le téléphone fixe que Coline a identifié est celui de la mère de Thomas Longuet, un fiché S, anarchiste et adepte des théories complotistes. En fouinant un peu, Louis a retrouvé des posts où il se répand contre l'État profond et le grand capital. Il reprend toutes les conneries habituelles contre les Juifs, les francs-maçons, le système en général. Ça colle parfaitement au profil. Dufauchelle s'est souvent attaqué à ce genre d'extrémistes, alors c'est pas étonnant qu'il s'en soit pris à lui ou à la permanence d'un parti politique. Sur un ancien blog, il dénonçait les cancers provoqués par la 5G, ça expliquerait pourquoi il s'est attaqué à des antennes relais. Il coche vraiment toutes les cases.

– Je ne dis pas le contraire. Mais pourquoi le taper maintenant ? Même s'il est lié à tout ça, on sait qu'il n'a pas agi seul. En grattant sur lui, on pourrait connaître ses fréquentations, surveiller des réunions, assister à des repérages. Parce que si la perquisition ne donne rien et qu'il se mure dans le silence, on n'aura que des présomptions à lui servir. C'est-à-dire que dalle avec un bon avocat. Laissez-moi une semaine, le temps de l'environner, et si on ne trouve rien, on ira le ramasser, promis. Mais, là, c'est trop tôt, on va se planter.

– Et sa dernière menace ? On fait quoi s'il s'en prend à un employé de banque et que ça se passe mal ?

– Je n'en sais rien. Mais on ne sera pas plus avancé si on le dégringole trop vite et qu'on se prive du seul moyen d'identifier ses complices.

– On aura au moins assuré nos arrières, et personne ne pourra nous reprocher d'avoir laissé se commettre une agression sans rien faire.

Imparable. Ambitieuse et prudente. Il l'avait nettement sous-estimée.

– Je sais que c'est pas facile pour vous, je le vois bien. Mais cette affaire nous dépasse, elle n'arrête pas de prendre de l'ampleur sur les réseaux sociaux. La dernière vidéo a fait l'effet d'une bombe médiatique. Tout le monde l'a vue, c'est du délire. Je suis comme vous, j'ai les mains liées, l'enquête est pilotée en haut lieu. On ne pouvait pas cacher qu'on avait un suspect et la décision a été radicale, donc on le tape demain. Ensuite vous poserez quelques jours, on discutera après, quand vous reviendrez.

Il renonça à se battre. Elle avait raison, il avait besoin d'une pause. Une parenthèse, avec Emma. Après, Yannick reviendrait, tout s'arrangerait. Et puis si elle voulait tout décider, qu'elle le fasse.

– Faites ce que vous voulez, je vous aurais prévenue.

– C'est noté, mais la juge et le taulier ont tranché. On attend le criblage de la DGSI et de la DR* pour savoir si notre objectif est apparu dans leurs radars, et après on y va. On a rendez-vous avec les effectifs de la SDAT à 4 heures.

– Au Bastion ?

– Non, sur place. Dès que j'ai confirmation, je vous préviens, vous et Coline.

– Coline ?

– Oui, elle fait toujours partie de la brigade, non ? Et je crois qu'elle a mérité d'être là. En s'affranchissant des vieilles méthodes

---

* Direction du renseignement de la préfecture de police de Paris.

obsolètes, Louis et elle nous ont beaucoup fait progresser dans l'enquête. On a changé de siècle. C'est comme ça.

Il était *obsolète*. Son expérience pesait pour rien. Très bien, il ne lutterait plus. Son humiliation s'achevait en apothéose. Il n'écoutait plus ce qu'elle disait, concentré sur le bruit des gouttes qui frappaient la vitre. Dans quelques heures, toute cette histoire serait terminée. C'était peut-être le moment de passer à autre chose. Cette brigade ne le définissait pas. Il n'aurait pas de mal à obtenir une mutation dans une autre unité. La PJ pouvait lui offrir d'autres options, de nouveaux challenges.

Sacha sortit, désorienté. Il était presque 23 heures, trop tard pour repasser chez lui. Il rejoignit son bureau, claqua la porte, le corps lourd.

Il était essoufflé, quelque chose l'écrasait.

Comme si quelqu'un lui appuyait de tout son poids sur la poitrine.

Il ferma les yeux, s'absorba dans les sons de la pluie qui tombait et dansait sur les toits. Un coup de tonnerre masqua soudain tous les bruits en éventrant la nuit.

Et même son cri lorsqu'il hurla pour évacuer sa rage.

26

05 h 55. Le jour se faisait attendre. La colonne s'étirait le long du bâtiment. Coline glissa sur l'herbe trempée de rosée, manquant de perdre l'équilibre. Elle s'accrocha à la ceinture de Louis, qui la devançait. *Chut !* Le groupe d'assaut de la BRI se fondait dans la pénombre, noir sur noir, la démarche alourdie par le matériel et l'armement.

Coline eut un frisson. Sans savoir ce qui l'excitait le plus, de la peur ou de l'empressement. L'air vif lui fouettait le visage. Elle referma sa veste jusqu'au col, les yeux sur la façade. Aucune fenêtre éclairée. Sacha grogna derrière elle.

– Dépêche-toi. Et regarde où tu marches.

Elle ne releva pas. Il lui en voulait, alors qu'elle avait largement gagné le droit d'être là. C'était *son* travail qui leur avait permis de mettre un nom sur celui qu'ils étaient venus chercher. Quoi qu'il pense d'elle, il ne le lui retirerait pas.

Le hall était éclairé. La colonne entra, s'engouffra dans l'escalier, et Coline emboîta le pas à Louis. Qui se cogna aux boîtes aux lettres au passage. Le bruit résonna dans les étages. Sacha le fustigea du regard. *Bravo pour la discrétion.* Coline poussa Louis pour qu'il avance. Dernière ligne droite.

Un binôme se mit en place sur le palier, manipulant le matériel d'effraction avec précaution pour ne pas l'entrechoquer. À cette heure, le moindre son est un vacarme. Coline attendait quelques marches en dessous. Les opérateurs placèrent le vérin hydraulique sur l'encadrement de la porte avec des gestes lents et prudents. Dès que le compresseur se mit à ronronner, une curieuse impression envahit Coline. Un doute ubuesque. Comme si elle se tenait au départ d'un sprint à l'aveugle, où tout pouvait arriver.

Elle avait pourtant vérifié plusieurs fois les résultats, passé des heures à les analyser. Rien ne laissait à penser qu'elle ait pu se tromper. Elle s'était pourtant levée avec la boule au ventre. Et une petite voix insidieuse qui lui susurrait qu'elle avait raté quelque chose.

Louis se retournait régulièrement vers elle. Ils avaient un point commun : le manque de confiance en eux. Ce dénigrement de soi contre lequel ils devaient se battre en permanence. Elle lui sourit, sortit son arme et se concentra. Le chef de colonne murmura quelques mots à la radio, leva le pouce, Sacha l'imita et l'officier rabattit la visière pare-balles de son casque. Ils allaient entrer. Comme dans un théâtre d'ombres chinoises,

Coline vit les combinaisons noires s'avancer dans le couloir, leurs armes tendues vers la même cible. Le châssis grinça, se fendit. La porte céda et les premiers binômes de la BRI s'engagèrent.

– Police, ne bougez pas !

Elle regarda sa montre. 6 h 02. Puis, avançant, entendit des cris, des bris de verre et de lutte. L'équipe progressa de quelques mètres, s'arrêta. Deux binômes restaient encore à l'extérieur de l'appartement, mais une voix annonça la fin de l'opération.

– C'est serré, vous pouvez venir.

Une partie de la colonne s'entassait dans un studio d'une vingtaine de mètres carrés. Assis sur le sol, au milieu de la pièce, Thomas Longuet. Il les regardait d'un air mauvais, les mains entravées dans le dos, en tee-shirt et caleçon. Coline se faufila entre les piles de livres qui jonchaient le sol. Sacha était accroupi, souriant. Il énonçait ses droits à Longuet.

– Il est 6 h 05, vous êtes placé en garde à vue. Sur instruction du magistrat, vous n'êtes pas autorisé à prévenir un proche, mais vous avez le droit à un avocat. Vous en connaissez un ?

– Oui, maître Stawinski.

Coline se souvenait de ce nom. Un ténor du barreau habitué aux procès médiatiques. Longuet leva des yeux satisfaits, comme s'il lisait en elle.

– J'ai sa carte dans ma veste, sur la chaise.

Sacha prit quelques notes, poursuivant d'un ton égal, sans laisser filtrer aucune émotion.

– Vous avez aussi le droit à la visite d'un médecin, vous en voulez un ?

– Oui, bien sûr. Comme ça, il pourra témoigner si vous me frappez.

– On n'aura pas besoin d'en arriver là.

– Je vous préviens, je ne signerai rien, et je n'ai rien à vous dire ! Vous ne me faites pas peur.

Les cheveux ras, les traits tirés et le teint fatigué, l'homme ressemblait à un boxeur au tapis après un K-O. Son regard sautait d'un policier à l'autre, comme s'il était impatient de reprendre le combat. Sacha se redressa, lui tournant ostensiblement le dos, et s'adressa à Léandre qui venait de les rejoindre.

– Il est à toi.

Coline et Sacha étaient tout proches, mais il s'éloigna sans lui accorder le moindre regard. Il était vraiment fâché. Elle prit sur elle, la perquisition débutait. *Chaque chose en son temps*.

Louis et Coline sortirent les premiers de l'immeuble. Une bande de gamins tournait déjà autour de leurs voitures. Les yeux et les oreilles de la cité. Le plus vieux devait avoir une douzaine d'années, un air de défi dans le regard, l'envie d'en découdre avec la vie. Il leur lança quelques insultes, à une distance raisonnable, puis la vue des tenues de la BRI provoqua une envolée de moineaux.

Sacha et Léandre encadraient Longuet. Il traînait les pieds en marchant, cherchant une échappatoire qui ne viendrait pas. Sacha avait entassé dans un cabas tout ce qu'ils avaient saisi. Un ordinateur, des disques durs, des livres de propagande, et surtout des portables. Il le posa à l'arrière de sa voiture et revint vers Léandre. Sans un égard pour Coline.

– On fait comment, vous nous suivez au Bastion ?

– Je ne comprends pas.

– On l'emmène à la Crim' pour sa GAV.

Léandre paraissait décontenancé. Coline ne comprenait pas où Sacha voulait en venir, mais ce dernier profita du silence qu'on lui offrait pour enfoncer le clou.

– C'est grâce à moi qu'il a été identifié, alors ça me paraît normal qu'il vienne chez nous.

Grâce à moi ? En chute libre, Coline ne trouvait même pas les mots. Convaincue qu'il allait finir par se tourner vers elle, reconnaître ce qu'il lui devait. Mais Sacha s'enferrait dans son déni. Léandre bredouilla.

– Je ne crois pas que c'était prévu comme ça. Il faut que j'appelle mon chef pour voir avec lui.

– Tu n'as qu'à faire ça sur le chemin. Nous, on va au 36, je le prends avec moi.

Sacha attrapa Longuet par le bras, suivi gauchement par Louis. Ils l'installèrent à l'arrière du véhicule, Coline prit place à côté de lui, toujours muette, puis le convoi démarra. Direction porte de Clichy. Le deux-tons hurlait tandis que Longuet les observait, un rictus sur les lèvres. L'air était chargé d'électricité.

– Vous ne pouvez pas me desserrer les menottes ? Ça me cisaille les poignets.

Coline ne répondit pas, il leva les yeux au ciel. L'étape suivante, c'étaient les fanfaronnades, elle avait l'habitude. Un homme restait un homme. Et l'orgueil de Longuet ne la démentit pas.

– Je vous attendais, vous savez.

Sacha maugréa sans se retourner.

– Tu veux pas la fermer ? Tu vas avoir quatre jours pour nous débiter tes conneries, alors gardes-en un peu.

– Comment ça, quatre jours ? Vous n'avez pas le droit, le maximum, c'est 48 heures !

– Pas en terrorisme, mon ami. Là, on peut te garder 96 heures.

– Je m'en fous, j'ai tout mon temps. Et ça ne change rien au fait que je vous attendais. On vous a baladés tout le long et c'est pas fini. Si vous m'avez trouvé, c'est parce que je l'ai bien voulu. L'un d'entre nous devait se sacrifier pour revendiquer nos actions.

Et c'est le moment, il faut que les gens se réveillent.

Coline essaya d'attraper le regard de Louis dans le rétroviseur. Sans avocat, tout ce que Longuet pouvait dire n'avait aucune valeur, il fallait arrêter de le faire parler. Mais Sacha semblait avoir oublié la procédure.

– Donc, en clair, tu reconnais tout : l'agression du philosophe et les deux explosions ?

– Oui, tout, c'était nécessaire. Les politiques, les grandes entreprises, les médias, toutes ces élites sont au service d'un gouvernement qui infecte tout, les corps comme les esprits. On n'a fait que se défendre face à une agression systémique organisée contre le peuple.

– OK ! Et tu peux me parler de tes potes ? Parce qu'on est d'accord, tu n'étais pas seul pour tout faire. Ne serait-ce que pour agresser Dufauchelle, vous étiez au moins deux. Tu n'as qu'à me donner leurs noms, parce que je pense qu'ils doivent être aussi fiers que toi. Comme ça, on va les chercher, et vous vous expliquez tous ensemble. Tu en penses quoi ?

Longuet jouissait de la situation. Coline le voyait. Elle n'aurait pas été étonnée qu'il eût une érection à la manière dont il gigotait. Il s'avança entre les sièges, malgré la ceinture qui le maintenait attaché, allongea le cou pour défier Sacha.

– Tu le sais pas encore, mais tu contrôles rien à ce qui se passe. Maintenant, je ne dirai plus un mot. Sauf une chose : ça ne fait que commencer.

27

Sixième étage. Salle de réunion de la Crim'. Coline regardait le portrait qui s'affichait sur le mur d'images. Thomas Longuet était différent de ce qu'elle s'était imaginé. Un buste court, des membres secs et noueux. Sur sa photo anthropométrique, il donnait l'air d'un toxicomane. Tous les meneurs possédaient une sorte d'autorité naturelle, un magnétisme presque animal qui suscitait l'adhésion et la fascination des plus dociles. Longuet en était totalement dépourvu. Ses yeux éteints inquiétaient. Tout son être inquiétait. Mais elle n'était pas persuadée de tenir *Watchmen*.

Assise au fond de la pièce, elle surveillait Sacha. En bout de table, immobile, profond. Un sphynx. Celui qui sait, voit et entend tout, mais ne dit rien. Elle le trouvait de plus en plus énigmatique. Il s'enfermait dans sa solitude, relégué depuis des semaines à une forme d'exil existentiel. Elle aurait dû le signaler à quelqu'un. Lui ne s'embarrassait pas de tels scrupules, ne ratant aucune occasion de la remettre à sa place. C'était une relation à sens unique. Mais il restait son chef, il l'avait accueillie et formée. Et malgré ses défauts, elle l'aimait.

Alexandre Casta, le responsable de la SDAT, prit la parole en premier.

– On a tous reçu un mémo sur Thomas Longuet. Mis à part quelques infractions routières, il n'est connu que pour deux affaires d'agression, dont une sur AFP*. Mais il n'a jamais été condamné à de la prison ferme. En revanche, il a été fiché S après sa participation à de nombreuses manifs, en particulier avec un groupe de black blocs. D'après la DGSI et la DR, il est affilié à plusieurs mouvements altermondialistes ou anarchistes connus pour leur violence, et il a participé à quelques rassemblements, notamment en 2018 avec les Gilets jaunes. Chaque fois, la seule chose qui l'intéressait visiblement, c'était de casser. Il est soupçonné d'avoir pris part à des attaques de commissariats, de mairies, mais aussi de banques et de grandes entreprises. Ça lui a valu plusieurs GAV, sans jamais être poursuivi, faute de preuves. En résumé, il ne nous aime pas, et il a le profil de l'emploi.

* Agent de la force publique.

Mais, cette fois-ci, on va peut-être enfin pouvoir le coller à l'ombre.

– En réalité, on n'a pas grand-chose sur lui. C'est un activiste, on a retrouvé pas mal d'échanges intéressants sur son téléphone et son ordinateur, mais ça fait un peu léger pour l'encrister.

Sacha repoussa le dossier posé devant lui, comme si ce qu'il contenait ne valait rien. Il désigna du menton la photo de Longuet.

– Il est lié à tout ça, on est d'accord. Mais la seule chose qu'on a à lui servir, c'est le coup de fil qu'il a passé à sa mère avec un portable toc. Si elle revient sur sa déposition, on n'aura plus rien pour prouver qu'il l'utilisait.

Coline ne pouvait que lui donner raison. La voix de Sacha se fit plus grave.

– C'est juste une preuve indirecte. Une ligne balourde qui bornait sous la même cellule que d'autres lignes balourdes utilisées par les agresseurs de Dufauchelle et ceux qui ont fait sauter la permanence rue du Chemin-Vert. Ça ressemble à une blague, personne ne va rien y comprendre. C'est une construction intellectuelle, une hypothèse tordue que n'importe quel avocat se fera un plaisir de démonter. Et Stawinski, c'est pas n'importe quel avocat. À moins d'obtenir des aveux, on n'aura même pas de quoi le faire déferrer. Je vous avais dit qu'il fallait attendre avant de l'écrémer. Maintenant, on va se planter, et tous passer pour des cons.

Tout le monde se tut, même Casta, qui finit son café avant de répondre.

– On n'avait pas le choix, ni vous ni moi, on devait le serrer. Et je ne suis pas d'accord avec vous… On a quand même les deux jeux de portables qui ont servi sur les attentats et votre affaire. Ça va nécessairement nous mener quelque part. Il faut déjà réentendre votre victime pour lui présenter la photo de Longuet. Il va peut-être le reconnaître ?

Sacha se redressa sur sa chaise, sourit nerveusement.

– Il vaudrait mieux, sinon on n'ira pas loin. Elle tient sur du sable, cette théorie. On ne peut même pas relier les portables avec les attentats. Le premier bornait rue du Chemin-Vert, mais cinq minutes avant l'explosion. En plein Paris, même à 2 heures du mat', il devait y avoir des centaines de personnes qui se servaient de leur téléphone à cet endroit. C'est pareil pour l'autre, activé près de l'antenne-relais qui a sauté, mais sous une cellule qui arrose aussi une nationale. Stawinski va nous expliquer que son client ne faisait que passer en bagnole au même moment. Je suis comme vous, je pense qu'il fait partie de l'équipe. Mais on a que dalle contre lui.

Casta discuta à voix basse avec son voisin. Coline ne vit pas le coup venir.

– Il paraît que Longuet a tout reconnu, les deux attentats et l'agression. C'est vrai ? Parce que ça change tout.

Sacha la dévisagea. Une lueur fébrile passa dans ses yeux, un moment de pure haine. Il pensait que c'était elle qui avait parlé, elle n'eut pas le temps de se justifier.

– Vous avez de bonnes sources… Je ne sais pas qui vous a raconté ça. Je m'en occuperai plus tard… Mais c'était du off. Il s'est vanté pendant qu'on le ramenait, ça n'aurait jamais dû sortir de cette bagnole. Vous savez comment c'est, on profite des temps faibles pour créer un lien. Sans la présence de son avocat, ça ne vaut rien, surtout qu'il n'a rien circonstancié.

– Peut-être. On verra s'il le confirme en audition. D'ailleurs, qui est-ce qui l'entend chez vous ? Pour nous, ce sera Léandre.

– Et nous, Coline.

Ça non plus, elle ne l'avait pas vu venir. Sacha lui souriait sans la quitter désormais des yeux, ses doigts tambourinant sans but sur la table. Elle réalisa qu'avant cela elle ne s'était encore jamais méfiée d'un sourire.

Box d'audition. Quatrième étage. Une pièce avec lucarne, minimaliste. Une table, des chaises rivées au sol, et un ordinateur pour rédiger les PV. Longuet et son avocat faisaient face à Léandre et Coline, qui commençait à comprendre pourquoi Sacha l'avait choisie.

– Vous ne connaissez pas ce numéro, OK. Mais vous pouvez m'expliquer pourquoi il a appelé le fixe de votre mère ?

– Je n'en sais rien, vous n'avez qu'à lui demander. C'était sûrement une erreur, ça arrive tout le temps.

– L'appel a duré treize minutes, ça fait un peu long pour une erreur.

– C'était peut-être du démarchage ! En tout cas, c'était pas moi.

– Du démarchage à 22 heures ?

– Je ne peux pas vous dire, mais quand j'appelle ma mère, c'est avec le téléphone que vous avez saisi. Je n'en ai pas d'autre.

Coline tapa la réponse de Longuet. Les questions d'usage n'avaient pas posé de problèmes. Il avait décliné son identité, ses antécédents, ses études. Mais, dès qu'elle était entrée dans le vif du sujet, les choses s'étaient compliquées. Il répondait à côté, avec un demi-sourire horripilant. Stawinski prit le relais.

– Mon client a déjà expliqué tout ça.

Qui pouvait payer ses honoraires ? Longuet n'avait pas les moyens de lui verser cinq cents euros de l'heure. Quelqu'un l'aidait. Ou bien Stawinski avait flairé la publicité qu'il pourrait tirer de cette affaire. Peu importait, elle leur tendit une fadette.

– Donc, ça, ce n'est pas votre numéro ?

– Je vous ai déjà dit que non.

– Pourtant, il a borné sous la cellule qui couvre votre domicile, et à plusieurs reprises. Ça fait beaucoup de coïncidences, vous ne trouvez pas ?

– Mon avocat m'a prévenu, ça ne veut rien dire. Dans mon quartier, il y a plus de vingt mille personnes au kilomètre carré, une antenne couvre un rayon de quatre cents mètres environ. Ça fait huit mille suspects potentiels. À votre place, je m'y mettrais, il va vous falloir un moment pour tous les vérifier.

Même s'il n'avait pas eu accès au dossier, l'avocat avait l'expérience de ce type de procédure. Il avait anticipé la discussion. *Bien vu*. Longuet jubilait, elle enchaîna.

– Vous connaissez Arnaud Dufauchelle ?

– Oui, c'est un connard de bobo qui défend votre société capitaliste à la con. Il passe son temps à caricaturer les militants qui se battent pour la liberté du peuple. C'est à cause des médias et de vendus comme lui que vous ne comprenez rien à l'urgence de la révolution sociale.

– Vous savez ce qui lui est arrivé ?

– Il s'est fait casser la gueule et, franchement, je regrette de ne pas avoir été là. Il n'a eu que ce qu'il méritait, ce con.

– Et comment êtes-vous au courant ?

– J'ai fait comme des millions de personnes, j'ai regardé la vidéo. Vous ne l'avez pas vue ?

Il y avait chez ce type une insolence exaspérante. Il ne reconnaîtrait jamais rien. Mais elle chercha tout de même à le déstabiliser.

– Comment vous expliquez que le portable qui a appelé votre mère se soit trouvé à proximité de l'agression Dufauchelle ?

– Honnêtement, je ne peux pas vous dire. Mais j'espère que vous allez la protéger, parce que, si je comprends bien, un criminel l'a appelée en se faisant passer pour moi. C'est une femme âgée, vous savez. Je ne voudrais pas qu'elle ait des problèmes.

Tout en lui suintait le mépris. Au lieu de tomber dans le piège, Coline choisit de suivre le canevas d'audition qu'elle avait préparé.

– Je pense qu'elle ne risque rien. Vous pouvez me dire où vous vous trouviez le soir de cette agression ?

– Je sais pas, chez moi. En général, le soir, je ne bouge pas. Vous avez checké mon portable ?

– Oui, il bornait bien à votre domicile, mais ça ne prouve pas que vous y étiez. Quelqu'un peut en témoigner ?

Stawinski méritait sa réputation. Il avait bien préparé Longuet. Qui échangea un regard confiant avec lui avant de répliquer.

– Attendez, j'essaye de vous suivre… Vous pensez que j'ai agressé ce type parce qu'un portable que vous ne pouvez pas m'attribuer bornait sur place ? En revanche, quand mon téléphone s'active quelque part, ça ne veut pas dire que je m'y trouvais… C'est un raisonnement à géométrie variable, votre truc. En fonction de ce qui vous arrange.

Léandre reprit la main, mais le mal était fait.

– C'est plus compliqué que ça.

– Je ne trouve pas, non. La vérité, c'est que vous pataugez. Alors, sous prétexte de mes convictions et d'un soi-disant coup de fil à ma mère, vous essayez de me mettre tout sur le dos. Mais vous n'avez rien contre moi.

Coline continuait de taper sur son clavier. Ce type la dégoûtait. Quelques heures plus tôt, elle aurait tout donné pour être là. Tout ça pour se laisser manipuler. Léandre tentait de limiter les dégâts, son genou collé au sien. Elle aimait sa présence, sa voix, sa façon de la poser sans rien montrer de ses émotions.

– L'année dernière, vous avez posté pas mal de messages contre l'installation d'antennes 5G en zone urbaine. Vous vous souvenez ?

– Oui, je m'en souviens. Et alors ?

– Alors, vous pouvez me parler de l'attentat qui a visé une série d'antennes-relais dans le Val-d'Oise ?

Léandre essayait tant bien que mal d'amener Longuet à se trahir.

– Je peux vous dire qu'ils ont eu raison, c'est vachement dangereux, ces trucs-là.

– Vous trouvez ? Vous êtes déjà allé dans le Val-d'Oise ?

– Non. Enfin, j'y suis peut-être passé en voiture, mais c'est tout. Pourquoi, quelqu'un a appelé ma mère de là-bas ?

Longuet pavoisait. Il se comportait comme s'il avait choisi de se retrouver précisément là, à répondre à des questions qu'il avait prévues. Coline n'arrivait pas à croire qu'il puisse être aussi intelligent, quelqu'un d'autre devait avoir organisé toutes ces attaques. Quelqu'un qu'il protégeait. *La plus belle ruse du diable est de vous persuader qu'il n'existe pas*. Elle sentait comme une ombre derrière Longuet. Il avait l'air totalement asservi, la conscience abolie par un esprit plus dangereux. Son indifférence, ses phrases toutes faites, témoignaient d'un discours régurgité – ce n'étaient pas ses mots.

Léandre ne l'avait pas compris.

– Qu'est-ce que vous savez à propos de l'attentat commis rue du Chemin-Vert à Paris ?

– L'attentat contre la permanence d'un député ? J'en ai entendu parler, comme tout le monde. De toute façon, les politiques ne méritent que ça, c'est tous des pourris. Vous devriez plutôt féliciter ceux qui ont fait ça. Ils luttent aussi pour vous, même si vous refusez de le voir.

Il fallait arrêter. Il se moquait d'eux. Elle donna un coup de pied à Léandre sous la table, mais il poursuivait.

– Que savez-vous de *Watchmen* ?

– C'est moi, *Watchmen* !

Les doigts de Coline se figèrent. Elle ne lâchait pas Longuet des yeux. Rien en lui ne trahissait la moindre ironie. Elle essayait de pénétrer les pensées de quelqu'un qui, depuis le début, n'avait fait que se jouer d'eux. Le croire serait la solution de facilité. Pour donner un sens à tout ça. Aussi parce qu'elle était fatiguée. Elle avait envie que l'affaire soit bouclée. Mais il se mit à rire.

– Vous ne captez pas. *Watchmen*, c'est moi, et tous ceux qui se battent contre l'État profond. C'est un symbole. Une idée, un mouvement de résistance qui se répand. Vous aurez beau me jeter au trou, ça ne changera rien. Le plus beau dans tout ça, c'est que grâce aux réseaux sociaux, à vos outils de propagande, ça va se propager. Je vous l'ai dit, ça ne fait que commencer.

Longuet tremblait d'excitation. Coline cessa de taper, le spectacle était terminé. On n'entendait plus que le ventilateur de l'ordinateur. L'avocat ramassa le bloc-notes posé devant lui et le rangea dans sa sacoche.

Coline imprima le procès-verbal.

Léandre était penaud. En d'autres circonstances, elle aurait peut-être pris le soin de le rassurer, mais beaucoup trop de choses la troublaient. Les feuilles circulèrent de mains en mains, chacun les signa, puis ils se levèrent d'un même mouvement. Et la dernière chose qu'elle aperçut avant qu'ils ne sortent, ce fut le majeur tendu de Longuet en leur direction.

28

Sacha claqua la portière et courut pour échapper à la pluie. Lisant derrière son comptoir, le responsable du parking ne le vit pas approcher. L'enseigne lumineuse accrochée au-dessus de lui éclairait son bureau de lueurs criardes, du bleu intense au rouge vif, donnant un air vaguement inquiétant à son visage saillant. Il leva les yeux une seconde, les replongea aussitôt dans sa revue. Sacha passa devant lui sans dire bonjour, puis s'arrêta un peu plus loin pour fouiller ses poches. Tout était noté sur un post-it qu'il avait glissé quelque part dans son jean ou sa veste. Mais oui. Il avait collé le morceau de papier sur l'écran de son portable.

Rdc, n° 12.

Un plan d'évacuation était affiché sur le mur. Il chercha à se repérer. Une longue allée s'enfonçait sous le bâtiment et desservait une centaine de box. L'état de l'éclairage, en plus de ce que les lieux avaient de sale et délabré, n'était pas engageant. Ses chaussures mouillées couinaient sur le sol. Il alluma la lampe de son téléphone et finit par trouver ce qu'il cherchait.

Coline et Louis s'étaient jetés sur les portables et contenus numériques saisis au domicile de Longuet. Pendant qu'ils décortiquaient les fadettes et tous ses posts, Sacha avait jeté son dévolu sur un jeu de clés découvert dans ses poches. Une télécommande y était accrochée. Pour comprendre ce qu'elle ouvrait, il avait dû identifier le fabricant, remonter le syndic qui l'avait achetée. Et ça l'avait conduit à cette société de location de garages. Devant l'emplacement n° 12. *Old school*.

L'expérience avait payé, une fois de plus.

Les vieilles méthodes obsolètes. Les mots d'Adèle Mayer tournaient dans sa tête. Peut-être n'était-il pas si vieux, après tout ? Il pressa l'un des boutons du boîtier de commande. Rien ne se passa. Il essaya une autre touche, les enfonça toutes tour à tour, puis un bruit strident de métal rouillé perça enfin le silence. L'ampoule du plafonnier était, elle aussi, cassée. Sacha laissa ses yeux s'habituer à la pénombre, puis discerna un scooter hors d'usage, la roue avant manquante. Le barillet du Neiman arraché, les fils électriques pendaient, signe qu'il avait probablement été volé. Relevant le numéro de châssis, Sacha se glissa au fond du box, où s'entassait une pile de cartons remplis de vêtements, de CD-ROM et de livres sans intérêt – mais aussi un lot de disques durs et un tas de tracs aux relents complotistes. De quoi occuper les jeunes quelques jours. Près du mur, il remarqua deux grands barils en plastique à côté d'un jerrican d'essence. Leurs couvercles étaient scellés. En enfonçant la lame de son couteau de poche sous le joint d'étanchéité, il parvint à l'ouvrir et plongea une main dedans. Une odeur désagréable le prit à la gorge. Un remugle de pourriture et de ferment. De l'engrais ? Il referma le tonneau, s'accroupit et dévissa le bouchon du jerrican. Du fioul. Il ne se souvenait pas du dosage précis, mais, selon ce que les démineurs lui avaient expliqué, il s'agissait des deux principaux ingrédients de l'explosif artisanal utilisé lors des attentats.

Sacha rabaissa le rideau roulant en sortant. Il repassa devant la loge du gardien, qui dormait la bouche ouverte, les jambes allongées sur le bureau. Une horloge au-dessus de lui indiquait 3 heures. *Dors, mon gros.*

Le temps pour Sacha de retourner au Bastion, de prévenir le groupe et de revenir.

Après avoir trouvé une excuse pour justifier une perquisition.

– Tu as fait une mexicaine* dans le box de Longuet ?

Il éloigna le téléphone de son oreille. Yannick s'était braqué au récit de sa balade nocturne. Décidément, les temps avaient changé. Il avait dû braconner un peu pour arriver à ses fins, et alors ? Personne n'avait besoin de le savoir, ni d'en faire toute une histoire. Seul le résultat comptait, non ?

– C'est bon, j'ai rien touché, et personne ne m'a vu. Je n'étais pas sûr que ce soit intéressant, alors je suis allé jeter un œil, c'est tout. Tu n'as jamais fait ça, toi ?

– Non, pas depuis des années. Et si Stawinski apprend ça, rien de ce qu'on trouvera dans le garage n'aura de valeur. Il prétendra qu'on a piégé son client en fabriquant des preuves.

– On n'a qu'à pas lui dire. Mais tu as compris ce que je t'ai expliqué ? Avec deux bidons d'engrais et le fioul qu'il y a dedans, Longuet va avoir du mal à se décrocher. Sans compter le scooter volé. Avec ça, on peut le poursuivre pour association de malfaiteurs à caractère terroriste et obtenir une détention provisoire.

Un soupir. Yannick luttait avec sa conscience. Sacha attendit qu'il réfléchisse. C'était pourtant le jackpot. La carte prison. Le ticket gagnant dont ils avaient besoin

* Perquisition illégale.

pour faire plier Longuet et résoudre cette affaire. Laisser passer cette chance était impensable. Et puis, du moment qu'on la garde pour soi, une omission n'est pas vraiment un mensonge.

– Tu es sûr de ne pas t'être fait repérer ?

– Sûr. Il y a un gardien, mais il dormait, et je n'ai pas vu de caméras de surveillance. Laisse-moi une paire d'heures pour tout acter en procédure, ensuite on y va. Coline m'a raconté l'audition, Longuet ne lâchera rien. Mais, avec ce qu'il y a dans ce box, on a de quoi le faire tomber. C'est pas le moment d'avoir des états d'âme.

Il sentit qu'il avait manqué de finesse. Mais ses arguments étaient convaincants, du genre qu'on n'écartait pas comme ça. Il laissa le temps à Yannick d'arriver à la même conclusion.

– Je t'emmerde, Sacha… Je n'ai pas d'états d'âme : je respecte la loi, c'est différent. Personne ne t'a prévenu que ces conneries, c'est passé de mode ? Si ça s'apprend, tu vas te faire botter le cul, je te le garantis.

– Tu préfères quoi, remettre Longuet dehors ?

Nouveau blanc. L'idée faisait son chemin. Il n'y avait plus que sa respiration. Sacha conjura le sort en fermant les yeux – une tentative ridicule de télépathie. *Déconne pas, on le tient !*

– Tu es vraiment chiant. Quelqu'un d'autre est au courant ?

C'était gagné. Il leva le poing en signe de triomphe, mais prit soin de ne rien laisser paraître lorsqu'il répondit. *C'est pas fini tant que la cloche n'a pas sonné.*

– Non, je t'ai appelé en premier.

– Tu la fermes, tu as compris ? Même avec ton équipe, tu ne dis rien, je n'ai aucune envie de me retrouver chez les bœufs* à cause de toi. Rédige tes PV et fais remonter l'info à Adèle. On ne s'est pas parlé. Je ne veux pas être mêlé à ce chantier.

La voix de Yannick se fit plus sourde.

– Et espérons que tout sera encore là quand vous arriverez.

– Je ne vois pas pourquoi ça bougerait. J'ai le bip dans la poche, et Longuet est toujours en garde à vue, que je sache.

– Ouais, mais pas ses complices.

Un risque que Sacha avait évacué. Comment demander à faire garder des lieux qu'il n'était pas supposé connaître ? Il devait se dépêcher de rédiger les réquisitions et les PV nécessaires pour couvrir ses traces et justifier la fouille du box.

Une heure plus tard, une profonde fatigue le prit. Il avait du mal à se concentrer et à

* Enquêteurs de l'Inspection générale de la police nationale.

garder les yeux ouverts. Depuis son bureau, il regardait la banlieue. Une constellation de fenêtres étincelait dans la nuit comme les étoiles d'un ciel d'été. La tentation de céder au sommeil était grande, une douce torpeur l'envahissait, mais il se ressaisit. Sept heures quarante. Dans une vingtaine de minutes, les autres débouleraient et il ne voulait pas devoir leur mentir. Il terminait son rapport quand Louis passa la tête à sa porte.

– Tu es déjà là ?

Il faillit lui raconter sa découverte, lui prouver qu'il était n'était pas si *obsolète* en fin de compte. Le moment venu, il le leur montrerait. Dès que l'enquête serait résolue.

– Je viens d'arriver.

29

Longuet reposait dans sa cellule, mains derrière la tête et jambes croisées. Une manière d'afficher sa confiance. Il prit son temps pour se relever, se grattant le crâne et bâillant. Coline le trouvait si grossier, stupidement provocant. Elle ne se prêterait pas à son jeu.

Il semblait se réjouir de la revoir. Pas qu'il appréciât sa compagnie. Mais sûrement parce qu'il était conscient du manque de preuves qu'elle avait contre lui. Son avocat lui avait certainement expliqué le peu de risques qu'il courait. Sa mère était opportunément revenue sur ses déclarations, elle ne « se souvenait plus » qui l'avait appelée. Quant à Dufauchelle, il ne l'avait finalement pas reconnu. Il ne leur restait que des présomptions à lui opposer, autrement dit : rien.

Elle aurait aimé lui faire ravaler sa condescendance. Une envie de le gifler jusqu'à ce qu'il raconte tout ce qu'il savait. Juste quelques claques, les caméras des geôles ne fonctionnaient pas ; une mesure destinée à protéger l'intimité des détenus. C'était tentant. Mais ça ne ferait qu'aggraver les choses. Et ce n'était pas son genre. Pas son époque.

Il se gratta l'entrejambe.

– Je n'ai pas le droit à un petit déjeuner ?

Coline avisa une brique de jus d'orange écrasée sur le sol.

– Tu en as déjà eu un, non ?

– Un croissant rassis et un jus de fruits dégueulasse, je n'appelle pas ça un petit déjeuner. Vous êtes au courant que c'est le repas le plus important de la journée ?

– J'essayerai de te trouver un café là-haut. Allez, on y va.

– Pas maintenant, je suis crevé. Je n'ai pas pu fermer l'œil à cause des lumières. Laissez-moi une heure ou deux, après on verra.

Il se rallongea, tira la couverture sur son visage en se tournant vers le mur. Coline n'était pas prête à le supplier, sa comédie l'épuisait. *Et puis merde, tu n'as qu'à rester là.* Elle refermait la porte quand il ronchonna.

– Vous pouvez leur dire d'éteindre en sortant ?

Au moment précis où elle allait s'énerver, elle pensa à une autre approche plus subtile. L'arrogance de Longuet était sa faiblesse, le symptôme de sa folie. Un nœud coulant qu'il resserrait lui-même. Elle pouvait l'utiliser contre lui, le pousser à se pendre tout seul.

– Tu peux frimer, mais, au fond, tu sais bien que tu es foutu. C'est pour ça que tu restes terré là, parce que tu es mort de trouille.

Longuet repoussa légèrement sa couverture et laissa apparaître une grimace forcée. Comme un clown qui montrait les dents, oscillant entre comique et pathétique.

– Vous n'avez rien contre moi. Sinon on ne serait pas là, à discuter. Vous m'embrouillez parce que vous êtes sur le sable, mon avocat m'a dit que vous alliez essayer. Tout ce que vous avez, c'est *un faisceau d'indices*, c'est ce qu'il m'a expliqué. Juste des preuves indirectes : un appel à ma mère, des portables non identifiés qui s'appellent entre eux. Alors, vous pouvez toujours vous la raconter, mais on sait tous les deux que vous avez que dalle.

Il avait beau aboyer, elle le voyait enfin tel qu'il était. Il essayait de mordre parce qu'il avait peur. Parce que la vie lui avait appris que l'affrontement était le moyen le plus efficace. La peur et la haine. Cette haine dont Longuet était gorgé et qui le consumait. Elle souffla dessus, juste assez pour l'attiser.

– Pourquoi tu refuses de continuer l'audition, si tu es aussi tranquille ? Je vais te laisser te reposer, tu as besoin de repenser à tout ça.

– Vous me saoulez, on y va. De toute façon, je n'arrive plus à dormir.

Coline ne rajouta rien. Autant rester sur ce demi-succès.

Retour en salle d'audition. Longuet avançait de mauvaise grâce, sans lever les semelles. Coline le suivait d'un œil prudent. Même menotté, il demeurait dangereux. Ses yeux scrutaient tous les accès, notaient la position des ascenseurs et des escaliers. Sa nonchalance contrastait avec cette vigilance, elle eut le sentiment qu'il cherchait une issue.

Coline reçut un SMS. Il se retourna vers elle, sur le qui-vive.

– C'est ton pote qui s'impatiente ?

Clément. Elle dissimula l'écran de son portable au regard de Longuet.

Cc, ça va, mon ange ? G pas de news depuis 2 J.

Elle l'avait oublié. Tout simplement. Elle cherchait quoi répondre, mais Longuet l'observait. Les pupilles dilatées, un sourire malsain barrant son visage. Il lui faisait penser au Joker, tout droit sorti de l'asile. Elle s'écarta pour écrire.

Tt va bien, je suis au boulot, t'apl plus tard.

– C'est ton mec ?

– Non, ta mère. Elle demande à quelle heure tu rentres.

Longuet fit un pas de trop. Elle tendit le bras pour le tenir à bonne distance. Un atavisme social veut que les flics soient haïssables. Il faisait clairement partie des ACAB*. Il la regarda, les dents serrées.

– Tu es une marrante, toi.

– Recule, c'est mieux.

Il obéit, en balançant doucement la tête. Elle reçut une nouvelle notification.

– Tu devrais lui répondre.

---

* *All Cops Are Bastards* : « Tous les flics sont des bâtards. »

Elle lut le message que Clément venait de lui envoyer et le regretta aussitôt.

Pk t'es aussi froide ? Stp apl moi, tmk. Je cprds pas cqtua. Jtm tlmt tu c.*

– Qu'est-ce que tu as ? Tu t'es fait larguer ?

Elle le poussa devant elle. Le vice de Longuet la rendait agressive. Comme ses souvenirs qui la rongeaient à mesure qu'ils lui revenaient, la plongeant chaque nuit dans des rêves toujours plus effrayants. Clément ne pouvait pas comprendre ce qu'elle vivait. Il n'avait plus de place dans sa vie. Il se plaignait parce qu'elle ne supportait plus qu'il la touche, mais sans même imaginer sa honte. Elle avait été souillée, salie par un autre, et sa fureur ne faisait que grandir.

Elle aperçut Léandre et l'avocat dans le box d'audition. Une précieuse distraction qui tombait à point nommé. Elle focalisa son attention sur le moment présent, Clément pouvait attendre. Dès qu'il fut installé, Longuet se pencha vers Stawinski pour lui parler. Il marqua juste une pause, comme pour jauger Léandre, et lui glisser :

– Votre collègue m'avait promis un café.

Coline indiqua d'un silence qu'elle n'avait rien garanti. Léandre continua.

* « Tu me manques. »

– J'irai vous en chercher un après. Pour l'instant, on va d'abord revenir sur vos dernières déclarations. Vous voulez les maintenir ?

– Toutes. Je n'ai rien à voir avec cette histoire.

– Alors qui a téléphoné à votre mère ? Vous avez eu le temps d'y réfléchir ?

– Non, et je m'en fous. Vous n'avez qu'à le lui demander, mais c'est pas moi, je vous l'ai dit. Elle a dû se tromper, ou vous lui avez fait dire n'importe quoi. On verra bien si elle le confirme devant la juge.

– Donc, ce n'est pas votre portable qui l'a appelée ?

– Non, je n'ai qu'un téléphone. Celui que vous avez saisi quand vous m'avez interpellé.

Mal rasé, les vêtements sales et froissés, Longuet avait l'allure d'un sans-abri. Mais même épuisé, affalé sur sa chaise, il restait vif et attentif à tout ce qui se passait autour de lui. Des plis au coin de ses yeux sournois ne trompaient pas : il s'amusait avec eux.

– On a retrouvé pas mal de littérature anarchiste à votre domicile. Vous pouvez nous en parler ?

– Vous parler de quoi ? On est dans un pays libre, j'ai le droit de lire ce que je veux.

– Oui, mais d'après les services de renseignements, il y a beaucoup de sémantique empruntée à ces auteurs dans la vidéo de revendication des attentats. Vous ne trouvez pas ça troublant ?

– Ce que je trouve troublant, c'est qu'il n'y ait pas plus de gens qui luttent contre l'oppression. Je vous l'ai dit hier, je suis d'accord avec ce type, *Watchmen*. Mais ça ne fait pas de moi un terroriste.

– Non, mais un complice, peut-être.

Longuet balaya la question d'un geste dédaigneux.

– Je vais vous faire gagner du temps. Vous allez me sortir une théorie à la con pour m'expliquer que je suis un activiste notoire, que vous avez assez de présomptions pour m'envoyer devant un juge d'instruction et que, si je ne veux pas finir au trou, j'ai tout intérêt à collaborer. Je la connais par cœur, votre rengaine. Mais, en fait, c'est à vous de prouver que je suis mêlé à tout ça, pas le contraire. Si vous avez du concret, je vous écoute. Sinon, je n'ai plus rien à vous dire et je veux retourner dans ma cellule. Il faut que je dorme.

L'audition leur échappait à nouveau. Pendant que Longuet pérorait, Coline pensa à Sacha. Il ne la raterait pas. De toutes les idées qui lui venaient en désordre, une s'imposa à elle. Une idée désespérée.

– On peut toujours reparler de notre conversation quand on était en voiture. Vous avez reconnu devant trois policiers assermentés être impliqué dans l'agression de Dufauchelle et dans les deux attentats à l'explosif. Vous vous en souvenez ? Parce que, moi, je me le rappelle parfaitement.

Stawinski bondit. Coline crut qu'il allait se lever et partir. Mais, plutôt que d'exploser comme elle le redoutait, il prit une voix presque douce, sirupeuse.

– Vous voulez dire que vous avez interrogé mon client sans ma présence ?

– C'était une déclaration spontanée, maître.

– Ça, c'est ce que vous prétendez.

Hilare, Longuet écoutait son avocat.

– Vous avez souvenir de cette discussion ?

Il remuait la tête, aux anges. *Je n'ai rien dit, c'est n'importe quoi*. Léandre épingla Coline du regard, et Stawinski l'acheva.

– Je demande que ce soit noté au procès-verbal. Inscrivez que mon client ne se souvient pas de ces prétendus aveux. Et, à moins que vous n'ayez des questions plus pertinentes, je souhaiterais que l'on permette à monsieur Longuet de retourner en cellule. Il a besoin de dormir et je doute que cet interrogatoire nous mène beaucoup plus loin.

– Je suis d'accord avec vous, maître.

C'était une chose que Léandre ne la soutienne pas, mais une autre qu'il la désavoue ainsi. Coline resta sans réaction, les doigts sur son clavier, comme déconnectée. Jusqu'à ce que la voix de son collègue la ramène brutalement à elle.

– En revanche, on n'a pas terminé. Il va falloir que votre client nous accompagne pour une perquisition.

Quelle perquisition ? Longuet non plus ne semblait pas comprendre.

– Pourquoi ? Vous avez déjà tout fouillé, même ma cave et ma bagnole. Il n'y a rien. Ou alors vous avez planqué quelque chose chez moi pendant que j'étais ici ?

– Je ne parle pas de votre domicile, mais du box que vous louez.

L'indignation de Longuet s'évanouit dans la seconde, comme le sourire de son avocat. Coline ne comprenait pas où Léandre voulait en venir. La seule chose qu'elle savait, c'était qu'il les avait ébranlés. La conclusion de ce désastre ne semblait plus aussi irréversible. *Pourtant, il ne m'en a pas parlé avant.* Bien sûr que non, parce qu'il ne lui faisait pas confiance.

Elle se sentit blessée, rabaissée à un rôle de figurante. Elle termina sagement son PV – pas question de craquer ni de se donner en spectacle. Sa colère maîtrisée, le seul mot d'ordre qu'elle se donnait était de reprendre sa vie en main. Léandre, Sacha, Longuet. Aucun d'eux ne la respectait vraiment. Elle n'allait pas se laisser faire.

30

Le journal glissa jusqu'au centre de la table. Alexandre Casta, le commissaire de la SDAT, se rassit et, en se tordant le cou, Coline parvint à lire le titre qui s'étalait en première page : « L'auteur de l'attentat du Chemin-Vert en garde à vue ». Sous l'article, une vieille photo de Longuet. Fier, torse nu, le poing levé sur une barricade de fortune. Un souvenir de jeunesse qu'il avait posté. Au moins, les journalistes n'avaient pas récupéré sa fiche anthropométrique.

– Visiblement, quelqu'un a dû l'ouvrir. Et maintenant, il va falloir aller au résultat. Parce que, pour tout le monde, on tient notre homme, et je ne serai pas celui qui expliquera le contraire au ministre. Ça donne quoi, les auditions ?

Adèle Mayer posa sa main sur le bras de Sacha et prit la parole à sa place.

– Il chique tout. En même temps, personne ne s'attendait à ce qu'il s'affale.

– Et la téléphonie ?

– On n'a que des présomptions, des déductions fondées sur des portables tocs. Mais, avec ce qu'on a retrouvé dans son box, ce n'est pas très grave. L'engrais est le même que celui utilisé dans la fabrication des bombes, et dans la mesure où le scooter est volé, la juge est d'accord pour retenir l'association de malfaiteurs à caractère terroriste.

– Il n'est pas en vente libre, cet engrais ?

– Si, comme le fioul, mais je crois qu'on a tous compris qu'il fallait en finir avec cette histoire. Les chaînes d'info ne parlent que de ça, les gens sont inquiets et, d'une manière ou d'une autre, ce type est mouillé dans tout ça. Alors dommage si ce n'est qu'un pion, il va prendre pour les autres.

La remarque d'Adèle jeta un froid, mais personne ne réagit.

– On a assez pour l'envoyer au trou ?

– Vu le contexte, aucun JLD* ne prendra le risque de le laisser ressortir, surtout qu'on n'a toujours pas identifié ses complices.

Coline repensa à ce que Longuet leur avait dit : *Ça ne fait que commencer*. Mais il leur fallait un coupable. Ils n'échangèrent plus un mot, le temps que leurs réticences se confondent en une seule certitude – celle dont ils avaient si cruellement besoin. Et Adèle enchaîna.

– Il faut qu'on finisse d'exploiter tous les supports numériques retrouvés chez lui et dans le box. Mais, avec ça, on devrait arriver à identifier le réseau.

---

* Juge de la liberté et de la détention, qui peut ordonner un emprisonnement provisoire.

Même mêlé d'une certaine dose de déni, l'optimisme volontaire d'Adèle montrait des limites. Casta parut dubitatif.

– Et pour la menace sur un employé de la finance ?

– On y travaille, ça peut viser n'importe qui. Cela dit, une fois Longuet à l'ombre, ça m'étonnerait que les autres continuent leurs conneries. Surtout si c'est lui, *Watchmen*.

– C'est ce que tu penses ?

Adèle recula dans son siège, lançant un coup d'œil rapide à Sacha. Mais il la laissa se débrouiller seule.

– Je n'en sais trop rien. Il est impliqué, c'est certain, mais je ne suis pas sûre que ce soit la tête pensante. D'ailleurs, ils n'étaient que deux pour agresser Dufauchelle, et on n'a pas la preuve aujourd'hui qu'il s'agisse vraiment d'un réseau. N'importe quel excité peut se chercher une cause sur le Net et prêter allégeance en quelques clics. Il n'y a même plus besoin de se voir pour se remonter la pendule et planifier des actions. Le terrorisme s'est ubérisé, comme le reste. Le premier crétin venu peut s'improviser leader, persuader une poignée de fatigués de le suivre, et c'est parti. Si ça se trouve, *Watchmen*, c'est juste une idée qui s'est propagée dans les milieux complotistes. Mais, en voyant ce qui est arrivé à Longuet, ses potes devraient se calmer.

Coline n'aurait pas su dire si Alexandre Casta était convaincu, mais il se contenta de l'explication. Une demi-vérité vaut toujours mieux qu'un mensonge. Le dossier était clos.

– OK. C'est quand même effrayant, cette facilité avec laquelle l'info a circulé.

– Affolant, oui. La vidéo de l'agression a été vue des millions de fois.

– On ne l'a pas bloquée ?

– Si, mais elle continue à tourner, comme celle où *Watchmen* apparaît. Dès qu'elles sont effacées sur un compte, un autre les diffuse. C'est comme de l'eau, ça ruisselle partout, pas moyen de l'arrêter. Mais ça passera. Au prochain scandale, on n'en parlera plus. En attendant, on déferre Longuet demain matin, et on doit encore mettre la procédure en pages. Le reste, on avisera plus tard.

– Merci à tous. C'est une belle affaire.

La réunion était finie. Et tant pis pour les non-dits et les zones d'ombre. Le bruit des chaises résonna, les participants se levèrent pour partir. Pas Coline. Quelque chose la gênait, comme un sentiment d'inachevé. Elle rassembla ses affaires, les fourra dans son sac, croisant le regard de Sacha, qui lui renvoya ses doutes. Pourtant il n'avait pas protesté. La messe était dite. Jouer les Don Quichotte ne les mènerait nulle part. Il fallait qu'elle pense à elle, en commençant par rappeler Clément.

Coline posa son verre. Tout le groupe était rassemblé pour arroser la fin de l'enquête. Satisfaits, apparemment. Mais elle ne parvenait pas à se détendre. Elle ressassait, se répétait en boucle les paroles de Longuet : *Ça ne fait que commencer.* Peut-être n'était-ce qu'un dernier coup de bluff ? Elle essayait de se sortir cette idée de la tête pour ne pas gâcher la fête. Louis tentait de la resservir avec sa bouteille de champagne vide. En dépit de ses mises en garde répétées, il était visiblement saoul.

– Allez, bois un coup, tu l'as bien mérité.

La musique était abrutissante. Elle aurait voulu lui parler, mais ses yeux étaient vitreux. De minuscules vaisseaux sanguins avaient éclaté à la surface, le signe qu'il devait arrêter de boire. Il la repoussa en chancelant lorsqu'elle fit mine de lui prendre sa bouteille. Elle essaya de le soutenir, mais, avec une vingtaine de kilos et une tête de plus, il menaçait de l'emporter dans sa chute. Sacha intervint.

– Un petit coup de main ?

– Oui, je veux bien. Il pèse une tonne.

Ils allèrent l'allonger dans un bureau voisin. Quand ils rejoignirent les autres, Sacha proposa à Coline de partager une bière et, bien qu'elle n'en ait aucune envie, elle accepta. Par respect. Mais en veillant à ne pas se montrer trop loquace. Les reproches sont parfois plus lourds quand ils restent silencieux. Il s'en rendit compte.

– Tu me fais la gueule ?

Elle ne répondit pas.

– Tu fais la gueule parce que je ne t'ai pas parlé du box. C'est ça ?

Après s'être moqué de ce qu'elle pouvait éprouver, il jouait les étonnés. C'était commode. Aiguillonnée par sa rancœur, elle oublia toute retenue.

– Puisque tu en parles, j'aurais effectivement préféré le savoir. Ça m'aurait évité de passer pour une conne.

– Je suis désolé. J'ai prévenu la taulière, mais je n'ai pas pensé à t'appeler. J'aurais dû le faire.

C'était bien la première fois qu'il s'excusait. Elle ne sut pas quoi répliquer, en partie confuse à cause de l'alcool, mais aussi de la fanfare qui sonnait la charge tout près de ses oreilles. Un bruit de basse cognait dans son crâne, l'empêchait de se concentrer. Elle voulait rentrer, prendre une douche et dormir. Ne plus penser à cette enquête. Se cacher sous sa couette et tout oublier. Tout. Elle but une gorgée, gardant le goulot à ses lèvres longtemps après avoir bu. Silencieuse. Louis l'appelait depuis l'autre bureau, elle voulut en profiter pour s'éloigner, mais Sacha lui barra la route.

– Tu ne fais pas la tronche que pour ça. Vide ton sac. Tu sais, les pots, c'est aussi fait pour ça.

Il avait vraiment dit ça ? *Tu veux que je vide mon sac ?* Il semblait sincère, mais il y avait forcément un piège. Tant pis. Elle en avait trop sur le cœur.

– D'accord, allons-y. Tu m'en veux d'avoir passé ce coup de fil à la SDAT, mais si je ne l'avais pas fait, on n'aurait pas été cosaisis. Ils auraient sorti l'affaire sans nous et on aurait juste eu le droit d'aller entendre Longuet en prison. Tout ça, c'est grâce à moi. Je me suis donnée à fond dans ce dossier. Et je te suis restée loyale. Quand Adèle m'a demandé si je t'avais prévenu avant d'appeler Léandre, j'ai fermé ma gueule. Alors je ne mérite pas que tu m'en veuilles. C'est plutôt moi qui devrais t'en vouloir. Tu te rends compte que tu ne m'as même pas avertie de ta mexicaine ?

Elle avait parlé sans s'arrêter, emportée par la colère. Elle s'attendait au retour de bâton. Au lieu de cela, il lui sourit, et elle crut lire de la fierté dans son regard. Le regard d'un père orgueilleux face à une fille qui lui tient enfin tête. Il avait le don de la surprendre.

– Ça y est, tu as fini ? Pour commencer, je ne t'en veux pas, tu te plantes. En fait, je t'ai défendue auprès de la cheffe. Je lui ai dit que tu m'avais parlé avant de les appeler, c'est pour ça qu'elle ne t'a pas sanctionnée.

Je lui ai aussi proposé que tu fasses la liaison avec la SDAT, et je t'ai désignée pour l'audition de Longuet. Parce que tu le méritais. J'ai même demandé que demain ce soit toi qui le conduises au trou avec ton pote de promo. Il n'y a que les faits qui comptent, Coline, pas les impressions.

Guillaume et Julien les surveillaient de loin. Elle savait qu'ils s'inquiétaient pour elle, et ils avaient des raisons. Sacha avait été affreux ces dernières semaines.

Depuis qu'il avait repris le travail.

Depuis l'accident.

Idiote. Elle aurait dû y penser. L'esprit obscurci par ses propres problèmes, elle n'avait pas fait le rapprochement. Mesuré à quel point il pouvait être affecté. Prise de remords, elle voulut le lui dire, mais il s'était assis et son visage avait pris une expression qu'elle ne lui connaissait pas, empreinte d'épuisement et d'affection. Elle se contenta de l'écouter.

– Je suis crevé en ce moment. Et désagréable, je le sais bien. Mais tu as fait du très bon boulot. Je suis fier de toi. Vraiment très fier. Le reste, on s'en fout.

Ses craintes envolées, comme délivrée d'un poids, elle voulut l'embrasser, fit un mouvement vers lui. Mais il se rembrunit et parut soudain si lointain. Nostalgique. L'esprit absent.

– Tu as des soucis ? Je suis là, si tu as besoin.

Il éluda la question d'une main lasse.

– Tout va bien. Je suis juste un peu fatigué, c'est tout.

Quand il se mit à étudier le fond de son verre, elle sut qu'il mentait. Qu'il souffrait, qu'il cachait quelque chose. Un tremblement traversa son corps. Comme s'il contenait sa douleur. Il changea de sujet.

– On l'a bouclé un peu vite, ce dossier, non ?

Elle respecta son évitement.

– Toi aussi, tu trouves ? Mais tu as vu les infos… L'affaire est terminée. Les tauliers sont contents, comme les autorités, et le premier qui dira le contraire se fera défoncer. Ça ne vaut pas le coup de s'en mêler.

– Tu crois que c'était lui, *Watchmen* ?

– Franchement, je n'en sais rien du tout. Adèle a peut-être raison, ses potes vont se faire oublier, et dans quinze jours plus personne ne parlera de tout ça. Une affaire chasse l'autre. C'est pas toi qui dis toujours ça ?

– C'est vrai. De toute manière, on a encore l'homicide du veilleur de nuit à sortir. Dès demain, on s'y remet.

Ils trinquèrent à cette promesse. Rejoints par les autres qui dansaient, chantaient, sautaient en rythme autour d'eux. Louis s'était relevé et bougeait les bras, vacillant sur ses jambes depuis le seuil du bureau. Coline se demanda s'il essayait de danser ou de garder son équilibre. Il s'arrêta net, ouvrit de grands yeux. Elle se précipita vers lui, pile au moment où il se mettait à vomir.

PARTIE VI

31

Benjamin Legoff pressa le pas. En faisant attention à ne pas renverser le café qu'il tenait à la main, une tasse de kopi luwak, l'arabica le plus cher du monde. Pour l'obtenir, il fallait récupérer les grains partiellement digérés par une civette en fouillant ses excréments. L'idée lui répugnait, mais il adorait celle de posséder quelque chose que personne, ni ses employés ni ceux qu'il croisait dans la rue, ne pouvait s'acheter. Lui seul en avait les moyens. À trente-cinq ans, il était devenu l'un des traders les mieux payés de Paris. Récemment consacré dans plusieurs revues financières, il faisait engranger des fortunes à ses actionnaires en interprétant les mouvements en bourse, attendant les chutes de marché pour investir au meilleur moment. Rien n'était aussi jouissif, pas même le sexe. Son plaisir culminait quand, dans l'attente des dernières cotations, le risque était si important qu'il pouvait tout perdre en un simple claquement de doigts.

Tout ça n'était qu'un jeu. Une immense roulette sur laquelle il s'amusait à parier. La seule règle était de gagner. Perdre ne concernait que les autres. Ceux qui économisaient péniblement, qui ignoraient tout de l'envers de leur vie et qui, quoi qu'il arrive, ne sauraient jamais ce que c'est d'être riche.

L'ordre des choses, tout simplement.

Il ne vit pas arriver le piéton sur sa gauche, mais sentit l'odeur du café. Un subtil parfum de noisette et de chocolat. Sous le choc, le liquide s'envola au ralenti, dessinant une courbe parfaite et s'ouvrant comme une fleur de lys qui éclaboussa sa veste. Il pensa à de l'encre sur un buvard, la douleur ne vint qu'après la brûlure. Et son cri.

– Imbécile, vous pouvez pas faire gaffe ? Vous savez combien il coûte, ce costume ?

Le premier coup le surprit. De toute sa vie, personne ne l'avait jamais frappé. Son cerveau chercha d'abord une explication rationnelle, mais, faute d'expérience, ne lui commanda pas de se protéger le visage. Une erreur. Le direct qui atteignit ensuite Benjamin Legoff lui brisa le nez. Un goût salé et métallique lui emplit la bouche. Il s'essuya, examina sa main pleine de sang. Son sang qui coulait. Un homme se tenait devant lui, les poings serrés. Legoff le regardait sans comprendre, jusqu'à ce qu'un crochet le touche à la tempe, lui faisant perdre l'équilibre. Avant de s'effondrer, il aperçut une silhouette derrière son agresseur. Une femme qui brandissait son portable pour le filmer. Il crut d'abord qu'elle voulait l'aider, mais elle lui balança un coup de pied qui lui coupa définitivement le souffle. Son rire bêlant résonna pendant qu'elle braquait le téléphone sur son visage.

– Salut Legoff, tu veux nous dire un truc ? On est en direct, là.

Sans attendre sa réponse, elle lui enfonça un genou dans le thorax, pesant de tout son poids comme pour lui aplatir la poitrine. Malgré son masque chirurgical, il devina ses yeux, magnifiques. D'un gris cristallin. Elle devait être très belle, mais ce n'était pas le moment. Respirer, il fallait qu'il arrive à respirer.

– Tu n'as rien à dire ? Même pas à tous ceux que tu as volés ? Tu es moins timide, d'habitude, quand tu te gaves sur le dos des autres. Le fric, il n'y a que ça qui compte pour les charognards comme toi. Mais c'est fini. *Watchmen* ne vous laissera plus nous exploiter, ni toi ni les autres rapaces de ton genre.

Il commençait à étouffer. Comme s'il se noyait, que ses poumons se remplissaient de son sang. Il cracha, s'agrippa à elle pour essayer de se relever, mais elle le repoussa sèchement.

– Reste par terre, enfoiré.

Personne ne viendrait le secourir. Il allait mourir là, allongé sur ce sol crasseux, comme un clochard. *Ça ne peut pas se terminer comme ça*. Une pluie de coups lui tomba à nouveau dessus. Il se recroquevilla en position fœtale, réfugié dans un coin de son esprit. Une série de chiffres brillait et défilait dans le noir. Il se concentra dessus pour oublier sa peur. La douleur. Et ce rire sadique. Un rire de jouet détraqué.

32

Le métro était bondé. La rame pleine de voyageurs, pour la plupart happés par leur portable. Assis près de Coline, un ado regardait la vidéo d'un chaton coincé dans une baignoire. À chaque fois qu'il sautait sur le bord, l'animal retombait au fond, en écartant les pattes pour ne pas glisser.

Quelque chose clochait dans ce monde.

Elle songea à l'agression de Dufauchelle. À la brutalité qu'il avait endurée et à tous ceux qui l'avaient visionnée. La foule est carnassière. La violence la fascine plus encore que le sexe.

Coline continuait à épier son voisin, stupéfaite par l'absurdité des stories qu'il faisait défiler. Le gamin s'arrêta sur un combat de MMA, de la haine à l'état pur. Elle se demanda si son cerveau était encore capable de fonctionner par lui-même. Tellement abruti par les contenus épouvantables qu'il dévorait, succession frénétique sur son écran, relayée dans l'indifférence générale par des millions de followers. L'information avait presque disparu. Ne comptait plus que le nombre de vues. S'exhiber, accuser, choquer. Un univers où plus rien d'autre que le sensationnel ne semblait avoir d'importance.

Pourtant elle se laissait elle aussi envoûter par le vide des images, hypnotisée par la séance de massacre. Un mélange de curiosité et de dégoût. Une nouvelle séquence la capta. Un homme marchait, son café à la main. La seconde suivante, il se faisait frapper en plein visage. Au deuxième coup, son nez se mit à saigner. Il chancela et tomba à la renverse au milieu d'une cohue. Mais personne ne s'arrêtait pour l'aider.

Coline reconnut l'esplanade de la Défense. Le quartier d'affaires. L'image se resserra, celui qui filmait se rapprochait. Elle crut que c'était pour porter secours à la victime, mais comprit, en lisant la peur qui déformait le visage de l'homme à terre. Il suffoquait, replié au sol, tentant de se protéger de la pluie de poings et de pieds qui s'abattait sur lui. Aux mouvements de l'image, Coline réalisa que le vidéaste amateur le cognait aussi. Elle refusa de voir le reste.

Même sans le son, le spectacle était effroyable.

Cramponnée à la même barre, une jeune femme suivait également le reel. Coline chercha autour d'elle, repéra un homme sur une banquette juste en face, puis un gamin à l'autre bout du wagon. Tous assistaient en direct à l'agression. Comme insatiables. Et le pire : prenant du plaisir au spectacle.

Louis était déjà au bureau lorsqu'elle arriva. Sa tablette diffusait la même vidéo. Julien et Guillaume regardaient par-dessus son épaule. La scène lui parut plus crue avec le son. Coline eut du mal à l'admettre, mais la voix qui commentait n'était pas celle d'un homme. Elle vomit intérieurement l'idée qu'une femme puisse s'abaisser à une telle cruauté. Louis se retourna en sentant sa présence.

– Tu as vu ça ? C'est *Watchmen*. Il avait annoncé qu'il s'en prendrait à un employé de la finance. D'après les collègues sur place, le type qui se fait dérouiller est un trader hyper célèbre. Longuet nous avait prévenus, tout ce cirque commence à peine.

Julien le tempéra gentiment.

– Ne t'excite pas, mon grand. La vidéo de revendication a été vue par des millions de gens. Elle a dû inspirer pas mal de monde, et tu dis toi-même que la victime est connue. Si ça se trouve, c'est un *copycat*. Ça arrive quand les affaires sont aussi médiatisées, surtout sur les réseaux sociaux. Rien ne prouve à ce stade que ce soit la même équipe.

– Mais on ne peut pas l'exclure…

– C'est vrai.

Sacha venait de les rejoindre. Rasé de près, le teint frais. Coline eut le sentiment qu'il était enfin reposé. Il tenait un mug de café, parlait posément. Elle avait eu raison de se montrer honnête avec lui. Malgré cela, elle devinait toujours une fêlure, comme un voile brumeux qui flottait dans son regard.

– Vous avez raison tous les deux, il ne faut rien exclure. Le mieux, c'est d'enquêter et de chercher des preuves. Louis, balance une réquise pour savoir qui a diffusé la vidéo. Ensuite, on discutera.

Louis esquissa une vague moue de déception.

– Et si on ne trouve rien, qu'est-ce qu'on fait ?

– On retombera peut-être sur un portable qu'on connaît. Sinon, on ouvre une nouvelle prélim', et on reprend tout de zéro. Mais pas question d'extrapoler, d'autres vont s'en charger pour nous. Ces réseaux, c'est un déversoir pour un tas d'allumés, d'extrémistes et de complotistes. Ils vont se régaler dès qu'ils vont voir ça.

Sacha montrait la vidéo du doigt, mais Coline détourna les yeux. Au-delà de la dureté des images, elle ne supportait pas cette voix de folle. Ni son rire qui s'étirait démesurément, par salves maniaques.

La réponse ne prit que quelques minutes. Le portable utilisé avait déjà fait l'objet d'une demande d'identification. C'était l'un des numéros en lien avec l'agression de Dufauchelle.

Le dossier n'était pas clos, finalement.

Sacha avait rassemblé tout le groupe dans son bureau – même Adèle Mayer. En temps normal, elle ne participait pas à leurs réunions, mais la situation était exceptionnelle et l'émoi manifeste. Quand Coline reçut un message de Clément, qui lui repostait l'agression de la Défense, elle prit vraiment conscience de l'ampleur du problème.

Watchmen était le mot-clé le plus repris sur les moteurs de recherche, la vidéo la plus taguée. Le qu'en-dira-t-on d'antan était devenu un boucan numérique que rien ne pouvait arrêter. Une hydre constamment renouvelée, vénérée, entretenue par des millions d'anonymes.

Sacha résuma la pensée de Coline.

– Contrairement à ce que certains croyaient, cette histoire n'est pas terminée. Grâce à la téléphonie, on est sûrs qu'il ne s'agit pas d'imitateurs parce qu'ils n'ont même pas pris la peine de changer de portables. Si vous avez une idée, je suis preneur.

Je vais devoir appeler la juge et je ne sais pas quoi lui dire.

Que je vous avais prévenus ? Coline préféra se taire, Adèle risquait de le prendre pour elle. *Mais merde,* elle les avait prévenus. Son portable vibra. Comme celui de Louis, de Julien. Ils avaient tous reçu la vidéo du trader. Tous ceux qui possédaient un smartphone l'avaient reçue, même Sacha.

– Putain, ça tourne déjà partout… Une idée avant qu'on se prenne la vague ?

Louis répondit timidement.

– On peut reprendre tout l'environnement de Longuet. Il doit bien y avoir un moyen de comprendre comment il a rencontré ses complices.

– La SDAT est sur le coup. Les proches de Longuet ont été mis hors de cause, et les recherches se poursuivent dans les milieux qu'il fréquentait, mais ça va prendre du temps. C'est une vraie nébuleuse, cette complosphère.

Sacha digéra la remarque d'Adèle avant de reprendre.

– Ravi d'apprendre que la SDAT travaille aussi sur ce dossier. Il y a autre chose que je devrais savoir ?

– Non. Je ferai le point avec eux tous les jours et je vous tiendrai au courant.

– OK…

Coline tripotait son stylo, échaudée par la dernière fois où elle s'était risquée à un peu d'initiative. Ses collègues attendaient, prudents eux aussi. Il lui suffisait de se taire. Pourtant, elle ne put s'empêcher de lever le doigt.

– Je crois que j'ai une idée.

Sacha s'était garé sur le boulevard Arago, à une centaine de mètres de l'entrée. Il craignait pour leur voiture, une Mégane grise banalisée que seuls les honnêtes gens pouvaient croiser sans la remarquer.

Rue de la Santé. Une file d'attente piétinait devant la porte de la maison d'arrêt. Surtout des femmes. Des épouses, des sœurs, des maîtresses. Quelques enfants aussi. Mais tous comprirent lorsque Coline et Sacha les dépassèrent sur le trottoir. Des flics. Un gosse marmonna une insulte à leur passage, ils l'ignorèrent. Pas besoin d'ajouter à la peine des familles.

De l'autre côté des vitres blindées du poste de garde, un maton vérifia leurs cartes professionnelles, puis déclencha la serrure électrique du lourd portail, qui s'ouvrit lentement. Une fois à l'accueil, ils déposèrent leurs armes et leurs portables dans des casiers dédiés. Les bruits de la ville étaient plus lointains à présent. Coline se demanda ce que les détenus pouvaient ressentir en entrant. Un simple mur en meulière les séparait de la liberté. Derrière, la vie continuait sans eux.

Elle suivit Sacha, retira sa ceinture et vida ses poches pour passer sous le portail de sécurité. C'était comme s'enfoncer sous terre, l'air paraissait plus épais à mesure qu'ils avançaient. Un surveillant les prit en charge. Passé une première porte à barreaux, ils le suivirent à travers une cour silencieuse, longèrent un grand couloir, passèrent une interminable série de grilles, puis arrivèrent à une imposante rotonde éclairée par de grandes fenêtres en hauteur. Un responsable les attendait fièrement.

– C'est beau, hein ? Tout a été refait à neuf en 2018. Quatre années et 180 millions d'euros de travaux. Mais vous ne venez pas pour ça. Vous êtes ici pour Longuet, exact ?

– Oui, la juge nous a autorisés à le voir.

Sacha lui tendit le permis de visite, mais l'officier le repoussa.

– C'est bon, tout a déjà été vérifié. Suivez-moi.

Leurs pas résonnaient sous l'immense dôme. Ils empruntèrent un nouveau couloir et s'arrêtèrent devant une porte semi-ouverte. Coline reconnut le regard de Longuet qui les attendait dans le parloir. Il scrutait chacun de leurs gestes. Au spectacle.

Sacha commença sans préambule.

– Alors, Thomas, comment ça va ?

– Thomas ? On est potes, maintenant ?

– Non, mais quatre jours de garde à vue, ça crée des liens. Comment tu vas ?

– Moi, ça peut aller. Mais vous, vous avez franchement l'air crevés. Ça ne se passe pas comme vous voulez ?

Elle eut de nouveau envie de le gifler. D'effacer son air béat. Mais c'était son idée de venir le voir, et puisque personne n'en avait eu de meilleure, ils allaient devoir composer avec. Un claquement de verrou retentit. Elle respira par la bouche, pour repousser la sensation d'être emmurée vivante. Longuet, lui, souriait, détendu, ravi de profiter de son public. Mis à part son avocat, la juge ne lui avait accordé aucun visiteur. Les journées devaient être longues, il allait faire durer le plaisir. Il s'affala dans son siège, l'air hâbleur.

– Je sais pourquoi vous êtes là. On a tous des portables, ici. Et vu qu'on a que ça à faire, on passe notre temps sur les réseaux sociaux. J'ai vu la vidéo.

Rien d'étonnant à ce que quelqu'un qui n'a plus rien à perdre se montre aussi impudent. Sacha hocha la tête pour l'encourager.

– Qu'est-ce que tu peux m'en dire ?

– Je vous avais prévenus, ça ne fait que commencer. Mais vous ne m'avez pas cru la première fois, ça sert à quoi que je recommence ?

– Cette fois, on est là pour t'écouter. Alors, vas-y.

Longuet se pencha légèrement au-dessus de la table, et durant une seconde, sembla à deux doigts de s'ouvrir. Mais il se ravisa.

– Et ça va me rapporter quoi ?

– On verra, ça dépend de ce que tu sais. Tu peux nous parler des autres ?

Longuet ramena les mains derrière sa nuque. Coline l'avait déjà vu faire ça. Il se divertissait en jouant avec eux. Que pouvaient-ils attendre de lui ? Il n'avait pas collaboré de toute sa garde à vue. Elle avait eu tort de proposer cette rencontre. Il dut sentir qu'elle n'y croyait plus, car sa voix se fit plus mielleuse.

– Je peux vous aider, mais pas pour rien.

– Qu'est-ce que tu veux ?

– Une lettre d'amnistie signée par la juge. Un écrit où elle lève toutes les charges contre moi. Si vous l'obtenez, je vous dirai comment trouver le reste du groupe.

Coline se retint de rire. Longuet les fixait sans comprendre. Sacha eut un ricanement avant de lui expliquer ce qui les amusait.

– On n'est pas dans une série américaine. Les lettres d'amnistie, ça n'existe pas en France. Mais si tu nous aides, je parlerai à la juge, et tu pourras demander à bénéficier du statut de repenti.

– Vous voulez dire une identité bidon et un boulot pourri dans un bled paumé, tout ça pour deux mille balles par mois ? Allez vous faire foutre. Je veux une amnistie, sinon je ne dirai rien. Vous n'avez pas idée de ce qui va vous tomber sur la gueule ! Et je vous garantis que, sans moi, vous n'avez aucune chance de les arrêter.

– Je t'ai fait une offre, maintenant c'est à toi de voir. Je n'ai rien de mieux à vendre.

– Vous croyez que je vous *mythonne*, c'est ça ? Mais je sais un tas de choses. Comme ce qui est arrivé au veilleur de nuit que vous avez retrouvé mort dans le centre d'examen.

Plus personne ne souriait. Coline vit que Sacha était troublé, se maudissant de l'avoir entraîné dans un piège. Il n'y avait aucun rapport entre les deux affaires. Longuet n'était qu'un menteur prêt à tout pour s'en sortir. Sacha lui adressa un sourire en coin.

– Je ne vois pas le point commun entre *Watchmen* et ce dossier. C'est du vent. Tu as lu ça dans le journal, et maintenant tu essayes de nous enfumer.

– Tu crois ? On devait attaquer le labo à cause des avortements et des vaccins. En principe, il n'y avait personne, mais ce con nous est tombé dessus en jouant les héros. Il a voulu se battre et l'un de nous l'a assommé avec sa lampe torche. On ne voulait pas le tuer, c'était un accident.

Aucun article n'avait mentionné l'arme du crime, Longuet n'avait pas pu l'inventer. Il y était, ou bien quelqu'un lui avait raconté le meurtre, mais il savait quelque chose. Il s'était interrompu, étudiant le visage de Sacha et, en l'absence de réaction, continua son histoire.

– Quand on a vu qu'il ne respirait plus, on s'est tirés. C'était la première action, alors on a préféré la fermer et poursuivre comme prévu.

– Mais pourquoi ne pas la revendiquer ?

– Commencer par un gâchis, ça brouillait le message. Donc, on a zappé, et on a continué. Il fallait suivre le plan.

– Quel plan ? Quel message ? De quoi tu parles ?

– Vous n'avez toujours pas capté ? Les IVG, la 5G, les politiques, les intellos, et maintenant les affairistes. On s'attaque à des symboles. Tout ça, c'est le début d'une révolution. On la prépare depuis des années. Sans moi, vous ne pourrez pas les stopper.

– Alors, explique-nous. C'est qui, *Watchmen* ? Comment vous êtes organisés ? Qui commande ? Comment vous vous contactez ?

– Je ne sais pas qui c'est. Tout est cloisonné. On a tous un pseudo. Sans l'adresse du site où on se retrouve, vous ne pourrez rien faire. Ce type ne s'arrêtera pas. Si vous voulez que je vous aide, il faut d'abord me tirer de là.

Longuet s'étira sur sa chaise, content de lui. Sacha se redressait pendant que Coline remplissait mentalement les silences. Longuet pensait : *Échec et mat*. Sacha : *Tu peux toujours y croire*. Et aucun ne céderait.

– Ça ne marche pas comme ça, je ne paye pas pour voir. Soit tu as des billes et on discute, soit tu retournes en cellule. C'est ça, le deal.

– Comme vous voulez. Mais je sais ce qui va arriver, et je peux vous dire que ça ne va pas vous plaire. En attendant, vous savez où me trouver.

Longuet se leva et alla taper à la porte. Aucun surveillant ne vint. Il frappa plus fort, le bruit ricocha à l'extérieur, roulant sur les murs du couloir. Un maton déverrouilla enfin la serrure et le dévisagea avec la même expression qu'un videur de boîte. Puis il le laissa sortir et le suivit nonchalamment.

Coline regardait Sacha, qui n'avait pas bougé. Abasourdis, tous les deux. C'était sans issue. Aucun juge ne laisserait sortir un terroriste. Mais ils n'étaient pas venus pour rien. Thomas Longuet leur avait au moins confirmé l'essentiel : *Watchmen* existait bien.

33

Je suis fier de toi. On n'y serait pas arrivés sans ton aide. Comment se passe ta détention ?

Dis-moi si tu veux quelque chose. L'avocat nous tient au courant du dossier, on ne t'abandonne pas.

Il se frotta les yeux, se relut et envoya sa réponse. Thomas ne devait pas consulter le tchat au milieu de la nuit, il la recevrait demain.

Après des heures passées à surveiller les réseaux sociaux, il se sentait fatigué et retourna s'allonger. Mais il était trop excité pour dormir. La vidéo de la Défense avait été partagée près de dix millions de fois, plus encore que sa première revendication. Les commentaires étaient bons, la plupart des gens saluant leur action. Tous ces oubliés, les « sans-dents » qu'on continuait à exploiter pour des profits jamais atteints. Le nombre de milliardaires avait encore augmenté, une trentaine d'entre eux possédait désormais autant que la moitié de l'humanité, tandis que la pauvreté progressait de manière exponentielle. Tout ce qu'incarnait la figure d'un trader, la majorité l'avait compris.

Beaucoup d'autres le suivraient quand ils réaliseraient la pertinence de son combat. Les dangers auxquels on les exposait, les mensonges avec lesquels on les trompait. Près de quatre-vingts pour cent des Français utilisaient les médias sociaux, il n'avait jamais été aussi facile de les toucher. Les possibilités étaient infinies. Délivrés de toute forme de censure ou de manipulation, libres de leur destin, ils avaient seulement besoin d'être guidés. Il suffisait de les aider à voir la vérité pour qu'ils prennent toute la mesure de leur puissance.

Une clochette tinta. Thomas ne dormait pas.

Tout va bien. J'ai vu la nouvelle vidéo et les commentaires, on y est presque.

Les condés sont venus me voir. Je crois qu'ils ne savent rien à propos de toi. Je leur ai fait croire que j'étais prêt à négocier, mais que je ne te connaissais pas. Fais quand même attention, ils te cherchent. Je te recontacterai avec un nouveau portable pour ne pas prendre de risque. La lutte continue.

Thomas n'avait pas parlé. Personne d'autre n'avait été interpellé. Mais ce qui lui était arrivé était entièrement sa faute. En appelant sa mère avec un portable prépayé, il avait mis tout le groupe en danger et ne pouvait plus servir la cause. Son erreur aurait pu leur coûter beaucoup plus cher. Quoi qu'il en soit, il demeurait loyal, tout se déroulait comme prévu.

Malgré l'échec de la première mission, les suivantes avaient atteint leur but en permettant de commencer à éveiller les consciences. La prochaine étape était d'impliquer plus de monde pour créer une véritable armée de l'ombre. Il fallait que tous ces anonymes comprennent la force silencieuse qu'ils représentaient. Une force capable de tout renverser.

Tout était en place. Il n'avait qu'à pousser le premier domino pour provoquer une réaction en chaîne. Pour qu'une multitude bascule, se mobilise, et que le pouvoir tombe enfin. Dans l'attente de ce jour, il n'avait qu'à souffler sur les braises et entretenir le feu.

Il n'arriverait pas à fermer l'œil, autant se préparer. Il ouvrit son placard. Son vieux passe-montagne en laine était à sa place sur l'étagère. Il aurait préféré apparaître à visage découvert. Les trois trous de la cagoule lui donnaient l'air d'un braqueur, le contraire de ce qu'il voulait incarner.

Mais il n'aurait bientôt plus à se cacher.

Encore quelques semaines, et il pourrait sortir de la clandestinité, prendre la tête du soulèvement. Au grand jour.

Cinq heures. Beaucoup trop tôt pour un direct.

Épuisé, il ferma les paupières et laissa lentement le sommeil l'engourdir. Toutes les pièces s'emboîtaient en un mécanisme parfait. Il se repassa les phases de son plan, comme à chaque fois qu'il s'endormait, et sentit une chaleur au creux du ventre. Presque du désir. Avant de perdre conscience et de contempler le bûcher qui consumerait bientôt le monde.

Le bûcher qui les purifierait tous.

34

Adrian Moreno attendit que le sommelier ait terminé de le servir, puis leva son verre pour trinquer avec sa cliente. Le vin qu'il avait commandé était hors de prix. Il ne savait pas ce qu'il appréciait le plus dans ce dîner, le plaisir d'être envié par les autres hommes ou sa nouvelle victoire. À force de travail et de sacrifices, il était devenu l'un des meilleurs avocats pénalistes du pays. Un ténor du barreau. Terminé les petits dealers ou les voleurs à la sauvette des débuts, défendre des membres du narcobanditisme était beaucoup plus lucratif. Il était fier du chemin qu'il avait parcouru. Depuis le jour où son père les avait abandonnés, sa mère et lui, il n'avait jamais cessé de se battre. Un fils d'émigré espagnol jeté dans la fosse, qui était parvenu à se hisser dans les sphères les plus hautes. L'argent, il n'avait plus à s'en soucier.

Sofia le tira de ses rêveries d'un ton geignard.

– On dirait que les gens de la table derrière t'ont reconnu. Ils n'arrêtent pas de consulter leurs portables et de se tourner vers nous.

– Ah, tu crois ?

Cette femme l'ennuyait. Certains de ses voisins la convoitaient, subjugués par ses seins refaits, mais elle n'avait vraiment aucune conversation. Il se consola en pensant qu'ils venaient de commander le dessert. Une heure, tout au plus, et elle serait dans son lit. Cette perspective valait bien un effort. Elle insistait.

– C'est étrange, je te jure qu'ils te matent vraiment.

Le vin tenait toutes ses promesses. Il plaça son verre dans la lumière, le fit tourner, puis le huma de nouveau, percevant des arômes de cassis, de prune et de terre humide. Il avait fallu des années et beaucoup de talent pour arriver à ce moment précieux. Le nectar inonda son palais de saveurs fruitées, il éprouva une brusque envie de solitude, mais sa cliente ne semblait pas décidée à lui permettre de jouir de ce répit.

– Adrian, tout le monde nous regarde. Même les serveurs. Je ne sais pas ce qui se passe, c'est bizarre.

Il but une autre gorgée en faisant mine de ne pas avoir entendu. Elle se pencha vers lui.

– Je t'assure, c'est pas normal. Tu devrais voir la tête qu'ils font, ils ont l'air d'être morts de trouille. Tu as fait une connerie ?

Il se retourna et vit tous les yeux braqués sur lui. Les murmures s'effacèrent sous le bruit des couverts qui dominait la salle. Le maître d'hôtel s'approcha de leur table, embarrassé, et se racla la gorge avant de parler.

– Je suis désolé, monsieur. Je vais être obligé de vous demander de partir.

La blague aurait dû l'amuser. Ses collègues avaient l'habitude de le piéger. Ils s'étaient dépassés cette fois-ci. Convaincre la direction d'un tel établissement de jouer le jeu devait coûter une fortune. Il partit d'un rire agacé.

– Très drôle. Vous pourrez dire à Bruno que j'ai failli marcher.

– Navré, monsieur, je vais devoir insister. Bien évidemment, le repas vous est offert. Voulez-vous que je commande un taxi ?

Le majordome ne plaisantait pas. Les sentiments qui s'affichaient sur son visage paraissaient mêlés – admiration pour le nanti, gêne pour le déchu. Il semblait perdu entre les convenances et le malaise que la situation lui inspirait. Quand l'employé lui montra l'écran de son propre portable, Moreno crut d'abord halluciner. Une bande-annonce loufoque. Son visage était reconnaissable sur chacune des photos qui défilaient, toutes barrées de la mention *Wanted* et entrecoupées de morceaux d'interviews et d'articles de journaux le concernant. Un rappel choisi de ses plus grands succès judiciaires, de tous les violeurs et escrocs notoires qu'il avait défendus ces dernières années.

– Les autres clients ont peur, vous comprenez. Le personnel également. Nous ne sommes pas habitués à ce genre de choses, alors je pense que le mieux serait vraiment que vous vous en alliez.

L'alcool lui était monté à la tête. Il se voyait sur le point de perdre son calme. La gorge sèche, les tempes battantes, son cœur prêt à rompre. Toute l'attention était concentrée sur eux. Il explosa.

– C'est une caméra cachée, c'est ça ?!

– Non, monsieur, regardez.

Sur la vidéo qui continuait, un homme cagoulé s'exprimait devant un fond blanc. Un sentiment dérangeant émanait de lui, une énergie à la fois repoussante et envoûtante. Ses yeux ressemblaient à ceux d'une peluche. Des yeux de verre noir, sans la moindre trace de vie. Et quand le type pointa la caméra du doigt, Moreno sentit qu'il le visait, *lui*. Sa voix était caverneuse.

Ce type n'aime rien ni personne, juste l'argent. À cause de lui, des criminels sont aujourd'hui libres et impunis. Grâce à lui, des pédophiles et des meurtriers ont pu échapper à la justice. Adrian Moreno est un mercenaire qui ne défend que les élites et le pouvoir. Il est au service de ceux qui profitent du peuple, au service de cet État profond qui vous gouverne, et il a même récemment évité des poursuites à des utilisateurs d'adrénochrome, une drogue fabriquée à partir de sang d'enfant.

C'était de la folie.

La séquence se terminait sur un avis de recherche.

Aidez-nous à l'attraper, il est temps qu'il paye lui aussi.

La chasse est ouverte.

Les derniers mots s'étalaient en lettres grasses. Qui se dissipèrent pour laisser place à son portrait. Puis l'image s'effaça. Fondu au noir. Un noir épais, abyssal. Comme les yeux de cet homme.

35

– La propagande, ça n'a rien de très nouveau. Les premiers exemples remontent à l'Antiquité, les Romains l'utilisaient déjà pour influencer la plèbe. Avec le temps, le concept s'est amélioré, mais c'est toujours le même principe. Au XVe siècle, Machiavel écrivait déjà que « gouverner, c'est faire croire ». En diffusant des idées choisies, on peut garder le contrôle sur la foule. Les politiques en ont vraiment pris conscience au début du XXe siècle, d'abord pendant la Première Guerre mondiale, puis surtout après la Seconde, pour attiser la haine contre l'ennemi et persuader les hommes de s'engager. Rallier l'opinion publique est devenu un vrai enjeu stratégique avec la guerre froide, et dès la fin des années quarante, l'économie s'est emparée des mêmes méthodes pour booster les ventes. La publicité, c'est aussi de la propagande. C'est convaincre, mais pour faire consommer. La différence avec les réseaux sociaux et Internet, c'est qu'il n'y a pas d'États ou de grandes entreprises à la manœuvre. Plus personne n'est aux commandes, les règles ont changé.

Tout le groupe écoutait religieusement. Petit, bedonnant, le professeur Moulinier n'avait pas un physique impressionnant, mais son expertise en sciences humaines et sociales au CNRS parlait pour lui. Sacha l'avait convié dans son service pour profiter de son analyse après le dernier post de *Watchmen*. Le front plissé depuis le début de l'exposé, il coupa l'universitaire.

– Je ne comprends pas. En quoi c'est différent ?

– Ce que je veux dire, c'est que les gouvernements ont inventé la manipulation de masse. Ils l'ont développée, banalisée, ensuite ils l'ont laissée échapper, laissant la porte grande ouverte après avoir créé un monstre. Aujourd'hui, avec un ordinateur et une ligne ADSL, n'importe qui peut lancer une rumeur et la répandre dans le monde entier. Sans aucune limite ou presque. C'est plutôt terrifiant, mais je suis surpris que ça ne se soit pas produit plus tôt.

Louis leva la main pour poser une question. Coline le trouvait touchant. Pas Sacha, qui l'incendia du regard. Moulinier lui donna la parole.

– Oui, jeune homme ?

– Pourquoi vous êtes surpris ?

– Parce que tout a été fait pour que ça arrive. Nous sommes habitués à nous laisser endoctriner, à abandonner une partie de notre libre arbitre pour acheter, voter… Et le pire, c'est qu'au fond on en est conscient. Les États n'ont pas toujours été très doués pour nous cacher leurs manigances. Rappelez-vous les mensonges qui ont conduit à la guerre en Irak, ou ceux à propos des essais nucléaires dans le Pacifique. Il y a des tas d'exemples. Du coup, on sait qu'on peut être manipulé, mais sans réellement mesurer à quel point. Alors, pour certains, ça laisse pas mal de place aux fantasmes. C'est là-dessus que fleurissent les théories complotistes.

Sacha resta songeur un instant.

– Je ne crois pas qu'on puisse nous faire gober n'importe quoi. Là, vous parlez d'une minorité de cinglés. La plupart des gens sont assez lucides pour faire le tri.

– Vous croyez ? Vous savez que près de dix pour cent d'entre eux pensent que la Terre est plate ? Je ne vous parle même pas de ceux qui sont convaincus qu'*Apollo 11* ne s'est jamais posé sur la Lune. Regardez les sondages, vous verrez. La nature a horreur du vide. Face à ces doutes, à ces rumeurs, on a besoin de se rattacher à ceux qui les dénoncent. Comme ces nouveaux prophètes.

Coline n'avait jamais imaginé le problème sous cet angle. Elle se demanda comment il était possible de vivre dans un monde si connecté en restant tellement ignorant. Sacha paraissait sceptique, lui aussi.

– Pour résumer, vous dites qu'on a été dressés à croire tout ce qu'on nous dit, et que maintenant qu'on ne croit plus à rien, ça laisse le champ libre à des frappés comme *Watchmen* pour nous bourrer le mou ?

– C'est un peu court, mais c'est ça, oui. Si vous y ajoutez une fascination collective pour la violence, un rejet viscéral des élites, un relent de populisme, et l'extraordinaire tribune qu'offrent les médias sociaux, vous obtenez tous les ingrédients pour une révolte.

Ceux qu'ils étaient chargés d'interpeller dévoyaient les moyens que l'État avait inventés pour les asservir. Aussi paradoxal qu'ironique. Louis leva de nouveau la main, la baissa quand Sacha se remit à le fixer, mais posa tout de même sa question.

– Pourquoi pas une « révolution » ?

– Parce qu'une révolte, c'est l'action violente d'un petit groupe qui cherche à désorganiser la société. Une révolution est plus ambitieuse, elle suppose de grands bouleversements sociaux et le renversement d'un régime. On n'en est pas là, mais la chambre d'écho d'Internet est une variable que personne ne maîtrise. Voyez ce qu'il s'est passé aux États-Unis lors de la prise du Capitole. Aucun analyste ne l'avait vu venir, et pourtant…

Sacha parut soudain soucieux.

– Vous pensez qu'on a des raisons de s'inquiéter ?

– Je ne veux pas être catastrophiste, mais oui, je pense que tout est réuni pour que ça dérape.

Coline raccompagna le professeur et retrouva Sacha dans son bureau. Perdu dans ses pensées, il sursauta quand elle entra. La paix qui régnait dans la pièce tranchait avec le climat alarmiste de la réunion. Elle tira une chaise et s'assit, harassée par tout ce qu'elle venait d'entendre.

– Tu y crois, toi, à ce qu'il nous a raconté ?

– Je ne sais pas. Mais j'étais déjà inquiet, et là, il m'a cassé le moral. Je n'avais pas besoin de ça. La téléphonie ne donne rien,

Longuet n'a rien lâché, les services de renseignements sont sur le sable, et il n'y en a plus que pour *Watchmen* dans les médias. Alors, si Moulinier a raison, on est mal.

Son téléphone fixe sonna. Il ne prit pas la peine de décrocher.

– Les tauliers sont sur les nerfs depuis l'agression du trader, et c'est peut-être même pas les potes de Longuet qui l'ont défoncé. Il suffit que certains se soient mis à les imiter. C'est comme cette chasse à l'homme contre l'avocat, Moreno. J'ai entendu qu'un mec qui lui ressemble s'est fait dérouiller en banlieue, c'est n'importe quoi. On ne sait pas non plus si c'est lié. Mais ça va dégénérer, c'est sûr.

Sacha s'assombrit encore. Coline reconnut cette expression de chagrin qu'elle avait déjà lue en lui. La même qu'après l'accident de Yannick.

– Ces types veulent foutre le bordel, c'est tout. Ça part dans tous les sens, et tu peux être certaine qu'il y aura d'autres agressions. Il faudrait couper les réseaux sociaux, au moins le temps de l'enquête. Mais tu imagines ? Jamais les politiques n'accepteront ça. En attendant, le moindre post de *Watchmen* devient viral, et compte tenu du nombre d'échanges, on ne pourra pas gérer ce merdier. On court après lui sans réfléchir. C'est pas comme ça qu'on va y arriver.

Son laïus sonnait comme une prophétie. La dernière vidéo l'avait miné, il était désespérément fataliste, presque défaitiste. Le téléphone se remit à sonner. Sacha regardait le combiné sans bouger.

– C'est Adèle… Je sais pourquoi elle appelle. La DGSI prétend que c'est une ingérence des Russes ou des Chinois. Les autorités doivent commencer à flipper et le mot d'ordre, je le connais : il faut tout arrêter avant que ça ne devienne un mouvement insurrectionnel. Mais moi, je n'ai pas l'intention de bâcler l'enquête.

Coline trembla. Non de froid, mais à cause du ton de Sacha. Celui d'un homme brisé. En le voyant si faible, elle eut peur. Sans lui, elle n'aurait pas la force de continuer cette affaire.

– Tu penses qu'on en est là ? On va faire quoi ?

– Je n'en sais rien.

Une étincelle dans ses yeux disait autre chose. Il s'avança dans la lumière de sa lampe, fronça les sourcils, tout à coup espiègle. Et, dans un murmure, lui dit.

– En fait, j'ai une idée. Mais ça doit rester entre nous.

36

Place de la Nation. Un café près du rond-point. François de Bray restait silencieux. Il but une longue gorgée, puis reposa sa bière. La proposition de Sacha n'avait pas eu l'air de l'étonner, cet homme en avait trop vu pour se laisser surprendre.

La vie n'avait pas été tendre avec lui. Né dans une famille bourgeoise, promis à l'insouciance et aux privilèges, il avait enchaîné les mauvais choix depuis l'enfance. Comme si une force le poussait au pire. Un psychiatre lui avait expliqué que sa violence était une manière d'attirer l'attention sur lui, sa brutalité masquait un manque affectif. Mais c'était seulement du vice. Un goût irrépressible pour l'interdit qui l'avait conduit en pension, en maison de redressement et, une fois majeur, en prison. À soixante-deux ans, il avait purgé trente-quatre années de réclusion criminelle, n'avait connu qu'une décennie de liberté, ponctuée par cinq condamnations pour braquages, enlèvements, meurtres, et une évasion spectaculaire dont plus personne ne se souvenait. Le gros de son existence s'était résumé aux quartiers d'isolement et à une solitude qui l'avait lentement rongé.

Tout cela, Sacha le savait. Il l'avait interpellé sur une de ses affaires. Mais les quarante-huit heures passées ensemble les avaient rapprochés. Il était souvent retourné le voir en détention et, grâce à lui, de Bray avait été relâché avant la fin de sa peine. Sacha avait dévié son destin, et pas uniquement en le transformant en indic. Il avait vu en lui autre chose que le vide d'une fortune gâchée – son humanité, son regard délavé par la souffrance et les regrets l'avaient touché. Au fil des visites, Sacha s'était laissé gagner par une empathie qu'il n'avait jamais ressentie. Peut-être simplement pour nourrir le maigre espoir qui logeait dans son propre cœur.

De Bray continuait de les fixer, Coline et lui, de ses yeux enfoncés derrière ses paupières tombantes. Son visage tanné ressemblait à celui d'un vieux marin, le cuir creusé par le soleil et la pluie. Chacune de ses rides était une cicatrice, la trace à vif d'un parcours cabossé, riche de souvenirs et d'amitiés. Il passa une main sur son crâne chauve et rit.

– Tu es bon, toi. Donc, si je comprends bien, tu me proposes de retourner au trou pour te rendre service ?

– Pas pour me rendre service, pour m'aider dans l'enquête sur *Watchmen*.

– L'enquête sur qui ? De quoi tu me parles ?

– *Watchmen*. Tu n'en as pas entendu parler aux infos ou sur les réseaux sociaux ?

De Bray brassa l'air d'un revers.

– Non. J'ai déjà du mal à me servir de mon téléphone pour appeler. Alors, tes réseaux sociaux, connais pas. C'est qui, ce mec ?

Sacha lui raconta tout : les posts, les attentats, les menaces. De Bray ne comprenait pas un mot. Il opinait à tout ce qu'il disait, exactement comme un enfant qui acquiesce pour ne pas décevoir son père. Ou parce qu'il a confiance en lui.

– Tu as compris tout ce que je t'ai dit ?

– Non. Pas un traître mot. Juste que tu as besoin de moi pour faire parler un mec qui est au placard. Mais je sais ce que je te dois. Alors tu peux compter sur moi.

– Attends, François. C'est pas un petit service que je te demande cette fois-ci. Il faut que tu y retournes au moins quelques semaines.

– J'avais compris. Et pour être franc, ça me va. Je m'emmerde depuis que je suis dehors. C'est con à dire, mais je ne m'y fais pas. Durant la moitié de ma vie, on m'a dit à quelle heure me lever, manger et dormir. Quand je suis sorti, je savais même plus comment me servir d'une poignée de porte. J'attendais devant comme un con que quelqu'un m'ouvre. Un vrai légume. Tu peux le croire ?

Les yeux brillants, de Bray vida son verre et se tourna vers Coline.

– Tu sais, ma belle, le QI*, ça finit par rendre fou. Il m'est arrivé de rester des mois sans voir personne, à tourner en rond, en m'accrochant pour ne pas perdre le contact avec la réalité. Si ton chef ne m'avait pas aidé, je serais devenu cinglé, c'est sûr. Maintenant je suis libre, mais je continue à faire les cent pas dans ma piaule. À part une pute de temps à autre, je suis seul. Alors, franchement, c'est plutôt vous qui me rendez service. J'aurais au moins l'impression d'être utile à quelque chose. Je n'arrive pas à trouver un taf et j'en ai plein les pattes de quémander.

Sacha se sentit mal. De Bray n'avait même pas fait semblant de réfléchir. L'idée de le renvoyer au mitard le perturbait. Il devait y avoir une autre solution. *Tu ne peux pas faire ça, c'est dégueulasse*. C'était tomber trop bas.

– Oublie ça. On ne parle pas de deux jours. Il n'y a que la juge qui est au courant, et on ne peut pas prévenir la pénitentiaire. Si ça se passe mal, j'aurais aucun moyen de t'aider.

– Ton client, c'est pas Mesrine, j'en ai vu d'autres. Laisse-moi une paire de jours pour régler quelques conneries, et après je suis à toi. Il est où ?

– À la Santé.

De Bray parut ravi.

* Quartier d'isolement.

– Je connais. Et en plus, on m'a dit qu'ils ont tout refait à neuf. Ce sera l'occasion de visiter.

– Si ça marche, je devrais pouvoir t'obtenir une belle prime.

– C'est sympa, mais ne t'emmerde pas, je saurais pas quoi en foutre. On fera une bonne bouffe tous les trois, si tu veux. Tu t'appelles comment, toi ?

Il adressa à Coline un regard presque affectueux.

– Coline.

– C'est joli. Ils ont du bol, maintenant, les lascars que vous serrez. J'aurais préféré avoir affaire à toi dans le temps, plutôt qu'à lui.

Sacha rit. Mais le cœur n'y était pas.

Coline regardait la route droit devant elle depuis qu'ils étaient remontés en voiture. Cours de Vincennes, direction les Maréchaux. Elle soufflait à intervalles réguliers, comme si elle luttait pour retenir ses sentiments.

– Tu fais encore la gueule ?

– J'ai pas de raison. Si ?

Elle pinçait les lèvres chaque fois qu'elle était chagrinée. Mais il s'était attendu à l'entendre râler, pas à ce qu'elle lui batte froid.

– Ne t'angoisse pas pour lui, il est solide. Et tu l'as entendu ? Il ne trouve pas de boulot et s'emmerde toute la journée. Si ça marche, il va prendre un billet. Ça lui permettra de se refaire, peut-être même de partir quelque part au soleil.

– C'est ton indic, c'est toi qui vois. Mais ça en vaut la peine ? Longuet est un extrémiste, il ne lui parlera pas. Et en plus, si Adèle l'apprend, elle va te couper en deux.

Elle avait dit ça en se tordant les mains, la conscience au pilori. Un ivrogne approcha de la voiture au feu. Sacha lui fit signe de dégager. Elle lui décocha un regard noir. *Tu n'as vraiment pas de cœur.*

– C'est bon, détends-toi. Qu'est-ce que tu veux qu'il lui arrive ? La taule, c'est chez lui. Au pire, il va perdre son temps. Mais fais-moi confiance, il va retourner Longuet comme une crêpe. C'est notre meilleure chance d'infiltrer ces barjots. On les met ensemble quelques jours, et si ça marche pas, on le fait sortir illico.

– Je ne dirais rien à personne. Mais c'est une idée à la con, et je t'aurais prévenu.

– Ça va aller, ne te mine pas.

Les sueurs froides, il se les gardait, c'était son rôle. Il s'apprêtait à confier le sort de son enquête à un multirécidiviste. Qui avait accepté d'être jeté au fond d'une cellule, totalement livré à lui-même. Rien ne devait être officiel. Parce que si ça foirait, et ça allait certainement foirer, il ne devait y avoir aucune trace de leur arrangement.

C'était la règle. De Bray le savait. Tout comme lui.

Mais pas Coline.

37

La porte étanche se verrouilla derrière Coline et une sensation d'étouffement la saisit immédiatement. L'endroit faisait penser à un caveau. Enterré sous la rue de Miromesnil, dans les sous-sols de Beauvau, le CIC* était prévu pour être activé en cas de crise majeure. Un centre névralgique rassemblant toutes les forces de l'État sous la seule autorité du ministre de l'Intérieur. Elle se dit qu'il avait dû être conçu pour faire face à un cataclysme nucléaire, une invasion ou une pandémie. Pas pour lutter contre quelques anarchistes.

Tout ça devenait de plus en plus invraisemblable.

Après un dédale de couloirs, elle arriva avec Sacha jusqu'à une pièce épurée dont le centre était occupé par une table imposante, un immense plateau ovoïde en résine blanche. Un vrai décor futuriste. L'ambiance rappelait celle d'une salle de marchés, une quinzaine de personnes braillant des ordres au téléphone. Un brouhaha empreint de gravité et d'inquiétude. En quelques jours, la viralité des messages de *Watchmen* avait

* Centre interministériel de crise.

transformé une série d'actions isolées en un authentique mouvement social. Moreno était à l'abri, mais la vindicte en avait inspiré d'autres et des personnalités publiques étaient visées à leur tour. Les menaces fleurissaient sur les réseaux, contre tous ceux qui incarnaient une forme d'autorité, et ils ne pouvaient se montrer sans être harcelés. De plus en plus de voix appelaient maintenant à une mobilisation générale. La contestation ne cessait de grandir, inondant les médias sociaux de témoignages de soutien ou de revendications fantasques, cristallisant toutes les frustrations et les rancunes accumulées. Comme un fleuve après l'orage, le flot des souffrances quotidiennes, grossi par un sentiment latent de colère et d'injustice, débordait à présent. Partout, des rassemblements spontanés rejetaient les élites, la pauvreté et la mondialisation. Toutes les formes de représentation sociale ou politique étaient honnies. Faute d'un minimum d'organisation et d'interlocuteurs, privée de cadres associatifs ou syndicaux, la médiation était vite apparue impossible. Des commissariats et des mairies avaient été attaqués, des pompiers et des policiers ciblés par des actions de plus en plus violentes, et la répression n'avait fait qu'aviver les tensions.

La haine s'était trouvé un modèle. Un meneur inattendu, apolitique, inclassable. Un nouveau symbole. Les idées de *Watchmen* avaient essaimé dans toutes les strates de la société.

On parlait d'insurrection.

Et le pouvoir avait peur.

Coline était assise dos au mur, derrière une rangée de conseillers qui siégeaient en première ligne. Ils avaient droit à un chevalet en papier qui représentait les ministères les plus impactés : l'Intérieur, les Transports, l'Économie, et les Armées. La plupart des visages portaient des marques profondes de fatigue, et Coline se demanda depuis combien de temps ils n'étaient pas sortis à l'air libre. Un quinqua en bout de table étudia la feuille qu'on venait de lui tendre, puis commanda le silence.

– S'il vous plaît, un nouveau post de *Watchmen* vient de tomber. Ce con félicite les auteurs des dernières agressions et exhorte les autres à s'y mettre. J'ai besoin qu'on me confirme si c'est lui, ou si on a affaire à un autre tordu qui cherche à l'imiter ? Je dois voir le ministre dans une heure, et j'aimerais savoir quoi lui dire.

Aucune réponse. L'homme se tourna vers le responsable de la PJ, qui triturait son dossier, fébrile, et qui s'éclaircit la voix avant de parler.

– En fait, rien ne permet d'affirmer qu'on a affaire à un seul groupe. Comme les stories ne sont jamais postées avec le même portable, il est possible que le nom de *Watchmen* soit devenu une sorte de franchise dans les milieux extrémistes et complotistes. Tout ce qu'on peut dire, c'est que la sémantique employée est identique à celle de ce type d'organisation.

– En gros, vous êtes paumés.

– Pas tout à fait. Les analystes pensent qu'on a peut-être affaire à une sorte de secte apocalyptique du genre Aum Shinrikyo, celle qui a commis un attentat au gaz sarin en 1995. Le gourou dénonçait aussi la corruption de l'État et annonçait également un nouvel ordre. Mais on n'exclut pas non plus une tentative d'ingérence étrangère. On sait que les Russes disposent de plusieurs usines à trolls où des hackers diffusent massivement de fausses informations sur les réseaux sociaux. Leur but est de déstabiliser le pays, comme ils l'ont fait récemment avec cette histoire de puces de lit. Ils ont pu prendre la balle au bond.

– Les Russes ? Vous vous foutez de moi ? Et celui que vous avez arrêté, il n'a pas donné d'informations sur la manière dont ils se contactent ?

Échange de regards complices avec Sacha. De Bray était incarcéré depuis plus d'une semaine et ils n'avaient aucune nouvelle. Coline laissa tomber le stylo avec lequel elle jouait et le quinqua la fixa. Elle avait l'impression d'être transparente, qu'il lisait dans ses pensées. *Il sait*. Mais son attention se recentra sur son interlocuteur précédent.

– Alors ? Il vous a dit quoi ?

– Juste qu'ils sont organisés de façon que les membres ne se connaissent pas. On ne comprend toujours pas comment ils correspondent.

Le quinqua changea de cible, s'adressant à un représentant du renseignement que Coline reconnut pour l'avoir déjà rencontré.

– Et en termes de contagion, on en est où ?

– Même si l'origine du mouvement reste obscure, les premières études montrent que leurs actions trouvent un écho favorable dans l'opinion publique. Certains blogueurs partent un peu tous azimuts en parlant des Illuminati ou d'un complot franc-maçon, mais de plus en plus de gens les soutiennent, et le nombre d'incidents augmente.

– On sait déjà tout ça ! C'est normal que les gens adhèrent à leurs conneries, Guignol a toujours raison. Il faut une soupape de sécurité pour les plus excités. Mais ça ne doit pas s'étendre, il faut que ça cesse. Et vite.

Un chargé de communication se risqua à lever la main. Dans le silence épais de l'assemblée, il apparaissait aussi vulnérable qu'une fourmi qu'un gosse peut décider d'écraser du pied.

– On pourrait demander aux médias de ne plus relayer tout ce qui concerne le sujet… Au moins les chaînes d'information en continu, elles ne font que jeter de l'huile sur le feu. Mais le mieux serait de réussir à endiguer les réseaux sociaux, ils infectent tout si vite qu'on n'a pas le temps d'anticiper quoi que ce soit. On devrait les couper le temps de trouver une piste.

Tout le monde le contemplait. Le conseiller lâcha une feuille, qui glissa de la table et tomba sur le sol. La réponse fut cinglante.

– C'est ça, votre idée ? Ces fanatiques nous accusent de bâillonner la démocratie et vous proposez de censurer la presse ? Vous le faites exprès, rassurez-moi ? Pourquoi ne pas déclarer l'état d'urgence, tant qu'on y est ?

Tous les participants s'enfonçaient discrètement dans leurs sièges, certains feignant d'être choqués. Coline vit Sacha ébaucher un sourire. Qu'est-ce qui pouvait autant l'amuser ? Sûrement de les voir se faire recadrer.

– Puisqu'il faut tout vous expliquer, je vais vous traduire en termes simples le merdier dans lequel on est : tant que vous ne mettrez pas un nom sur ce *Watchmen*, on n'arrivera à rien. Si on veut calmer le jeu, il faut décapiter quelqu'un et montrer sa tête au peuple. Alors, démerdez-vous comme vous voulez, mais il me faut un candidat. Parce qu'on peut se battre contre un homme, on peut l'attaquer, le juger, le dénigrer, mais on ne peut rien contre une idée. C'est comme essayer de gifler une nuée de guêpes, ça ne fait que les énerver. Rappelez-vous les Gilets jaunes en 2018, ça a failli très mal finir. Aujourd'hui, c'est pire, parce que le phénomène est en partie virtuel.

Il scruta la salle. Coline devina qu'il n'y aurait pas d'autre question, les choses étaient claires. Mais, pour être sûr d'avoir été compris, le quinqua ajouta d'une voix froide.

– Au boulot, trouvez-moi un coupable.

PARTIE VII

38

– Ça ne vous a pas servi de leçon, la dernière fois ? On va encore se précipiter et agir n'importe comment.

Sacha se tenait debout, droit et ferme sur ses jambes. De retour dans le bureau d'Adèle Mayer pour une nouvelle leçon de morale. Toujours le même combo flatteries-menaces. La réunion dans le sous-sol du ministère lui avait laissé un goût amer. Celui qui la présidait s'était contenté de donner des ordres. *Yakafocon*. Il avait les moyens de son mépris : il décrétait et se faisait obéir. *Quel abruti*.

C'était maintenant au tour de Sacha d'avaler des couleuvres. Sa cheffe manœuvrait prudemment. Il pressentait qu'elle n'avait pas tout dit, cherchant ses mots pour le convaincre de filer droit. Comme s'il avait besoin d'elle pour mener son enquête. La voix d'Adèle prit une intonation plus chaude, pour le cajoler.

– Je sais que ça n'a pas été facile pour vous ces derniers temps. Je me répète, mais vous devriez vraiment lever le pied quelques jours. Pour autant, rien ne vous autorise à me parler sur ce ton. Surtout que le tuyau a l'air bon.

– Vous ne comprenez vraiment pas ? Il y a deux jours, les consignes du CIC étaient de couper une tête pour calmer l'opinion publique, et comme par hasard, la DGSI nous sort un nom du chapeau. Je suis le seul à voir qu'on se fout de nous ?

– Personne ne se fout de nous. Loïc Andrieux est un militant d'extrême droite, fiché S, connu pour des violences à AFP*. Visiblement, il a déjà croisé Longuet dans le passé et continue à être actif sur les réseaux. En plus, il paraît qu'il est parano dès qu'il sort de chez lui. Pour moi, il a le profil.

Trop de services travaillaient sur cette affaire. Ils multipliaient les recherches et les surveillances sans aucune coordination. Le meilleur moyen de tout compliquer. Il faillit partir en claquant la porte, mais les avertissements répétés de Longuet le hantaient. *Ça ne fait que commencer*. Tout ce que *Watchmen* voulait, c'était le chaos. S'il y avait la moindre chance de le trouver, il fallait essayer. Un détail toutefois le gênait.

– Ils l'ont filoché ?

– C'est pas clair, ils disent que non, mais je pense que oui.

Évidemment qu'ils l'ont suivi. Et aussi sûrement placé sur écoute. Mais, en dehors

* « Agent de la force publique ».

d'un cadre judiciaire, rien de ce que la DGSI avait recueilli n'avait vraiment de valeur juridique, parce qu'elle n'était pas cosaisie. Il allait devoir tout revérifier avant d'acter en procédure, en espérant que ce ne soit pas une nouvelle perte de temps.

– Ils l'ont en main depuis quand ?

– Pas longtemps, j'ai posé la même question, et ils n'étaient pas sur lui le jour de la dernière vidéo de revendication. Ça demande à être creusé, mais comme on n'a rien de plus intéressant pour le moment, on ne risque rien à essayer.

– Si, on risque de se faire instrumentaliser. Parce que ça fait un peu mince pour aller casser la porte de ce mec. Il va d'abord falloir étudier sa téléphonie, ses antécédents, et surtout convaincre la juge. Si on ne trouve rien de concret, elle ne nous autorisera pas à y aller, et je ne ferai pas de faux PV pour arranger l'histoire.

– Ce n'est pas ce que je vous demande.

– Je sais, mais comme ça, c'est plus clair. Pas question de me retrouver mis en examen pour vous faire plaisir. Donc, si on n'a pas de billes, on laisse tomber.

– C'est évident. Mais vous suivez les infos comme moi. La situation est explosive et sans revendications claires, sans interlocuteur, les autorités sont démunies. On doit absolument trouver celui qui se cache derrière ce pseudo. Pour ça, j'ai besoin de vous, et je sens que ça ne va pas. Vous voulez qu'on en discute ?

Pour la première fois, il ressentit de sa part, au-delà de l'inquiétude, une réelle compassion pour lui. Pas de la pitié, une véritable empathie qui le toucha. Mais il n'en pouvait plus de toute cette sollicitude. Il ne voulait pas de son aide.

– Discuter de quoi ?

– De ce que vous voulez. Si vous avez besoin, je suis là.

Les émotions de Sacha l'épuisaient. Des images en boucle le vampirisaient, le vidaient de toutes ses forces. Il aurait tout donné pour être enfin en paix. Comme Yannick. Mais c'était trop difficile.

L'air devenait irrespirable dans le bureau. Il la remercia en hâte et s'en alla. Sur le chemin de son bureau, il repensa aux dernières paroles d'Adèle. Les mêmes que Coline lui avait déjà dites.

Je suis là.

Nuit suivante. Le froid enveloppait encore la ville. Sacha aimait le calme de cette heure où on ne croisait presque personne d'autre que des flics et ceux qu'ils chassaient. Il évita de claquer sa portière, le regard sur les fenêtres qui les intéressaient. Pas de lumière. Il attendit Coline et ils se dirigèrent vers le reste du groupe devant le bâtiment. Un mouvement attira son attention de l'autre côté de la rue, des silhouettes se détachaient de l'obscurité. À son approche, elles s'évanouirent derrière une voiture. Il fit un signe à Coline, qui avança avec lui vers les murmures qu'ils entendaient.

Un cliquetis métallique. Un éclat qui brilla à hauteur d'homme avant de disparaître dans le noir. Sacha sortit son Glock. Plus un bruit. Il longea le trottoir, le souffle court, les bras tendus devant lui. Une forme sombre brandissait un objet, il la braqua. Un réflexe conditionné par des années d'entraînement. Il faillit ouvrir le feu, mais ce qui le menaçait n'était autre que l'objectif d'une caméra. Il baissa son arme. L'adrénaline lui martelait la poitrine. Il n'avait eu qu'un instant pour prendre une décision. Deux hommes se cachaient dans l'ombre, effrayés. L'un tenait toujours son appareil et l'autre ce qui ressemblait à un micro.

– Mais vous êtes qui, putain ?

Il avait hurlé sous l'effet du stress, les tétanisant un peu plus, et baissa d'un ton.

– Vous êtes journalistes ?

– Oui, pour la télé.

– Mais qu'est-ce que vous foutez là ?

– C'est notre rédaction qui nous a dit de venir pour couvrir l'interpellation.

– Quelle interpellation ?

– Celle de *Watchmen*.

Logique. Sacha n'était pas étonné. Il aurait même dû le prévoir. À chaque fois qu'il pensait avoir touché le fond avec cette affaire, on lui prouvait qu'il avait tort. Mais pas besoin de s'en prendre à des lampistes.

– Qui vous a prévenus ?

– Bah, vous… La police.

Il pointa le bout de la rue.

– Allez, dégagez.

– Attendez… Je dois faire quelques prises, sinon je vais me faire engueuler. Et vous… vous ne pouvez pas me virer comme ça. J'ai le droit de filmer tout ce qui passe sur la voie publique.

Le journaliste avait raison. Tant qu'ils gardaient leurs distances, il ne pouvait pas les empêcher de travailler. La BRI venait d'arriver, il n'avait plus le temps.

– Bon, OK. Restez là, mais floutez nos visages et nos immatriculations. Et surtout, vous ne diffusez rien tant qu'on n'a pas fini.

Ils hochèrent la tête tous les deux. Sacha les abandonna en essayant de se persuader qu'ils tiendraient parole. Le groupe d'assaut entrait dans le hall. Il se dépêcha de les rejoindre. Après quelques pas, il se rendit compte que les journalistes le suivaient, caméra à l'épaule. Il fallait espérer que le tuyau était bon, parce qu'ils allaient se retrouver aux infos.

39

Coline venait de sortir de sa douche, vêtue d'une simple serviette nouée sur les cheveux. L'eau gouttait sur le sol de la salle de bains. Elle essuya la buée sur le miroir, inspecta son visage, les cernes laissés par leur nuit sur le terrain. Une caresse sur sa jambe. Elle sursauta. Puis reconnut le bruit : celui de la clochette que son chat portait autour du cou. Il rentrait juste de chasser, son pelage était encore froid. Elle le prit dans ses bras pour le réchauffer contre sa peau, et il se mit aussitôt à ronronner, les yeux mi-clos, frottant sa tête sur son sein. Quelques minutes de caresses lui suffisaient pour se sentir apaisée. Lorsque Clément ne dormait pas avec elle, Belzébuth le remplaçait, se blottissant dans sa chaleur jusqu'au matin. Elle le dorlota un instant et le reposa au sol. La garde à vue courait depuis 3 heures du matin, la première audition allait bientôt commencer, elle devait se dépêcher.

Loïc Andrieux n'avait pourtant pas le profil de l'emploi. Elle avait douté dès leur entrée dans son appartement. Toutes les pièces étaient luxueusement meublées, du matériel high-tech trônant un peu partout comme des trophées exhibés. Depuis sa dernière condamnation, il avait repris ses études pour décrocher un poste de cadre. Il cachait désormais ses tatouages sous sa chemise, sa barbe et sa coiffure soignées, incarnant tous les standards matérialistes et libéraux imaginables. Un vrai modèle de l'homme augmenté, aux antipodes de l'humanisme et de l'anti-consumérisme que *Watchmen* dénonçait. La DGSI avait déniché quelques échanges où il soutenait les dernières attaques, mais Coline n'achetait pas ce qu'on essayait de leur vendre.

Elle enfilait son jean quand Clément l'appela. La sonnerie s'arrêta, puis reprit. Sachant qu'il allait insister, elle décrocha.

– Je suis hyper à la bourre. Tu veux quoi ?

Le portable calé à l'oreille, elle se tortillait pour finir de s'habiller. Le chat en profita pour se frotter à elle et marquer son territoire – un peu comme Clément quand il l'appelait trois fois par jour.

– Bonjour mon ange, tu étais sur le terrain ce matin ?

– Pourquoi tu me demandes ça ?

– Parce que je t'ai vue aux infos. C'était toi, sur l'interpellation de *Watchmen* ?

Elle avait parfois le sentiment que Clément grattait pour entrer dans sa vie, qu'il cherchait à forcer son intimité. Ses efforts pour le garder à distance n'avaient aucun effet.

– Comment ça, *tu m'as vue* ? Tu es sûr que c'était moi ?!

– Bah, oui, je suis sûr… Même floutée, je suis capable de te reconnaître. Tu portais tes vieilles baskets roses. C'est toi qui l'as arrêté ?

– Je ne peux pas parler des dossiers en cours, tu le sais.

– Je veux juste savoir si c'était toi, tous les médias ne parlent que de ça ! Je suis super fier, ma mère n'en revenait pas.

– Tu as parlé de ça à ta mère ?

– Oui, pourquoi, il ne fallait pas ?

Ses pensées se bousculaient. La principale lui disait qu'elle devait se hâter. Même au gyrophare, elle mettrait plus d'une heure pour arriver au Bastion. Hors de question qu'elle rate le début de l'interrogatoire. Elle décida de ne pas relever.

Mais leur couple ne fonctionnait plus, c'était aussi triste et simple que cela.

Il n'avait pas reçu les signaux faibles qu'elle lui avait envoyés. De confusions en malentendus, ils s'étaient éloignés l'un de l'autre, aucun n'osant dire tout haut ce que les deux pensaient tout bas. Un parfum de fin de romance flottait entre eux. Elle allait devoir mettre les choses au clair. Mais plus tard.

– Écoute, Clément, c'est pas le moment. Je suis en retard, on en reparlera après.

– *Après* quoi ? Je ne suis pas un plan cul, Coline. J'ai l'impression que tu me fuis. Ou que tu es préoccupée et que tu ne veux pas me dire par quoi. Tu peux te confier à moi, je suis aussi là pour ça. Quoi que ce soit, je peux l'entendre, mais ne te ferme pas. Sinon, on va se perdre, et ce n'est pas ce que je veux.

L'évidence la frappa. Elle allait le quitter. Cette idée la libéra. Elle aurait dû le lui dire tout de suite, par honnêteté pour lui autant que pour elle-même. Arracher le pansement d'un coup sec. Mais elle se ravisa. Pas maintenant. Pas comme ça.

– Je dois y aller, désolée. Je te rappelle tout à l'heure.

Elle termina de se préparer et partit en claquant la porte. Ses pas résonnaient dans l'escalier. Elle courut jusqu'à sa voiture, brancha son gyrophare et démarra. L'affaire, il n'y avait plus que l'affaire. Ils devaient la finir, c'était devenu vital.

L'audition avait commencé lorsqu'elle arriva. Coline la suivait derrière une glace sans tain, dans le bureau contigu. Les premières heures étaient toujours déterminantes. Andrieux paraissait serein. Une main attachée à sa chaise, il se contemplait dans le miroir, attentif à tout ce qui l'entourait. Ses yeux ne trahissaient aucune crainte. Sacha était assis face à lui, avec ce regard de biais qu'elle connaissait.

– Si je résume, on s'est trompés de porte.

Il semblait à fleur de peau. Elle le soupçonnait de ne pas avoir dormi depuis plusieurs jours. Son agacement muet exprimait un message clair : *Tu te fous de ma gueule, là*. À moins que ce ne soit de l'impatience.

– Donc, vous êtes au courant de rien. Pourtant vous connaissez bien Thomas Longuet, non ?

– Je ne l'ai pas revu depuis des années. On s'est croisés quand on était gamins. À l'époque je jouais dans un groupe néo-punk, il venait nous voir en concert et on a sympathisé. Mais ça fait une éternité. La dernière fois que je lui ai parlé, je n'avais pas encore repris mes études. C'est à cause de lui que je suis là ?

– Entre autres, oui. Et aussi parce que vous êtes fiché S. Le PNFE*, c'est autre chose qu'un groupe de rock, hein ?

Sacha avait touché un point sensible. Andrieux se cabra, tirant sur sa menotte. La tension était palpable.

– J'avais quinze ans… Je voulais emmerder mes parents et j'ai participé à quelques manifs. Mais c'est derrière moi, tout ça.

Quelque chose n'allait pas. Coline avait l'impression que les réponses comptaient moins que les questions. Louis tapait consciencieusement le PV, Sacha déroulait

* Parti national français et européen, groupuscule néonazi dissous au début des années 2000.

sa trame d'audition, comme à la parade. Mais sans conviction. On aurait pu croire qu'ils s'en moquaient.

– Vous avez aussi été condamné pour des faits de violences à AFP.

– C'est des conneries, je me suis défendu, c'est tout. Une BAC m'a contrôlé et ça a dégénéré. J'ai pris du sursis, payé mon amende, et depuis je me tiens à carreau. J'ai changé de vie ! Renseignez-vous, vous verrez.

– Alors expliquez-moi pourquoi vous consultez tous les posts de *Watchmen* ? D'après votre historique, vous n'en avez pas raté un. Ça ne cadre pas trop avec votre nouvelle vie, si ?

– Vous déconnez ? Des millions de personnes ont vu ces vidéos. Vous allez toutes les interpeller ?

– Non, mais elles ne sont pas toutes des proches de Thomas Longuet ni fichées S. Ce qui me gêne surtout, c'est votre absence d'alibi pour les agressions. Vous pouvez m'expliquer où vous étiez ?

Coline était persuadée que Sacha avançait à vue. L'avocat aussi, qui tenta de s'interposer en se levant presque de sa chaise.

– Vous voulez en venir où ? Je ne comprends pas ce que vous reprochez exactement à mon client.

Sacha l'interrompit.

– Désolé, maître, mais vous n'êtes pas là pour plaider, il faudra attendre d'être chez la juge. Pour l'instant, j'aimerais savoir où il était au moment de chaque attentat ? C'est pourtant simple à comprendre.

Mais qu'est-ce que tu veux qu'il te dise ? Que c'est lui qui a posé les bombes ? Coline ne comprenait pas la stratégie de Sacha. Il n'avait aucun élément à charge. Une ancienne relation de Longuet dont la perquisition du domicile n'avait rien donné, pas plus que l'exploitation de son portable. C'était ça, leur suspect ? Ce dernier commençait à perdre son calme.

– Vous êtes à la masse ! Vous pensez que je suis mêlé à tout ça ? Je ne sais plus où j'étais, moi. Peut-être au sport, je n'en sais rien. Et puis pourquoi je ferais ça ? J'ai un super boulot, je gagne une blinde, tout va bien pour moi. Toutes ces conneries, c'était bon quand j'étais môme.

– Il va falloir être plus précis. Et m'expliquer pourquoi vous êtes si prudent quand vous sortez de chez vous. Vous avez une raison de vous retourner sans arrêt ? On dirait que vous craignez d'être suivi.

La réplique fit mouche.

– Vous m'avez surveillé ?

– C'est moi qui pose les questions. Répondez-moi : pourquoi vous êtes si méfiant ?

Même à travers la cloison, Coline pouvait entendre le bourdonnement de l'ordinateur. L'avocat chuchota avec son client, qui réfléchit une seconde, comme pour peser ses options. Puis il se fendit d'un sourire goguenard.

– Parce que je me tape une femme mariée… Elle pense que son mari la fait suivre. Alors je me méfie quand je vais la voir. Vous vous êtes plantés, les gars !

Sacha continua, sans réagir aux provocations.

– Vous pouvez me donner son identité pour qu'on vérifie ?

– Aucun problème. Mais soyez sympa, évitez de la griller avec son mec.

– Une dernière question : on a retrouvé une cagoule chez vous. À quoi elle vous sert ?

Dans sa voix perçait une tristesse que n'arrivait pas à dissimuler son apparente insensibilité. Andrieux, lui, ergotait.

– C'est pour faire de la moto. J'ai revendu ma bécane, mais j'ai gardé la cagoule. Je savais même plus que je l'avais. Ça aussi, c'est un crime ?

– On vérifiera.

– Si vous voulez, je m'en fous. C'est bon, je peux y aller ?

Un exercice imposé. Coline n'avait jamais vu Sacha aussi peu engagé. Les questions tombaient à plat, comme s'il les récitait. Et ses remarques sonnaient faux, sans force. Un huis clos qui ressemblait à un naufrage.

– On n'a rien contre lui, la juge ne voudra jamais se le faire présenter. Et même si elle joue le jeu, aucun JLD ne le mettra en détention provisoire. Tout ce qu'on va réussir à faire, c'est passer pour des cons.

La porte était entrouverte. À sa voix, Coline comprit que Sacha rendait compte à Adèle Mayer au téléphone. La conversation était houleuse. Elle l'interrompait sans cesse, il dut monter le ton pour poursuivre.

– On ne peut pas faire ça ! Je lui ai servi le peu que j'avais, et je n'en ai rien tiré. Je vous l'ai dit : je ne fabriquerai pas de preuves pour vous faire plaisir. C'est pas lui, point. Il faut laisser tomber avant que la juge ou des journalistes commencent à penser qu'on essaye de monter un chantier.

C'était donc ça. Sacha ne croyait pas non plus à la culpabilité d'Andrieux. Il se contenait avec peine. Comme il se taisait depuis quelques secondes, elle crut qu'il avait raccroché, mais ses cris retentirent dans le couloir.

– Je ne vous menace pas ! Je vous explique, c'est tout !

Coline repensa à la dernière réunion en salle de crise, au discours qu'elle avait entendu. Les ordres prenaient tout leur sens à présent. *Trouvez-moi un coupable*. Une nuance douloureuse passa sur le visage de Sacha, dernière trace de lutte intérieure.

– Non. C'est à moi d'appeler la juge. Mais ne vous faites pas d'illusions.

Le combiné claqua lorsqu'il raccrocha. *Marre de ces conneries*. Coline glissa la tête dans l'entrebâillement. Leurs regards se croisèrent. Pas la peine d'en rajouter, elle s'efforça de paraître légère. Elle voulait juste qu'il sache qu'elle était là.

– Ça va ?

– Adèle est stressée parce qu'il lui faut un bouc émissaire. Et ça l'emmerde qu'on n'ait pas le bon.

– Elle t'a demandé de mentir ?

– Non, pas comme ça… Tu sais comment ça marche, c'est plus subtil. Finalement, la décision te revient toujours. Mais là, ce que j'entends, c'est qu'il faut rapidement en finir.

Sacha avait toutes les raisons d'être énervé. Mais le mal qui le minait était plus profond. Il n'était pas seulement à bout de nerfs, il était foncièrement perturbé. À cause de la pression exercée sur lui, ou de tout ce qu'il avait subi après le drame de Yannick ? Coline devait trouver le moyen de lui en parler. Mais pas quand il était sous le coup de l'émotion. Quelques mots suffisent parfois pour éloigner deux êtres. Pour l'instant, le soutien primait.

Le portable de Sacha sonna. Un instant plus tôt, il paraissait absent, les yeux abîmés dans ses souvenirs. Maintenant, il agitait son écran devant elle, l'air exalté.

– C'est de Bray, il veut nous voir. Je crois qu'il a du neuf.

40

La curiosité de Sacha et Coline fut vit déçue. Leur visite à la Santé leur apporta juste un peu de frustration supplémentaire. De Bray avait demandé à des jeunes de bousculer Longuet pendant la promenade pour jouer ensuite les anges gardiens. Son passé imposait encore le respect et, bien que grossière, la manœuvre avait fonctionné. Longuet lui avait confié qu'il était l'un des lieutenants de *Watchmen*. Mais, pour autant qu'en avait appris de Bray, Longuet et son « gourou » ne s'étaient rencontrés que sur les réseaux sociaux et ne connaissaient l'un de l'autre rien de plus que leur pseudo. Un système de cellules étanches destiné à garantir leur sécurité. La seconde information, c'était l'utilisation d'un site de rencontres pour leurs contacts. Information mince puisqu'il n'avait pas communiqué le nom du site en question.

Il y en avait plus de deux mille en France, Coline avait vérifié. D'après de Bray, il y avait une possibilité que Longuet le mette en contact avec la cible, mais cela prendrait du temps. Un luxe qu'ils n'avaient pas.

Le reste de la journée n'avait pas été plus profitable. Le groupe avait piétiné au bureau, manquant d'une piste sérieuse à creuser. Comme si ça ne suffisait pas, Sacha avait remarqué un changement dans l'attitude de Coline. Une sorte de précaution permanente. Elle le surveillait, ou plutôt elle veillait sur lui, et ça ne lui plaisait pas.

Dans ces cas-là, il valait mieux ne pas insister. Il était rentré pour une fois chez lui avant la nuit. Mais la soirée avait été pire. Emma avait voulu profiter de l'absence des enfants pour qu'ils « parlent » et, pour finir, il se retrouvait à dormir sur le canapé. La discussion lui avait totalement échappé.

Toute sa vie lui échappait.

Allongé devant la télé, il ruminait les reproches d'Emma : ses absences, ses excès d'humeur, leur routine. À l'écouter, il avait perdu le contact avec la réalité. Et, « les rares fois où il était présent », il était irritable et s'emportait pour rien. Il avait tenté de se justifier, leurs cris s'étaient mélangés et l'instant suivant, elle s'enfermait dans la chambre, sur une dernière bordée d'insultes. Fin de discussion.

Maintenant, perdu dans un vortex de doutes et de regrets, il s'apitoyait sur son sort, le regard halluciné par les images syncopées de la télé qui se déversaient dans le salon. Adèle avait peut-être raison, il lui fallait une pause. Yannick le lui avait également seriné : le corps a ses limites. Il pensa à l'appeler, mais il était trop tard. Lui aussi avait besoin de se reposer.

Aux infos, la remise en liberté de Loïc Andrieux était à la une. Le présentateur faisait le point sur la garde à vue et les auditions, s'en donnant à cœur joie sur le mode : *La police incapable de mettre fin à la crise*. Dans tous les médias, ce visage cagoulé, cet air de défi insupportable qui déchaînait les réseaux sociaux comme la rue. Les rassemblements avaient encore grossi, devenant chaque jour plus violents. Une véritable fureur populaire. Une haine irrationnelle, incontrôlable. La somme de tous les griefs et rancœurs cristallisés qui osaient enfin éclater librement.

Sa vue se troublait. Il s'endormait, bâillant de façon plus rapprochée. Lorsqu'il rouvrit les yeux, après quelques minutes d'inconscience, un bandeau attira son attention en bas de l'image. Une nouvelle vidéo de revendication venait d'être publiée. Il se redressa, monta le son. C'était bien lui, *Watchmen*.

Sacha approcha son visage de l'écran. Il planta son regard dans celui de l'homme qui les rendait tous fous. Ses pupilles étaient celles d'un serpent. Un mamba noir prêt à mordre. Il le fixait sans bouger. Impuissant. Séparé de lui par un simple écran de verre. Cette tumeur qui métastasait partout en faisant ruisseler l'espoir – là, dans son salon. La rage, par-dessus la fatigue qui épuisait déjà sa patience, poussa Sacha à balancer sa télécommande à travers la pièce. Il rêvait d'un *mano a mano*. Un combat loyal avec un homme, pas un fantôme.

Aujourd'hui, grâce à celles et ceux qui se sont mobilisés, tout a changé.

Nous sommes à l'aube de grands bouleversements. Les élites ont peur parce que, ensemble, nous pouvons rétablir une véritable forme de démocratie : le pouvoir du peuple, par le peuple, et pour le peuple.

Je vous vois, je vous écoute, je suis l'un des vôtres. Alors, j'appelle les oubliés, les opprimés, les déçus à se rassembler pour faire entendre la majorité silencieuse. La seule qui devrait compter. Ensemble, nous pouvons nous défendre contre cet État profond qui nous étrangle. Il faut en finir avec cette république au service de l'argent et du grand capital. Il faut couper le micro de ces médias complices d'un système qui tue et empoisonne nos enfants, qui nous ment, qui nous sacrifie par intérêt.

Arrêter d'enrichir les profiteurs qui nous usent jusqu'à la mort. Cesser de croire en ces politiques qui nous méprisent et ne représentent plus personne d'autre qu'eux. Ensemble, nous pouvons décider de notre destin.

Bientôt nous nous réunirons pour nous libérer de cette matrice qui nous emprisonne.

Je vous communiquerai où, au dernier moment, pour éviter la répression de l'État.

Mais il faut convaincre le plus grand nombre de se rallier à nous, parce que c'est par le nombre que nous ferons tout basculer.

Il est temps de nous réveiller et de tout brûler.

Ce con se prend pour le Che. Sacha éteignit la télé pour se servir un whisky. Il n'en pouvait plus de le voir, de cette surexposition médiatique. L'écran était redevenu noir, pourtant l'homme cagoulé le narguait encore. Il l'obsédait.

Sacha se força consciemment à se vider l'esprit. Consciemment, parce qu'il ne contrôlait pas ses fantasmes. Dès que sa volonté faiblissait, des rêves de violence le rattrapaient. Et de nouveau, il s'y abandonna – imaginer la jouissance qu'il éprouverait quand il traînerait *Watchmen* par terre pour lui passer les menottes. Quand il lui ferait mal, vraiment mal.

La dernière chose qu'il entendit avant de s'endormir, ce furent ses cris.

41

Salle de crise de Beauvau. Coline paralysée. Une partie d'elle tentant d'écouter ce qu'il se passait. Mais la torpeur qui s'était emparée de son cerveau l'empêchait de se concentrer. *Watchmen* avait tenu parole. Son dernier post invitait ses partisans à converger vers les Champs-Élysées. Des rassemblements importants étaient déjà signalés. Les autorités redoutaient un emballement. De premières échauffourées avaient éclaté dans des rues adjacentes. Les forces de l'ordre les contenaient pour le moment, mais plusieurs grappes de black blocs avaient été signalées dans le quartier.

Coline écoutait les responsables – le ton était à l'urgence. La foule s'étendait à perte de vue, brandissant des banderoles improvisées, des panneaux qui ressemblaient à une forêt de piques, scandant ses slogans jusqu'au pied de l'Arc de Triomphe, où se massaient déjà des milliers de manifestants.

La veille au soir, Sacha l'avait appelée pour lui demander de le représenter au CIC. Adèle Mayer le soupçonnait d'être à l'origine des fuites sur l'enquête, il était *persona non grata* au ministère. Coline avait dû le remplacer à l'improviste, passant d'urgence au service pour se faire briefer et récupérer ses dossiers.

Mais ce qui l'avait vraiment remuée, c'était ce qu'elle avait vécu après, en repartant du bureau. Elle s'était précipitée dans l'ascenseur, ses documents sous le bras, sans un regard pour ses collègues des Stups et le gardé à vue avec eux. Happée par l'affaire, par l'ébullition sociale, la menace qui pesait sur le pays. Démunie face à ce raz-de-marée. Elle s'était dépêchée de sortir quand les portes s'étaient ouvertes au rez-de-chaussée. Et des picotements dans la nuque l'avaient retenue. Son intuition. Son instinct de survie. Quelqu'un l'observait. Elle s'était retournée et l'avait reconnu.

Celui qui l'avait violée.

Il venait de ressurgir dans sa vie comme un diable sortant d'une boîte, un rictus épouvantable sur le visage. Elle resta d'abord tétanisée, refusant d'y croire. Comme amputée de ses pensées. Mais elle ne rêvait pas ; il se tenait devant elle, avec la même morgue salace qu'il aurait eue en la croisant par hasard dans la rue. Le temps s'était arrêté, déformé, puis accéléré, quand elle réalisa qu'il était bien là, en train de la déshabiller du regard. Ses lèvres s'étaient entrouvertes, voulait-il lui parler ? Les portes s'étaient refermées avant.

Il n'y avait plus eu que les cognements de son cœur que répercutaient les à-coups de l'ascenseur. Aucun doute, c'était lui. L'homme à tête de loup qui dévorait ses nuits. Tout l'oxygène alentour avait disparu avec lui, elle s'était mise à paniquer. Puis une porte s'était ouverte, au fond d'un couloir, et elle était revenue à elle. On l'attendait au ministère.

Elle avait quitté le Bastion à demi consciente, l'image de la bête collée à la rétine. Le démon. Jailli de ses cauchemars pour la persécuter.

– Il vient de publier un nouveau post.

Le brouhaha avait cessé au PC. Coline baissa la tête comme ses voisins et lut le dernier message tombé. *Watchmen* exhortait ses fidèles à se diriger désormais vers la Concorde. Le tumulte reprit, les conseillers hurlant de nouvelles consignes au téléphone. Elle se rendit compte tout à coup que l'une des voix s'adressait à elle.

– Oh, la PJ, vous êtes avec nous ?!

– Oui, monsieur.

– Il y a un moyen de nous confirmer que c'est bien lui ?

– Qui ça ?

– *Watchmen* ! Vous suivez ? Il faut qu'on sache si c'est lui ou un autre malade qui vient de donner les dernières instructions.

Coline fut saisie d'un tremblement à l'idée que son violeur ait pu s'attaquer à une autre femme. *Non, il était avec les Stups*. Son cœur s'affolait de nouveau, elle inspira et expira lentement, il fallait qu'elle reprenne le dessus.

– Oh, eh ! C'est possible ou pas ?

– On va lancer des réquisitions pour savoir quel portable a été utilisé, mais il en change à chaque fois, alors il y a toutes les chances que ce soit pareil cette fois-ci. Je m'en occupe, on ne sait jamais.

Son interlocuteur lui tourna le dos. Sur les écrans, les mouvements de foule s'intensifiaient. Des grappes se formaient, s'agglutinaient et s'enchevêtraient comme des nuages de passereaux. Les casseurs affluaient vers le bas des Champs, se dispersant dans les ruelles pour échapper à la surveillance. Mais leur nombre grossissait à vue d'œil. Les visages autour de Coline suintaient la peur. Une marée humaine déferlait maintenant sur la place de la Concorde pour se briser en vagues sur les boucliers des CRS massés sur le pont du même nom. À chaque fois qu'un bras se dressait au-dessus de la cohue, les autres se levaient et s'agitaient, à la manière du blé sous le vent. Le spectacle était troublant. On pouvait ressentir le vertige qui étourdissait le cortège, la symbiose spontanée des combats qu'il portait. Leur cri de désespoir. Un cocktail dangereux de colère et de passion. Les affrontements se durcissaient, les positions se confondaient, et il n'y eut bientôt plus de lignes ni de camps. Tout s'était brouillé.

– Putain, regardez. Combien ils sont ?

– La DOPC* annonce au moins 50 000 personnes, mais il doit y en avoir plus.

– Ils continuent à rameuter sur les réseaux. Ça va encore arriver, c'est certain. On est capables de gérer ça ?

– Deux unités de force mobile attendent en réserve. On peut les repositionner, mais ça va prendre du temps.

Une traînée de tweets avait suffi. Les émeutiers attaquaient les effectifs qui essayaient de contenir des assauts de plus en plus brutaux, lancés par des activistes équipés et entraînés, qui se servaient de la multitude pour se cacher. Coline ne pouvait pas dire quelle émotion prenait le dessus en elle, la peur ou l'adrénaline, mais elle savait une chose : les probabilités d'éviter le drame s'amenuisaient de minute en minute.

– Il vient d'envoyer des instructions pour leur demander d'envahir l'Assemblée nationale !

La moitié des participants se levèrent en même temps de leur chaise. L'un paraissait plus affolé que les autres.

– Il ne va quand même pas leur demander de prendre le Parlement de force ?!

– On a quoi pour défendre le bâtiment ?

---

* Direction de l'ordre public et de la circulation de la préfecture de Paris.

– Des gardes républicains à l'intérieur, mais ils ne sont qu'une poignée…

Coline pensa à leur rappeler les conditions de la légitime défense, mais ne dit rien. *Ferme-la, c'est mieux*.

– Il faut couper les réseaux GSM et Internet.

Celui qui venait de s'exprimer se tut immédiatement, conscient de ce qu'il venait de proposer à haute voix.

– Regardez, ça dégénère.

Surréaliste. Les policiers chargeaient dans une apocalypse de fumées, des grenades lacrymogènes fusant et éclatant de toutes parts. Une pluie d'engins incendiaires les fit reculer. Ils se reconstituèrent et attaquèrent de nouveau. Rien de ce à quoi Coline et les autres assistaient n'était attendu.

– Qui leur a donné l'ordre ? Il faut les rappeler tout de suite.

Sacha avait vu juste sur ce que *Watchmen* cherchait avant tout : anéantir le pouvoir. Si le Palais-Bourbon tombait, tout pouvait arriver. L'Histoire était jalonnée de grands chambardements qui avaient commencé par la chute d'un symbole. Des insurrections qui tournaient en révolution, et que la répression et les bains de sang n'éteignaient pas – attisant au contraire le ressentiment.

– Ils vont reculer, mais il y a eu de la casse : un gamin a été blessé parmi les manifestants. Un VSAB* de la BSPP** est à proximité, ils lui prodiguent les premiers soins. Il va être transporté aux urgences.

La retransmission de l'incident montrait un jeune qui courait pour fuir la charge et qui s'effondrait net, sans raison, probablement après avoir fait un malaise. Appelés par des témoins, des policiers le secouraient en lui prodiguant un massage cardiaque immédiat. Coline songea qu'ils l'avaient sans doute sauvé.

– Si c'est grave, on n'arrivera jamais à les calmer. Ça va être l'horreur.

Le conseiller qui venait de parler disait vrai. L'information allait vite sur les réseaux sociaux ; la première nouvelle donnait toujours le ton. *Watchmen* n'avait qu'à dénoncer la responsabilité de la police et plus rien ne pourrait le contredire. Cela deviendrait un nouvel exemple de violences policières. *Youth Lives Matter.* Sans parler de ce qui arriverait si le gamin décédait. Il fallait agir, les devancer. Mais qui, autour de cette table, voulait entendre la recommandation d'un simple officier de PJ ? Pas un des hommes présents n'avait besoin de l'avis de Coline ou de quiconque, ils n'écoutaient qu'eux. Le chahut était insupportable. Aucune chance qu'on l'entende. Et

---

* Véhicule de secours aux asphyxiés et blessés.

** Brigade des sapeurs-pompiers de Paris.

pourtant, elle tenta sa chance – par acquit de conscience.

– Excusez-moi, je peux dire quelque chose ?

Sa voix se perdit dans les éclats des autres. Elle s'entêta, levant la main sans plus de succès. Ils continuaient à se disputer, certains proposant de faire appel à l'armée ou de déclarer l'état d'urgence. Ça lui rappelait ces films catastrophe, quand le monde entier semble s'écrouler. *Quel bordel.* Elle se leva, plaça deux doigts dans sa bouche et siffla de toutes ses forces.

L'effet fut étonnant. Silence dans le PC. Elle-même resta statufiée, effarée de son culot. Tous les regards étaient vissés sur elle. *Ils vont me virer.* Elle n'était pas là pour émettre une opinion, surtout si on ne la lui demandait pas. Mais elle avait la conviction de savoir quoi faire. Et se risqua.

– Il faut communiquer les premiers, sinon on va être à coup sûr accusés d'avoir frappé à mort un manifestant. Je peux m'en occuper, créer une story avec les images qu'on a déjà. L'idéal serait de récupérer le témoignage des collègues qui sont intervenus. On n'a rien à se reprocher, au contraire, alors il faut le faire savoir et désamorcer tout de suite. Faites-moi confiance, je connais ces réseaux, c'est ma génération. Mais il faut faire vite.

Elle avait parlé d'une traite, en apnée, pour ne pas être interrompue. Ils la fixaient avec une stupéfaction retenue, entre contrariété et questionnement. *C'est sûr, ils vont me virer*. Elle essaya d'esquisser un demi-sourire confiant. Qui dura longtemps. Jusqu'à ce qu'une voix coupe le silence retombé.

Le quinqua de la dernière fois.

– Vous êtes qui ?

– Coline Lafleur, PJPP*.

– Et vous êtes sûre de ce que vous dites ?

– Certaine.

Alors qu'elle jouait un des moments les plus importants de sa carrière, le démon revenait la hanter. Elle se réfugia dans un recoin de son esprit, là où elle pouvait regarder la bête sans danger. Il l'attendait au Bastion, cette idée était folle. Elle essaya de fixer son attention sur les écrans, sur tous les regards braqués sur elle. Il n'allait pas s'envoler. Après la réunion, elle retournerait au Bastion, pourrait passer à la brigade des stupéfiants et… et après, quoi ?

– OK, faites-le. Vous avez besoin de quoi ?

Ce n'était pas le moment. Elle s'était avancée, et maintenant, il allait falloir assurer en prouvant à tous qu'elle était aussi aiguisée qu'eux.

* Police judiciaire de la préfecture de police.

42

Depuis qu'il avait retrouvé la Santé, François de Bray ne se souvenait pas de ses rêves, uniquement qu'il était parvenu à dormir. Mieux que lorsqu'il était libre. Durant la moitié de sa vie, il n'avait connu que la prison. La solitude d'une cellule. Emmuré dans quelques mètres carrés, il avait attendu que l'éternité passe. L'attente avait d'abord été une torture, puis une habitude, et lentement un rituel. Aujourd'hui : un refuge. Parfois il refusait la promenade, préférant rester seul et profiter de sa quiétude. Ces moments de paix où il se reposait, lisait, repensait à ses choix. Pas parce qu'il était misanthrope, mais vraiment contemplatif.

Assis sur le rebord de son lit, il écoutait. Deux détenus s'époumonaient pour se parler d'une fenêtre à l'autre. Les roues du chariot du petit déjeuner dans le couloir, celui du trousseau de clés qu'un maton faisait sonner en marchant. Dans cette atmosphère dont il connaissait chaque bruit, chaque inflexion, il se sentait hors d'atteinte. En sécurité. La rumeur monotone de la télé jouait en sourdine sous les cris et les sifflements qui emplissaient le bâtiment. Il regarda le ciel par sa lucarne, au travers des barreaux. Du bleu, aussi loin que sa vue pouvait porter. Il n'avait pas besoin de plus, ce carré de bleu, ses besoins s'étaient réduits à l'essentiel. Il manquait parfois de tendresse, mais pas du reste – pas de tout ce qui l'avait conduit dans ce trou. Débarrassé de l'orgueil, du désir. Aucun regret, mais quelques dettes. Et Sacha Letellier était en haut de la liste.

Il mit en marche la cafetière en pensant à Longuet. Insupportable, le type lui rappelait ces minables qui se prenaient pour des voyous en roulant des mécaniques, jusqu'au moment où il fallait assumer. À une époque, il l'aurait poignardé dans la douche, juste pour lui apprendre les règles. Un coup dans la cuisse. Un rappel à l'ordre. À l'ancienne.

Mais il avait une mission à accomplir.

Il avait été facile de gagner sa confiance. Promettre quelques cartouches de cigarettes à des jeunes pour que Longuet devienne leur souffre-douleur, passer ensuite pour le sauveur : un jeu d'enfant. Longuet était une proie facile. De Bray avait endossé le rôle du vieux sage, fort de sa réputation et de la complicité de certains surveillants. Longuet était tombé dans le piège, venant le voir régulièrement dans sa geôle. Chaque visite était un calvaire. Le type débitait ses théories complotistes à longueur de journée. Kennedy, le 11-Septembre... tout y passait. De Bray l'endurait, retenant son envie de l'étrangler. Pas pour tirer profit de cet abruti, ni par jeu cruel. Mais pour ce flic. Parce que, sans lui, il serait probablement mort depuis longtemps, abattu à la sortie d'une banque ou dans un règlement de comptes.

Peut-être aussi parce que tout cela l'amusait.

La veille, Longuet lui avait enfin promis de le mettre en contact avec le leader de son groupe. Les choses allaient un peu vite, de Bray s'en était étonné, mais la prison a parfois pour effet de rapprocher les gens – par nécessité plus que par choix.

Il s'installa à la petite table où il prenait ses repas. Une plaque chauffante, une radio, quelques livres et un vieux portrait de lui. Tout ce qu'il possédait. La photo était froissée et légèrement déchirée, ses couleurs passées. Elle avait fait son temps. Il avait neuf ans sur le cliché et jouait seul sur une plage. Un de ses rares bons souvenirs.

Il but son café, se brossa les dents et prit une douche. À son habitude. À sa place, là où il était censé être. Le monde pouvait bien tourner sans lui. Dans le carré bleu s'étaient invités des nuages, qui se reflétaient dans ses yeux ternis. Il n'irait pas en promenade. Ça lui convenait, il adorait s'émerveiller de la pluie. Son odeur, le bruit qu'elle faisait en tombant sur les toits. Une infinité de petites gouttes qui explosaient en touchant le sol. Toute cette vie concentrée.

Le soleil disparut tout à fait. De Bray se rallongea pour attendre le spectacle de l'averse.

43

Brigade criminelle. Bureau du groupe. Coline débriefait sa réunion de la veille en salle de crise.

– Et ils t'ont écoutée ?

– Ouais. Et ils m'ont même laissée faire. Ils étaient tous flippés, limite parano. Certains sont allés jusqu'à proposer de remettre en place le confinement. C'était du délire, ambiance fin du monde. Mais j'ai bien fait d'insister, parce que, quelques minutes après notre communiqué, *Watchmen* a balancé un fake pour annoncer qu'un gamin avait été tué par la police. Il avait monté des images de l'ambulance avec celles d'un vieux reportage qui datait des Gilets jaunes, honnêtement, ça le faisait. Mais les témoignages des pompiers et des collègues qu'on a récupérés ont changé la donne. En plus du PZVP, ça a suffi pour calmer l'affaire. On n'est pas passés loin, ce type est un vrai manipulateur.

Elle répondait aux questions, faisant semblant de suivre la conversation, avec son sourire poli. Mais avec une seule idée en tête : foncer aux Stups dès qu'elle aurait terminé. Louis prit un air admiratif, presque sot, le même qu'il avait eu avec le chercheur du CNRS.

– Tu crois qu'il voulait prendre le Parlement d'assaut ?

– C'est ce qu'ils craignaient au CIC, je peux vous dire qu'ils ont eu les jetons. À mon avis, ça va retomber en pluie fine, on ne va pas tarder à nous demander des comptes sur l'enquête. Ils ont besoin d'une avancée, quelle qu'elle soit.

Sacha sirotait son café en lui prêtant une oreille distraite. Des poches bleuâtres marquaient ses yeux. Il finit par l'interrompre.

– Je ne vois pas en quoi nous mettre la pression va arranger les choses, hormis nous amener à faire des conneries. Je l'ai dit à Adèle : on a déjà failli encrister un type parce qu'il avait croisé Longuet une paire de fois. Alors ne comptez plus sur moi. Le mieux qu'on a à faire pour le moment, c'est attendre.

Sacha en avait trop dit ou pas assez. Guillaume parut soupçonneux.

– Pourquoi, tu as du neuf ?

– Je ne peux pas rentrer dans les détails, mais si tout va bien, on devrait bientôt avoir un fil à tirer. C'est une question de jours.

Guillaume insista. Il avait flairé quelque chose.

– Tu as un tuyau ?

– Peut-être. Mais c'est pas mûr, il faut attendre un peu. Je n'en ai parlé à personne, même pas à Yannick. Mais je vous affranchirai dès que possible.

Aucun d'eux ne prit l'initiative de lui demander ce qu'il avait réellement voulu dire. Ils n'échangèrent pas un mot, rien d'autre qu'un regard qui traduisait leur gêne. Coline s'en voulut de ne pas avoir partagé avec eux ses craintes concernant Sacha. Mais que dire, au-delà d'une vague impression ? Une seconde de malaise passa sans qu'elle puisse s'expliquer si c'était la réflexion de Sacha ou la fatigue qui les mettait tous dans cet état. Louis offrit une diversion en se mettant à faire le pitre. Elle tenta de s'éclipser, mais n'atteignit pas la porte.

– Tu vas où ?

Sacha la regardait sévèrement. Elle n'allait pas le laisser l'infantiliser ainsi.

– J'ai un truc perso à faire, je reviens.

Elle claqua la porte derrière elle. *Lâche-moi, tu veux*. Elle avait autre chose à faire que se débattre avec un chef qui ne la laissait pas respirer. Son violeur devait être aux geôles ou en audition à l'étage du dessous. Elle s'arrêta un instant dans l'escalier pour réfléchir. Que cherchait-elle à faire ? Trouver un prétexte pour le voir ? On allait lui demander ce qu'elle lui voulait. Pourquoi ne pas prétexter qu'il était mis en cause dans une enquête de la Crim' ? Mais ça ne devait pas remonter à Sacha. Tout se savait dans l'immeuble, il n'y avait pas de secret.

L'idée lui vint d'un coup. Elle aurait dû y penser avant. *Je viens voir un indic*.

La règle était tacite, personne ne lui poserait de questions.

Restait maintenant à déterminer ce qu'elle espérait, elle, de cette rencontre ? Pouvait-elle seulement l'endurer ?

Coline ouvrit la cellule. Une odeur âcre de sueur et d'urine rances se jeta sur elle. Il somnolait, enroulé dans une couverture, et mit quelques secondes à réaliser qu'elle se tenait près de lui. Il cligna des yeux, le temps de s'habituer à la lumière des néons, et se redressa. Puis il la regarda droit dans les yeux et elle frémit.

– Je te connais, toi.

Il avait prononcé ces mots avec un détachement désarmant. La geôle était tout au bout du couloir, aucune caméra pour filmer les locaux. Un angle mort. La main sur le manche de son bâton télescopique, elle approcha. Un geste sec pour le déplier, la suite serait simple. Elle pouvait lui briser le crâne et appeler au secours. Raconter aux gardiens qu'il s'était rué sur elle et qu'elle avait dû se défendre. On ne la blâmerait pas. Tous croiraient sa version. Efficace. Cathartique.

Mais elle n'en était pas capable. Elle se tenait là, immobile. Et il dut sentir sa peur. Oui, il la sentit.

– Tu es revenue me voir ? Je sais ce que tu veux, tu as aimé te faire traiter comme une chienne. Tu veux qu'on recommence ? Il va falloir attendre un peu, parce que là, je vais pas pouvoir. Sauf si tu peux me faire sortir…

Le temps suspendu. Le type se releva – il la dépassait d'une quinzaine de centimètres. *La taille ne fait pas tout*. La rage, plus forte que l'épouvante, la submergeait, elle se vit de nouveau sortir sa matraque et lui fouetter le visage. Un geste puissant dans la mâchoire qui le ferait s'effondrer, comme elle quelques mois plus tôt, quand il l'avait jetée sur le lit. Et un coup de pied dans le ventre, pour lui enfoncer les côtes et le faire hurler.

Elle aurait adoré l'entendre pleurer, trouver la force de le faire taire. Au lieu de rester à l'écouter, et fantasmer son courage.

– Tu ne m'as pas dit que tu étais flic quand je t'ai baisée ? C'est dommage, on aurait pu utiliser tes menottes. Tu t'es déjà fait attacher avec ?

Un réduit dépourvu de meubles. Deux mètres sur trois. Pas même une chaise à lui balancer. Il la brûlait de son regard qui s'attardait sur ses hanches, ses seins. *Il se remémore*. Elle ne le laisserait pas gagner une nouvelle fois. C'était à *lui* d'être terrorisé.

– Je voulais te voir en face… Te dire que, ce coup-là, tu vas plonger pour viol et te retrouver aux assises. Je vais m'assurer que tu en prennes pour quinze ans. Tu verras, les pointeurs sont toujours très appréciés au placard…

Elle se sentait sale. Dénudée. Il passa la langue sur sa lèvre supérieure, chassant ce qu'elle venait de dire d'une main condescendante.

– Tu es mignonne… mais ça n'arrivera pas. Ce qui va se passer, c'est que tu vas me tirer de là. Je suis certain que tu peux t'arranger avec tes collègues… Ils n'ont pas grand-chose contre moi, de la détention de GHB. Tu connais les effets, non ? C'est incroyable, l'état dans lequel ça t'a mise, *no limit*. Tu te souviens pas ?

De nouveau, cette envie de le fracasser, de s'abandonner à sa haine. Une pensée délicieuse. La bataille qui se jouait en elle entre sa peur et sa fureur faisait vibrer toutes les particules de son corps. Un brouillard s'était formé autour d'eux, loin des regards, de la raison, des règles. *Mais non*. Il méritait d'être jugé, d'expier ses péchés. Elle ne ferait pas de lui une victime.

– Comment tu peux croire que je vais t'aider ?

– Parce que si tu portes plainte contre moi, je serais obligé de montrer la vidéo qu'on a faite ensemble. Tu ne t'en rappelles pas non plus ?

Le monde venait de perdre toutes ses couleurs. De gris, elle n'était plus entourée que de gris. Un voile miteux qui la privait de lumière. Elle voulait être ailleurs. Dans les bras de Clément. Loin de ce monstre.

– C'est normal, ça arrive souvent de perdre la mémoire. J'ai dû en mettre un peu trop… Mais tu sais, tu avais vraiment l'air de t'éclater. Tu étais déchaînée, une vraie tigresse. Dommage que tu aies tout oublié.

Il fit le geste de lui caresser les fesses. Coline suffoquait. Des souvenirs lui revinrent en rafale. Des mains sur sa peau, le bruit de sa culotte qu'il arrachait, ses cris étouffés. Et son souffle dégueulasse dans sa nuque pendant qu'il la plaquait contre l'oreiller.

– Pas grave, on remettra ça si tu veux. Mais, pour l'instant, tu vas faire ce que je te dis. Sinon, je te garantis que tu n'oseras plus jamais venir bosser ici, que je sois condamné ou non. C'est à toi de voir… Tout est dans mon portable, les vidéos et les photos. Je me ferai une joie de tout donner si on m'interroge sur toi.

Elle tremblait, luttait pour ne pas perdre conscience. Parce que c'est ce que l'esprit fait parfois, se débrancher face à l'intolérable, préférer la fuite à la folie.

– Tu n'auras pas trop de mal à les convaincre. Ils m'ont chopé avec deux ou trois flacons de GBL*, c'est en vente libre. J'en ai revendu un peu, c'est tout. Pas de quoi fouetter un chat.

Il jouait avec elle. Il n'avait dû faire que ça durant toute sa vie, jouer avec les autres. Et ça marchait. Elle était zombifiée. Terrifiée, mais aussi comme ensorcelée.

Il claqua des doigts.

– Magne-toi, j'en ai marre d'être là.

Ce n'était pas la revanche qu'elle avait attendue. Il lui adressa un clin d'œil, du genre : *Partie remise*. Elle sortit à reculons de la cellule. Il était si près qu'il lui donnait envie de pleurer. Elle referma la porte et s'éloigna. Mal. Épouvantablement mal et secouée. Ne pouvant s'empêcher de se retourner, elle le vit la suivre du regard : ses mains étaient collées sur le plexi. Et elle eut un haut-le-cœur quand il lui souffla un baiser.

* Gamma-butyrolactone, solvant industriel conçu pour nettoyer les jantes de voitures, et qui se transforme en GHB après l'ingestion.

PARTIE VIII

44

De Bray avait rappelé. Longuet s'était épanché, mais l'autre ne voulait rien dire par téléphone. Chez les voyous, seuls les paranos survivent. Sans prendre le temps de lui expliquer, Sacha avait attrapé Coline au passage, et ils avaient foncé à la Santé. Au gyrophare, en se faufilant dans le trafic, fonçant sur les voies de bus. Dans les rues, des vitrines brisées, des carcasses de voitures brûlées. La nuit avait encore été difficile.

Même parcours que la dernière fois, mêmes contrôles, portes et grilles qu'ils avaient dû passer pour voir Longuet. La rotonde, puis le quartier des avocats. Un maton les conduisit au parloir, où ils attendirent. Une demi-heure. Sacha commençait à s'agacer. Coline avait les mollets qui la démangeaient, elle poussa un petit cri en essayant d'écraser un cafard qui filait entre leurs jambes. Affolée comme si la pièce était en feu.

– On vous dérange ?

De Bray les observait depuis le couloir, l'air blasé, pour donner le change au surveillant chargé de l'escorter. En détention, personne n'aime les flics. L'indic arborait l'uniforme des taulards : un survêtement et une paire de baskets.

Sacha attendit que le maton s'éloigne pour parler.

– Comment tu vas ?

– Comme à la maison, j'ai retrouvé mes habitudes. Tout le monde est gentil avec moi, le privilège de l'âge, je suppose.

Coup d'œil méfiant vers la porte. Il reprit, murmurant.

– C'est bon, j'ai fini par le ferrer, ce con. Il m'a expliqué comment ils se contactent avec *Vatch-truc*, celui que vous cherchez.

Il y avait un je-ne-sais-quoi de touchant dans sa maladresse, sa manière d'être dépassé par son époque, qui le rendait attendrissant. Sacha se retint de sourire pour ne pas le vexer.

– Ils se retrouvent sur un « site de rencontres », il m'a dit. Incroyable comme c'est devenu facile de tirer un coup : tu choisis une nana, et c'est réglé. Tu la retrouves pour la baiser. Tiens, j'ai noté le nom.

Sacha attrapa le bout de papier que de Bray lui tendait sous la table. Il le lut et le glissa dans sa poche. Le gardien allait inévitablement repasser. Tout se répète entre quatre murs, inutile de prendre des risques.

– C'est bon, c'est ce qu'il te fallait ?

– Oui, c'est parfait. *Bogoss75*, c'est le pseudo de Longuet ?

– Non, celui de l'autre.

– Nickel, merci.

– Je ne sais pas si c'est intéressant pour toi, mais c'est un maton qui lui fournit les recharges pour son portable. Tu demandes ce que tu veux et il te le rapporte. Téléphone, came, DVD de cul. Tout, du moment que tu y mets le prix.

– Dis toujours, on sait jamais…

– Tu ne peux pas le rater, il s'appelle Maël. Un grand Black de presque deux mètres, épais comme un criquet, avec une paire de lunettes en cul de bouteille.

– D'ac, c'est noté.

De Bray allongea ses pieds sous la table. Ravi et détendu. Il avait joué son rôle à la perfection. Sacha aussi avait de quoi se réjouir. Dès leur retour au Bastion, il lancerait des réquisitions pour identifier l'IP avec lequel *Watchmen* s'était connecté au site. Avec un peu de chance, ils le tenaient. Les vieilles recettes payaient encore. Adèle Mayer et les autres allaient devoir l'admettre.

Il regarda François de Bray, qui répondit aussitôt à ses scrupules.

– T'en fais pas, gamin. Je vais bien.

Ses années de détention l'avaient laminé, mais il dégageait une maturité bouleversante. Trop vieux pour espérer tout recommencer, il ne cherchait plus à se débattre. Sa vie était ce qu'elle était. Une existence sans regret. Il mit une claque affectueuse à Sacha, un geste plein de tendresse.

– Te bile pas pour moi, je te dis. On va finir ça, après on parlera si tu veux.

Au bout du compte, ils se comprenaient. De Bray poursuivit.

– Par contre, Longuet n'a rien voulu me dire sur ce qu'ils préparent. Je lui ai ressorti tout ce que je pouvais de leurs conneries anarchos, mais ça n'a servi à rien. Fais gaffe avec ces mecs, c'est des vrais extrémistes, ils sont capables de tout. Il m'a raconté qu'ils ont tué un veilleur de nuit en lui fracassant le crâne avec une lampe torche. C'était pas prévu, mais ça les a pas arrêtés. Et d'après lui, ils vont remettre ça.

– Tu crois que tu vas réussir à ce qu'il te donne plus d'infos ?

– Je peux essayer.

Pas besoin de circonlocutions. De Bray rejoignit sa cellule et eux repartirent avec ce qu'ils étaient venus chercher. Coline, pourtant, semblait anxieuse. Elle ne desserra pas les dents du trajet retour. Son habituelle gaieté semblait avoir été comme diluée par le tumulte des dernières semaines. Sacha s'inquiétait sincèrement.

– Ça ne va pas ?

– Rien de grave… des histoires de cœur. On peut éviter d'en parler ?

Elle s'essuya les yeux. Il n'insista pas. Quelquefois, c'était le mieux. Et puis il avait autre chose à l'esprit.

Un peu de chance, il n'en demandait pas plus.

Avec un peu de chance, cette affaire serait bientôt derrière eux.

Les premiers retours de réquisitions les avaient fait déchanter. *Watchmen* avait changé de puce pour chacune de ses connexions sur le site de rencontres. Il demeurait insaisissable. Mais la force d'une chaîne dépend de son maillon le plus faible.

– À tous, ça sort. Je crois que c'est notre client, trottoir de gauche. Il descend vers le boulevard Saint-Jacques. C'est reçu ?

– Fort et clair, Guillaume. Coline, ça vient vers toi.

– Bien pris, je suis sur Jean-Dolent. Je le laisse passer et je le prends.

Le surveillant que de Bray avait dénoncé était devenu leur meilleure option. Quitte à sortir des sentiers battus. Au terme d'une longue discussion, le groupe s'était entendu sur l'idée de lui mettre le marché en mains : les aider à piéger Longuet ou plonger pour corruption. Un pari osé.

– De Coline, c'est lui. Je confirme.

– Reçu, le colle pas. Louis, tu es où ?

– Sur le boulevard, tu veux que je remonte vers lui ?

– Non, va vers le métro, je te rejoins.

Personne d'autre n'était au courant. De Bray n'existait pas dans cette procédure.

Maël Martial non plus. Sacha n'avait informé ni la juge ni la hiérarchie. Un détail.

– On arrive sur le boulevard, ça tape à gauche.

– Le lâche pas, Coline. Les autres, on converge vers la station Glacière. On va le serrer là-bas. Guillaume, rapproche-toi avec la cuve, qu'on puisse le faire monter rapidement. Il va falloir se magner si on veut rester discret.

La rue était calme. Sacha se hâta sans courir et rattrapa Coline. Louis suivait le rythme sur le trottoir d'en face. La cuve les doubla, s'arrêta à leur hauteur, de l'autre côté du métro aérien. *Top interpel*. Sacha se lança le premier et plaqua le maton sur une voiture. Louis et Coline coururent en renfort pour le menotter. Il était vraiment grand, mais il se laissa faire, tremblant et surpris.

Commettre un enlèvement n'est pas si compliqué. Quelques secondes avaient suffi pour le tirer vers l'utilitaire, le pousser à l'arrière et démarrer en trombe. Guillaume descendit le boulevard Auguste-Blanqui jusqu'à la place d'Italie, se gara sur le rond-point, moteur tournant. *Qu'est-ce qu'on a fait ?* Sacha soufflait pour reprendre ses esprits. Louis était surexcité. Coline comme hallucinée. Ils avaient passé le point de non-retour, ne restait plus qu'à aller au bout.

Sacha s'assit face au gardien, qui attendait, mutique.

– OK, on est flics, Maël. Tu sais pourquoi on t'a ramassé ?

Visiblement pas. Incapable d'articuler un mot, il paraissait noué, l'angoisse vissée aux tripes. Si Sacha avait eu quelques doutes au départ, il était maintenant convaincu. Ils avaient tiré le bon numéro.

– Oh, tu m'entends ?! On est au courant pour ton petit trafic avec les détenus. Came, portables. Tu fournis tout ce qui est possible. On est d'accord ?

– Oui, monsieur.

Une pluie battante se mit à cogner sur le toit de la cuve. Un déluge inondait la ville, ajoutant un côté dramatique inespéré à la scène. La lumière baissa et, avec l'humidité qui les saisit, les lunettes du maton s'embuèrent, comme les vitres du véhicule.

– Tu as encore une chance de t'en tirer. Tu veux savoir comment ?

– Oui.

Le gardien cligna des yeux derrière ses verres épais et se raidit quand Sacha frappa contre la cloison du fourgon.

– Tu veux te sortir de cette merde, ou pas ?

– Oui.

– Thomas Longuet, tu connais ?

– Oui… oui. C'est un détenu de mon aile.

– Tu lui fournis des recharges pour son portable, non ?

– Si. Mais je vais arrêter, je vous le jure.

– Non, au contraire.

Maël Martial ne disait plus rien. Il ne bougeait plus. L'information s'était coincée quelque part dans son cerveau, perdue dans un treillis de synapses devenues inutiles sous l'effet de la peur. Alors Sacha cria.

– Tu comprends quand je te parle ? À moins que tu aies envie de te retrouver toi aussi au trou, tu vas faire ce qu'on te dit ! Alors, tu continues ton business comme d'habitude. Mais avant d'apporter ses recharges à Longuet, tu nous appelles pour nous donner les codes. Tu as capté ?

– Oui. Et pour les autres, j'arrête ?

– Non. Tu ne changes rien, pour personne. Tu assures toutes tes livraisons jusqu'à ce qu'on te dise de plier boutique. Et un conseil : te fous pas de nous. Si tu racontes ça à quelqu'un, surtout à Longuet, tu finis au placard. Si tu n'obéis pas, ou que tu essayes de te barrer…

– Je finis au placard ?!

– Voilààààà, tu as compris.

Martial était sonné. Transformé en balance. Une donneuse. Un ver de terre entortillé au bout d'une ligne qui sert d'appât. Guillaume redémarra, la cuve s'ébranla, les corps secoués de soubresauts. Après quelques minutes, les freins sifflèrent. Sacha ouvrit la porte latérale en grand et indiqua la sortie d'un coup de menton.

– Allez, casse-toi. Mais je te préviens, tu as intérêt à décrocher quand je t'appelle.

La pluie avait cessé. Paris sentait le bitume chaud et mouillé, les gaz d'échappement et les ordures. Les piétons se pressaient pour échapper à la prochaine averse. Le maton s'extirpa de la camionnette, le dos courbé, et s'éloigna sans se retourner. Sacha referma la portière. Les pneus crissèrent. *Alea jacta est*. Le sort en était jeté.

Coline était serrée contre lui, son genou collé au sien, toujours prise dans sa nébuleuse. Elle se laissait ballotter par les mouvements de la cuve, fixant un point dans le vide. Une vraie poupée de chiffon. Sacha vérifia l'heure. Midi passé. Un déjeuner s'imposait, ils avaient besoin de se retrouver, tous. Ils avaient commis un enlèvement avec séquestration. Peine prévue : cinq ans d'emprisonnement.

– Bon, le plus dur est fait. Je connais un resto sympa porte Dorée.

– Sans moi, j'ai un truc à faire.

Coline lui faisait penser à Emma lorsqu'elle était triste. *Les histoires d'amour finissent mal en général*. Elle demanda à Guillaume de s'arrêter et sauta de la cuve, se mêlant aussitôt à la foule. Sacha tira la porte. Un peu jaloux. Son dernier chagrin d'amour datait de l'adolescence. Une émotion qui, même dans la douleur, sauvait toujours les cœurs de l'ennui.

Pendant qu'il la regardait disparaître au coin de la rue, il repensait à ce qu'ils venaient de faire. Avec cette conscience intime que tous leurs espoirs reposaient sur cette tentative aussi hasardeuse que risquée.

Pourtant il n'avait pas peur.

L'homme aux yeux de serpent continuait de fixer ses yeux sur lui, sa cagoule sur le visage. Mais son regard n'était plus si menaçant. Une fissure s'y était dessinée. Une sorte d'aveuglement qui le rendait vulnérable. Il n'était pas infaillible. Il finirait par commettre une erreur. N'importe laquelle. Sacha se raccrochait à cette idée.

45

– Je ne comprends pas, il est au BCS * ou pas ?

Coline s'était précipitée à la brigade des stupéfiants sans rien avoir préparé d'autre que son histoire d'indic. Ça avait bien marché, la première fois. L'OPJ en charge de l'affaire la regardait, intrigué. Un vrai chien renifleur qui la testait pour savoir si

* Bureau central des sources, où sont inscrits tous les indicateurs de la police.

elle disait la vérité. Les sources humaines posent parfois plus de problèmes qu'elles n'en résolvent, les gros titres mettaient régulièrement des policiers en cause quant à leur gestion. Alors il se méfiait, naturellement.

Elle adopta une pose qu'elle voulait relâchée, l'air de dire : *Tu n'as jamais géré un tonton*, ou quoi ?* Il ne marchait pas, mais elle s'obstina.

– Sois sympa, c'est une nouvelle recrue. Je n'ai pas eu le temps de l'inscrire. Sacha va me pourrir si je règle pas ça, tu le connais.

Elle mentait carrément. Toute pudeur oubliée. Son seul objectif était de détruire ces images, rayer cet épisode de sa vie. Quand elle sut qu'il ne la croirait pas, Coline se demanda si elle n'allait pas tout raconter à son collègue. Mais ce qu'elle cherchait, c'était effacer ses torts, pas les confesser. Il prit un air navré.

– Je ne peux pas le décrocher comme ça. Tu sais bien que tu dois demander à ta hiérarchie de contacter la mienne, surtout qu'il a de bonnes chances d'être déferré. Et je ne sais pas ce que tu espères de lui, mais, moi, je ne pourrais pas travailler avec. La plupart de nos indics sont des putrides, mais, lui, c'est vraiment un con. Même son avocat n'en peut plus. Pourquoi tu tiens autant à

---

* Indicateur en argot policier.

lui ? C'est pas pour une affaire de came, au moins ?

– Non, je te l'aurais dit. Mais je ne peux vraiment pas en parler.

– Je comprends, désolé. Tu veux au moins le voir ?

Ce n'était pas encore le moment. Elle devait commencer par se libérer de lui, lui ôter tout moyen de pression avant de l'affronter de nouveau. Elle tenta autre chose.

– Non, c'est bon, je te remercie. Mais tu crois que je pourrais jeter un œil à son portable ?

– Ça ne te servira à rien. Ce connard n'a pas voulu nous donner ses codes. On l'a confié à la PTS pour expertise. Tu cherches quoi ?

– Rien de précis, je voulais regarder son répertoire.

– Oublie, il est sous scellé.

Nouvelle impasse. Ça n'avait rien donné et le temps jouait contre elle.

Dans l'escalier pour remonter au bureau, elle s'arrêta une seconde pour reprendre ses esprits. Il lui restait un jour, peut-être deux avant que son violeur ne soit présenté devant un magistrat. Ensuite, elle ne pourrait plus accéder à son téléphone. Tous les scellés seraient transmis en même temps que la procédure au greffe du tribunal, hors de portée. *Sauf si la vidéo et les photos étaient rendues publiques avant cela.* L'idée la tétanisa.

Elle imaginait la réaction de son groupe, les plaisanteries grossières des uns, le jugement moral des autres. La rumeur se répandrait en quelques heures – ce ne serait pas la première fois que des ouï-dire détruiraient une carrière. *Ce connard a gagné*. Les larmes aux yeux, elle entendit du bruit au-dessus d'elle. Quelqu'un descendait à toute vitesse. Louis stoppa bientôt en l'apercevant.

– C'est toi ? Tu m'as fait peur.

Elle essaya de faire bonne figure.

– Pourquoi tu cavales comme ça ?

– Je te cherchais. Sacha a demandé à tout le groupe de rappliquer, mais tu ne répondais pas à ton portable.

En effet, elle avait reçu trois appels. Son état affectait maintenant son travail.

– Qu'est-ce qui se passe ?

– On a branché le nouveau portable de Longuet, il vient de se connecter au site de rencontres. Si *Watchmen* lui répond, on n'aura pas longtemps avant qu'il balance sa ligne. Mais avec un peu de bol, ce coup-là, on va se le faire. Tu viens ?

Elle pouvait y arriver. Tout compartimenter. Sentiments. Travail. Et avant tout résoudre l'affaire qui stressait le pays. Elle saisit Louis par la main et ils remontèrent en courant à la Crim'.

Guillaume et Julien pianotaient sur leurs claviers lorsqu'ils entrèrent dans le bureau.

Sacha se tenait derrière eux, plongé dans les informations qui défilaient sur les écrans. Des fadettes, des cartographies. Une tension palpable flottait dans l'air. Un instant fragile, hors du temps. La résolution de l'enquête ne tenait qu'à une identification, une simple suite de chiffres au milieu de milliers d'autres. Sacha affichait un air serein, mais elle savait qu'il était en ébullition. Il s'approcha de Guillaume et pointa le moniteur du doigt.

– Qui est-ce qui répond, là ?

– *Bogoss75*.

– C'est lui, c'est *Watchmen* !

Tout s'arrêta. Apesanteur. Entre soulagement et anxiété. L'instant décisif, comme une sorte d'état de grâce avant la tempête.

Sacha tapa dans ses mains et tout s'accéléra. Coline connaissait la force de la brigade criminelle. Un rouleau compresseur. Une mécanique huilée. Dans quelques minutes, toutes les réquisitions seraient lancées, les opérateurs avertis, les techniciens prêts à riper sur le terrain. Il n'y avait plus qu'à attendre un dernier résultat.

Et puis ce serait l'hallali.

Dix minutes. Coline ne quittait pas son écran de vue. Tout avait l'air si long, si lent. Des images surgissaient dès que son esprit était au repos. Des souvenirs troubles. Des centaines de mains qui se disputaient son corps nu et qui l'entraînaient au fond de draps sales et humides. Elle n'avait plus de forces, se débattant en silence pour ne pas pleurer. Sa détresse lui susurrait de lâcher prise. De tout leur dire. Mais Guillaume s'exclama.

– On le tient.

Sauvée par le gong. Une course contre la montre venait de s'engager. Aussi blême qu'après l'accident avec Yannick, Sacha se précipita pour vérifier.

– Tu es sûr que c'est lui ?

– Certain, c'est le portable qui vient d'échanger avec Longuet. Le site de rencontres m'a communiqué l'IP avec laquelle il s'est connecté et ça m'a renvoyé à sa ligne GSM. Il n'y a pas de doute, c'est lui, je te dis.

Irréel. Ils avaient réussi. L'homme qu'ils recherchaient était enfin à leur portée et ils allaient l'arrêter. Son groupe et elle. Tous se turent pendant ce qui lui sembla être une éternité, puis Sacha posa la question qui affleurait sur toutes les lèvres. La seule qui valait.

– Tu peux le localiser ?

– Je pense, oui. Mais il ne faut pas qu'il éteigne son téléphone. Sinon on l'aura dans l'os, et je pourrai juste vous dire où il était quand il a appelé.

– S'il reste connecté, il te faut combien de temps pour le trouver ?

– Je ne sais pas, une heure ou deux. Ce sera facile de savoir sous quelle cellule il émet, mais, pour le serrer, il va falloir aller sur le terrain. J'ai mis les collègues de l'IMSI-catcher* en chauffe. Dès qu'on aura une position, on pourra décoller, la juge est d'accord.

– Lance la demande.

Nouvelle attente. Plus pénible encore. Sacha tapait fébrilement du pied.

Un courriel, et tout serait terminé.

Ding. Coline reconnut le son, Guillaume venait de recevoir un message. Il afficha le document en pièce jointe : un point rouge sur une carte, la borne sous laquelle *Watchmen* se cachait. Elle lut le nom et l'adresse. Paris. Il était là, tout près.

– C'est bon, il est dans le XVe, à côté de la place Balard.

Sacha était désormais étrangement flegmatique.

– Tu peux affiner ?

L'image changea, le quartier apparut, un repère en plein milieu. Coline retint son souffle. *Ça y est, c'est fini*. Mais Sacha tiquait.

– La borne arrose le parc André-Citroën, il y a un tas d'immeubles autour. Il peut être n'importe où là-dedans.

Elle chercha dans son regard quelque chose qui lui dise : *On va y arriver, on y*

* Appareil de surveillance utilisé pour intercepter, repérer et pister les communications mobiles.

est. Mais ne trouva rien. Le néant. Alors qu'elle allait céder au découragement, le visage de son chef reprit une expression plus combative.

– On verra bien sur place. Appelle la CAT*, on décolle tout de suite.

46

La fin de l'après-midi était douce. Romain Gallet sortit sur son balcon pour profiter du soleil qui déclinait. Accoudé à la rambarde, il contemplait la rue, en dessous. Klaxons et embouteillages. Il aimait cette ambiance en agitation constante, ce sentiment qu'un rien pouvait suffire pour enflammer Paris. La ville avait atteint son point de rupture. Et lui patientait, guettant le bon moment. Un attroupement venait de se former. Deux automobilistes s'empoignaient au milieu de la route à cause d'un frottement de carrosseries. Un groupe de jeunes les entouraient en rigolant. Le désordre du quotidien. Qui lui

* Cellule d'assistance technique en charge notamment de l'IMSI-catcher.

rappelait que le monde était prêt à se jeter dans l'abîme.

Les événements de la Concorde n'avaient été qu'un échauffement. L'avenir s'annonçait plein d'autres promesses, et cette fois, il ne raterait pas sa chance. Parce que le système était à bout de souffle. Un simulacre de démocratie. Une parodie. Une farce vouée à la destruction.

Il remarqua un utilitaire garé en bas de l'immeuble. Le chauffeur semblait perdu, au pied de son véhicule, son portable à la main, en pleine discussion. Il inspectait le périmètre, l'air concentré. Il ne ressemblait pas à un livreur ou un ouvrier, plutôt à un chasseur. Curieux, fureteur. Il cherchait de toute évidence quelque chose. Ou quelqu'un. Il finit par traverser et rejoignit un couple sur le trottoir d'en face. L'homme avec lequel il échangeait maintenant avait le même look de baroudeur, à la différence de la femme, qui restait en retrait. Vêtue d'une veste à fleurs japonisante qui tranchait sur leur style, elle balayait les derniers étages des bâtiments alentour, scrutant minutieusement chacune des fenêtres. Son regard le piqua lorsqu'elle l'aperçut. *Elle m'a vu*.

Le couple reprit son chemin en direction de la place Balard. Romain Gallet le trouvait dépareillé, dissonant. Dépourvu d'une quelconque affection. *Ils ne sont pas ensemble*. Un autre type les attendait en dessous de l'ancien pont ferroviaire. Un trentenaire fluet aux allures de geek. Ils discutèrent un instant tous les trois et se séparèrent aussitôt. Gallet voyait tout depuis son perchoir, il observait la scène en grand-angle. Le geek remonta vers lui, passa tout près du chauffeur de l'utilitaire en feignant de ne pas le connaître. Et il comprit.

Ils m'ont retrouvé.

Il s'était préparé à ce que cela arrive, c'était fatal. Il avait juste espéré avoir plus de temps. D'autres actions étaient encore prévues, certaines spectaculaires. Le combat qui lui restait à mener serait donc politique. En pleine lumière.

Il retourna à l'intérieur. *Vite*. Sa porte volerait bientôt en éclats. À peine le temps de détruire son disque dur et ses portables. Dans le placard de l'entrée, sa caisse à outils. Il se précipita et vida tout par terre. *Voilà !* Gallet sourit en brandissant le marteau. Il devait se dépêcher. D'abord l'ordinateur, tous ses supports, ensuite les smartphones. Il les déposa sur la table de la cuisine, frappant de toutes ses forces sur chacun. Une dizaine de fois. Des morceaux de plastique et de composants électroniques volèrent dans la pièce. *Bonne chance pour le puzzle*. Le reste n'était que de la propagande, des livres, des vidéos anarchistes ou complotistes accessibles en source ouverte.

Les mains tremblantes, il s'assit sur son lit. Trop tard pour fuir. *Et pour aller où ?* Sa photo serait placardée partout d'ici la fin de journée. *Courage*. La cause exigeait son sacrifice, comme celui de Thomas Longuet avant lui.

Des pas dans l'escalier. Des bruits dans le couloir. Quelqu'un parlait à mi-voix, presque indistinctement. Il se posta devant l'entrée, comme pour faire front. Puis les sons s'estompèrent, le silence revint. Il s'était peut-être trompé.

Ne panique pas.

Son pouls s'apaisa. Contrôle au judas : il ne vit rien d'autre que l'obscurité. Rien ni personne. À cause d'un couple mal assorti, les débris de son équipement recouvraient le sol. Tant pis, il valait mieux ça. Avoir la police à ses trousses le rendait inévitablement paranoïaque. Il s'était donné du mal pour leur échapper jusque-là. Pour préparer le grand final. Il irait jusqu'au bout.

Rassuré, il attrapa un balai pour ramasser les morceaux. Se figea de nouveau. Un grincement de parquet derrière la porte. Des voix étouffées, encore. Un chuintement au niveau de la serrure, comme des pièces qu'on manipulait avec délicatesse et qui bruissaient sourdement. Le ronronnement menaçant d'un moteur.

Ça y est, ils vont entrer.

Il prit une grande inspiration, redressa le dos, releva le menton.

Le chambranle se tordit, cédant dans un craquement sinistre. Une grenade roula sur le sol, explosa. Une lumière l'aveugla, un souffle s'engouffra dans l'appartement, le projetant en arrière. La déflagration fit vibrer tout l'immeuble. Il y eut une seconde de répit, suivie d'un cri. « Police ! » Deux silhouettes casquées et lourdement équipées le mettaient en joue. Les lasers des viseurs couraient comme de microscopiques araignées sur les murs autour de lui.

Sa dernière pensée fut qu'ils en faisaient trop.

47

L'opération n'avait pris qu'une minute. Sacha monta les dernières marches deux par deux. Une partie de la colonne de la BRI attendait dans le couloir, le studio ne pouvant pas tous les accueillir. Il se fraya un passage jusqu'à l'entrée, Coline sur les talons. Il restait de la poussière en suspension dans l'air, une odeur forte et piquante de poudre.

La pièce était spartiate. Une petite table encombrée de bouquins. Des affiches de propagande scotchées sur les murs vieillis. Annonçant toutes la révolution. L'homme que Coline avait aperçu sur son balcon était assis sur son lit, les mains attachées par des menottes serflex. Sacha se planta devant lui.

– Comment vous vous appelez ?

– Romain Gallet.

– OK. Romain Gallet, il est 16 h 15, et vous êtes placé en garde à vue. Vous voulez un avocat ou un médecin ?

– Pas de médecin. Mais je veux me faire représenter par maître Stawinski.

Quelle surprise.

Petit, maigrichon, une légère tonsure. Loin de l'idée que Sacha s'était faite de *Watchmen*. Cependant il l'avait en face de lui, en chair et en os. Le croquemitaine. Le péril qui menaçait tout et tout le monde. L'homme suivait calmement chacun de leurs gestes, sans protester. Curieusement absent. Comme s'il ne réalisait pas ce qui lui arrivait. Sacha le trouva d'abord trop tranquille, puis comprit que c'était sa façon de se moquer d'eux.

Parce qu'il avait tout prévu depuis le début. Sa traque, son arrestation, leur confrontation. Il avait tout calculé, tout anticipé, pour arriver à ce moment précis. Souffrir en martyr pour la cause était certainement son but ultime.

Un drap s'étalait sur le mur derrière lui – l'endroit où il se filmait pour ses revendications. Ce drap. Et la cagoule qui traînait sur la table. Ce n'était pas la première fois que Sacha les voyait. Il essaya de chasser l'image de son esprit, de penser à autre chose, mais il sentait toujours ce regard posé sur lui.

Dispersés au sol, des fragments de portables et de matériel informatique détruits à la hâte avant leur intervention. Il s'écarta pour ne pas les piétiner. Gallet eut un petit rire cynique qui découvrit ses dents, comme un piège à loup.

– Vous allez avoir du mal à tout recoller.

La remarque traduisait un profond mépris. Un mépris qui lui donnait envie de frapper, mais Sacha se retint. Étudiant un instant celui qui le narguait, il laissa courir son imagination et se consola en se disant que la suite serait nettement moins drôle pour lui. Fouille à corps, garde à vue, déferrement, détention. La justice passée, ne resteraient plus que la désillusion et l'ennui au fond d'une cellule.

Le moment était peut-être venu pour Sacha d'accepter sa propre peine. Et il la sentit revenir, cette pointe de culpabilité qui fouraillait son cœur. Comme un écho des ténèbres, une voix lui chuchotait qu'il était temps. La voix qu'il s'était acharné d'ignorer, mais qui le poursuivait chaque nuit.

Il se rappela la promesse qu'il s'était faite. Quand cette affaire serait achevée, il affronterait ses démons. Coline trépignait d'impatience, elle méritait de prendre le relais. Les plus jeunes faisaient déjà avancer ce monde qui leur appartenait. C'était le sens de l'histoire. Il se dirigea discrètement vers la porte tandis qu'elle prenait sa suite. Une demi-douzaine de personnes se massaient dans à peine trente mètres carrés, la chaleur était suffocante. Il sortit prendre l'air.

Les techniciens qui avaient localisé le portable de Gallet discutaient devant l'immeuble. Il les félicita au passage. Une bourrasque soufflait dans la rue, des nuages toujours chargés de pluie coloraient le ciel de gris. Il allait encore pleuvoir, Sacha courut se mettre à l'abri dans sa voiture.

Dès qu'il fut seul, le noir se fit autour de lui. L'impression de chuter, de s'enfoncer dans son siège ouvert sur un abîme et de tomber comme une pierre. Son gilet pare-balles le serrait trop fort. Il le retira et ouvrit une fenêtre pour respirer.

Le calme l'angoissait. Mais, qu'il le veuille ou non, tout était fini.

Un dernier effort. Après il pourrait se reposer. Et peut-être assumer ce qu'il avait fait.

Il fallait terminer ce qu'il avait commencé.

Conclure le dossier, dormir, se confier. Dans cet ordre.

PARTIE IX

48

Assise à l'arrière de la voiture, Coline regardait la banlieue éclairée de l'autre côté du périph. Il faisait nuit, la perquisition avait duré des heures. Sacha roulait en interfile et au deux-tons lorsque le gyrophare ne suffisait pas. Il n'avait presque rien dit depuis l'interpellation de Romain Gallet. Ce qu'ils venaient d'accomplir était inouï, elle en était consciente, comme Adèle, qui les avait rejoints avec leurs collègues de la SDAT. Tous unanimes. Mais Sacha semblait toujours tourmenté.

Il évita un scooter qui tentait de se glisser dans le convoi, le klaxonna en l'insultant. Inutile d'essayer de lui parler. Pas tant qu'il serait dans cet état de nerfs. Louis se retourna, la mine soucieuse. Elle n'était pas la seule à avoir remarqué que Sacha allait mal. Quelque chose le dévorait. Quelque chose qu'elle ne comprenait pas et, au lieu de lui venir en aide, ils l'avaient tous laissé à son sort. Ils devaient en parler.

Le cortège ralentit à l'approche du Bastion, Sacha s'enfonça dans le parking. Premier arrêt aux geôles. La PTS pour la signalisation : prise des empreintes digitales, palmaires, de la salive pour l'ADN et d'une série de photos anthropométriques. Ensuite, Gallet serait dans tous les fichiers. Fini l'anonymat. Entre les deux opérateurs de la BRI qui l'encadraient, il paraissait si petit, si malingre. Difficile d'imaginer qu'il ait pu faire trembler la République. Mais même là, au fond de la nasse, il paradait. Une sorte de suffisance émanait de lui, un sentiment de supériorité. Ridicule. Ils l'avaient arrêté, il était enchaîné, toutes ses simagrées n'y feraient rien. *Tu as perdu, point barre*.

La nuit s'annonçait longue. En premier lieu, ils devaient rédiger les PV d'interpellation et de perquisition, placer tout ce qu'ils avaient saisi sous scellés ; les auditions viendraient ensuite. Sacha distribua les rôles. Louis fut chargé de déposer ce qu'il restait du matériel détruit par Gallet pour expertise. Coline profita de la confusion pour l'accompagner – dans l'atelier, se trouvait également le portable de son violeur. Dans l'ascenseur, Louis paraissait encore préoccupé.

– Qu'est-ce qu'il a, Sacha ? Tu as vu la tronche qu'il tire ?

– Je ne sais pas. Ça fait un moment qu'il est mal. Mais c'est vrai que ça a l'air d'empirer.

– Tu crois que c'est à cause de Yannick ?

Elle n'y avait jamais pensé aussi nettement. Ça faisait longtemps qu'ils ne parlaient plus de ce qu'il s'était passé. C'était devenu un tabou commode derrière lequel ils s'étaient tous réfugiés. Mais Louis avait sans doute vu juste, Sacha en souffrait sûrement plus qu'ils ne l'avaient imaginé.

– Je n'en sais rien, et c'est pas le moment. Il faut qu'on boucle cette affaire. On en parlera aux autres après.

– Tu ne veux pas prévenir Adèle ?

– Non. On se concentre sur le dossier. On verra ça après, je t'ai dit.

Elle devait d'abord régler son propre problème. Louis entra le premier dans le laboratoire des techniciens. Et soudain, Coline eut une révélation ; elle tenait la solution. Elle avait un *nerd* sous la main. Pile ce dont elle avait besoin. Elle écarta sa morale qui revenait la titiller. *Pas le temps pour ça*. Se débarrasser des preuves, oublier cette histoire, aller de l'avant. C'était le plan. *Et il vaut mieux demander pardon que permission*.

– Tu t'y connais en portables ?

– Ça dépend, tu veux quoi ?

– Tu saurais en déverrouiller un sans les codes ?

– Faut voir. C'est quoi comme modèle ?

– Attends, je pense qu'il doit être là, dans le tas.

Coline se mit à fouiller les étagères de scellés. Louis la suivait des yeux, perplexe. Pensant certainement : *On n'a pas le droit*. Eh oui, elle lui faisait prendre de gros risques, surtout à peine arrivé en PJ. Les remords la reprirent. Mais un coup d'œil en coin lui suffit pour comprendre qu'il allait l'aider et lui redonna du courage.

– C'est un de nos scellés ?

– Non, un des Stups. Mais ça concerne un indic de Sacha. On n'est pas tombés sur Gallet comme ça, on a eu un peu d'aide. Tu comprends ?

– Oui, je crois. Et ça l'aidera en quoi, Sacha, qu'on accède à ce téléphone ?

– Ça me permettrait de renvoyer la balle au *tonton*.

– D'ac, je vais essayer, mais je ne te garantis rien.

La honte monta aux joues de Coline. Elle se remit à chercher le portable pour ne pas avoir à croiser le regard de Louis et tenter de digérer le goût moisi qu'elle avait dans la bouche.

Ce fut lui qui le trouva, caché sous un tas d'autres téléphones. Coline vérifia la fiche de scellé, l'ouvrit, et Louis le brancha à un ordinateur pour lancer l'analyse. Elle surveillait l'écran derrière lui. La barre de progression se remplissait lentement, au fur et à mesure que le logiciel forçait les défenses. Trop lentement. Elle faillit demander à Louis de tout arrêter – il ne méritait pas d'être compromis par sa faute. Mais il leva les bras en l'air.

– C'est bon, je l'ai craqué. Tu veux supprimer quoi ?

Elle avait envie de se gifler. Cette souillure qui grandissait et entachait la moindre parcelle de son esprit et de son corps. *Il faut que je sache.* Mais était-elle capable d'endurer les images ? Et Louis ne devait pas savoir, elle ne le supporterait pas.

Il prit finalement la décision à sa place.

– Le mieux, c'est de le réinitialiser. Ça supprimera tout, c'est le plus rapide.

Tout supprimer. Il suffisait de demander. *Oublie tout et passe à autre chose.* Parce ce que rien de tout ça ne lui ressemblait. Il l'avait droguée, mise en scène. Un jouet sexuel. Le fantasme d'un pervers qui continuait à la manipuler. *Qu'il aille au diable.*

– Vas-y, fais-le.

Une minute, une seule. Pour régler son problème. Louis éteignit le portable, referma le scellé, le confia à Coline et quitta le local. Aucun commentaire. Complice et malin. *On ne répète pas ce qu'on ne sait pas.*

Le poids qui écrasait ses poumons, évanoui. *Ça s'arrête là.* Elle ne retournerait pas voir cette ordure. Pour se préserver. Et parce qu'il n'en valait pas la peine. Ces désaxés récidivent souvent, elle le recroiserait forcément. Mais elle aurait guéri, du moins elle l'espérait. Le pus verdâtre et visqueux, une fois écoulé, ne laisserait qu'une cicatrice blanchie par le temps.

Elle reposa le scellé à sa place, coupa la lumière et sortit.

Libre.

Personne ne saurait jamais.

49

Romain Gallet paraissait beaucoup trop détendu pour un homme dans sa situation. Il observait placidement son image dans la glace sans tain. L'attente que Sacha laissait durer, pour faire monter la tension avant de le rejoindre en salle d'audition, ne le perturbait en rien. D'ici, il semblait un type banal, dénué de tout charisme. Lui qui, quelques heures auparavant, mettait à genoux les politiques en enflammant les réseaux et la rue.

Sur les conseils de son avocat, qui voulait d'abord prendre connaissance du dossier, il n'avait pas dit un mot. Suggestion avisée, parce que si la perquisition de la cellule de Longuet avait permis de saisir un portable en lien avec *Watchmen,* rien ne liait objectivement l'appareil à Gallet. L'examen du matériel détruit chez lui devait permettre de démontrer qu'il s'agissait d'une seule et même personne. Dans l'intervalle, ils n'avaient rien de concret. Seulement des présomptions et des questions.

Sacha poussa la porte, entrant avec Coline. Gallet épiait leurs moindres gestes. S'il n'avait pas été entravé, on aurait pu croire à une simple rencontre, un face-à-face entre des partenaires prêts à négocier.

– Vous savez pourquoi vous avez été placé en garde à vue ?

Un signe de tête. Rien de plus. La partie allait être difficile. Sacha regarda distraitement le miroir derrière lequel ses collègues de la SDAT les suivaient. *Vae victis*. Malheur aux vaincus. C'était lui qui avait interpellé Gallet, lui qui menait l'audition. Même si elle s'annonçait laborieuse.

– Alors ? Je vous écoute. Pourquoi vous êtes là ?

– Vous pensez que je suis *Watchmen*.

– Et c'est vous ?

La ventilation ronronnait légèrement, entêtante. Gallet croisa ses mains sur la table. Concentré, à l'écoute. Dans le contrôle. Sacha n'avait pas l'intention de le laisser régir l'interrogatoire. Il durcit le regard et son ton. *C'est moi qui mène la danse, mon pote*. Mais Gallet demeurait insensible, se réservant même le luxe de changer de sujet.

– Vous parlez anglais ?

Tu veux en venir où, putain ? Sacha retint son humeur, l'enjeu était trop important. Pas question de trébucher maintenant.

– Un peu, pourquoi ?

– Alors vous savez que *Watchmen*, c'est un pluriel. Et que *watchman*, c'est « le gardien ». Ce n'est pas un, mais *des* gardiens que vous cherchez.

Le type le cherchait. Cherchait la colère tout au fond de lui. La ficelle était un peu grosse. Coline avait cessé de taper pourtant – il avait souvent perdu son calme ces derniers temps. Les choses… lui échappaient un peu. Mais, en domptant ce désordre au fond de lui, il pouvait voir au travers de Gallet. Sa voix trop maîtrisée. Cette lutte pour donner l'illusion d'avoir l'ascendant, alors qu'il était comme un poisson hors de l'eau essayant de se dégager de ses filets. Des soubresauts infimes dont il allait se servir.

– Alors, *Watchmen*, ce n'est pas vous ?

– Je n'ai pas dit ça. Je suis bien celui que vous cherchiez, le donneur d'ordre. J'ai ouvert la voie, mais je ne suis pas seul. C'est important que vous le compreniez.

À quoi tu joues ? D'ordinaire, il fallait des heures pour obtenir des aveux. Sacha était pris de court. Lui tendait-il un piège pour protéger quelqu'un d'autre ? *Watchmen* courait toujours ? Mais, même si c'était vrai, quelle différence ? Des aveux restaient des aveux.

– On parle de vos complices, c'est ça ?

– Pas des complices, des compagnons de lutte. Tout ce qu'on a fait, c'était pour vous délivrer de cet État oppresseur qui nie nos droits et libertés. Vous devriez plutôt nous remercier. On est là pour *vous* défendre d'un gouvernement au service de l'argent et des élites, pour vous libérer du grand capital et de cet État profond qui nous pollue avec sa 5G, qui tue les bébés et détruit les familles. On est là pour rendre le pouvoir au peuple en l'arrachant à ceux qui l'ont confisqué : les politiques, les banquiers, les journalistes, les intellectuels qui pensent et agissent pour une population devenue asservie. Tout est perverti aujourd'hui. La justice, l'école et la police. Une minorité nous tient tous en esclavage, on est là pour vous ouvrir les yeux. Je ne vous en veux pas de m'avoir arrêté, ça devait arriver. Mais il s'en est fallu de peu l'autre jour, devant l'Assemblée. La prochaine fois, ce sera la bonne.

– Je comprends pas. Vous êtes *Watchmen*, oui ou non ?

– Je suis l'instigateur de tout ce qu'il s'est passé : l'attentat rue du Chemin-Vert, sur les antennes-relais, l'agression de Dufauchelle et celle du trader. Même la vindicte contre l'avocat. Je revendique tout. Mais je veux être considéré comme un prisonnier politique.

– Vous reconnaissez aussi le meurtre du veilleur de nuit ?

– C'était un accident. On ne voulait pas le tuer, et je le déplore. Sincèrement.

– C'est aussi ce que Longuet nous a dit.

La remarque fit tiquer Gallet, mais il ne le contredit pas. Sacha avait mis le doigt sur quelque chose.

– Vous ne saviez pas qu'il nous avait parlé ?

– Vous n'arriverez pas à nous diviser. Ce qui nous lie est trop fort, vous ne pouvez pas comprendre. Thomas est un exemple pour notre cause, il s'est sacrifié pour nous faire gagner du temps.

– Et c'est vous le chef, donc… Je veux bien vous croire, mais il va falloir convaincre aussi la juge. Vous pourriez commencer par me dire qui d'autre vous a aidé ?

– Non, je ne balancerai pas mes camarades. C'est pour ça que j'ai détruit mon ordinateur et mes portables, pour que vous ne puissiez pas les identifier. Mais vous avez vu, je n'ai pas essayé de m'enfuir. Ni de nier. Vous tenez *Watchmen*, ils vont vous donner une médaille pour ça.

Gallet leva orgueilleusement la tête et sourit. Après des années passées dans l'ombre, il prenait enfin la lumière. Un nouveau messie. Sa folie l'aveuglait. Il était le guide, celui qui détenait la vérité.

Fais-toi plaisir, on t'écoute.

– À partir de maintenant, je ne porterai plus de cagoule. Et, en dehors de celles portant sur les membres de mon groupe, je répondrai à toutes vos questions. J'assume chacun de nos actes ; mon procès sera ma tribune.

Les yeux ne mentent pas, d'ordinaire. Les siens, froids et intenses, perçaient tous ceux qui l'entouraient. Son regard, difficile à soutenir, révélait toute sa démence. Sacha y devinait pourtant autre chose : les symptômes d'un esprit faible, paradoxalement

– colérique, empêché. Un simple escroc, qui s'était juste montré plus habile que les autres, animé d'une revanche plus sauvage.

Son avocat était déconfit. Son client venait de poinçonner son billet pour les assises.

L'essentiel était fait. Coline tapait fébrilement sur son ordinateur. Sacha commençait à flancher, secrètement impatient de terminer l'audition. Sortir, se reposer. Retrouver un peu de paix et de sommeil.

La confession avait pris la nuit. Pour éviter que Gallet ne se rétracte devant la juge, Sacha lui avait fait circonstancier toutes ses déclarations, détailler chacun des faits qui lui étaient reprochés, en précisant les horaires, les lieux, les situations, les témoins dont il se souvenait. Le plus petit élément permettant d'ancrer son récit dans la réalité. Il s'était prêté au jeu sans se faire prier, ravi d'épandre son discours devant un auditoire acquis.

Sacha n'en pouvait plus de ses théories fumeuses. Mais c'était précisément ce qui amenait ses fidèles à l'admirer – parce qu'il était le seul à comprendre ce qu'il disait, et qu'ils avaient besoin de croire en quelque chose. La peur comme source de confiance. L'apogée de l'ironie.

L'expertise des supports saisis au domicile de Gallet permettrait d'identifier ses complices. Ça prendrait du temps, mais ils y parviendraient. À ce stade, Sacha n'avait plus de doute. Il restait encore à mettre la procédure en pages et organiser la présentation devant la juge. Il ne rentrerait pas tout de suite à la maison, mais ils avaient réussi une enquête hors norme. Son sentiment d'accomplissement effaçait un peu de la fatigue des derniers jours.

L'aube n'allait pas tarder à blanchir le ciel. Il avait accompagné Gallet aux geôles pour qu'il se repose. Ils n'auraient définitivement pas réussi à créer le moindre lien. Il préférait quand il réussissait à saisir qui il avait face à lui, quelqu'un qui lui ressemblait. Quelqu'un comme de Bray.

Son univers s'effaçait lentement ; celui qu'on lui promettait ne lui faisait pas envie. Il ne s'y reconnaissait plus. Il retourna à son bureau, ferma la porte. Yannick l'attendait, assis près de la fenêtre. Il se leva pour l'accueillir, le teint crayeux sous l'éclairage artificiel qui tombait du plafond, vêtu des mêmes vêtements que le jour de l'accident, ce blouson de moto qu'il ne quittait jamais. Sacha ne bougea pas lorsqu'il l'enlaça, surpris.

– Bravo, belle affaire. Je te félicite.

– Comment tu as su qu'on l'avait serré ? Personne n'est encore au courant. C'est Coline qui t'a appelé ?

– Peu importe comment je le sais. Je le sais, c'est tout. Mais tu vas pouvoir débrayer un peu. Tu es content ?

La nostalgie submergeait Sacha, celle d'une époque où ils apprenaient ensemble la PJ. Une vie auparavant. Tout lui semblait si différent sans Yannick, si dur à affronter. Il ne le reverrait plus et c'était sa faute. Continuer à se mentir n'y ferait rien. La voix brisée par l'épuisement et l'émotion, il essaya de lui dire à quel point il était désolé.

– Oui, j'ai besoin de repos, j'en peux plus, c'est vrai. J'aurais dû m'arrêter après ce qu'il s'est passé, prendre le temps de digérer. Je m'en veux, tu sais. J'y pense sans arrêt. Tout est allé si vite… Je ne t'ai pas vu te pencher dans la caisse. J'aurais dû anticiper.

– Laisse tomber. Ça ne sert à rien de remuer le passé. Ce qui est fait, est fait. Et puis toi aussi, tu as fini à l'hosto. Maintenant, il faut passer à autre chose. Que tu arrives à te pardonner.

– Et toi, tu m'as pardonné ?

Interrompant l'échange, Coline avait ouvert la porte sans frapper et se tenait sur le seuil, muette de stupeur. Elle balaya la pièce du regard, ne trouvant apparemment pas ce qu'elle cherchait.

– Tu étais au téléphone ?

– Non, pourquoi ?

– Pour rien. J'ai cru que tu parlais à quelqu'un.

Yannick était planté devant elle, mais Coline ne l'avait même pas salué. Elle n'avait aucune raison de le snober, il ne s'était rien passé entre eux qui le justifie.

– Tu vas bien ?

– Oui, je suis juste un peu K-O. On finit de discuter et je te rejoins.

L'expression de Coline changea. Elle fit un pas dans sa direction, sans prendre en compte la présence de Yannick, comme si elle allait lui passer à travers. Ce dernier ne bougea pas. Ils s'ignoraient, comme s'ils évoluaient dans deux univers parallèles.

L'esprit de Sacha implosa, les murs se mirent à tourner autour de lui.

Et il réalisa.

Elle ne le voyait pas parce qu'il n'était pas là.

Tous ses souvenirs ressurgirent en bloc. L'interpellation ratée. Yannick qui entrait dans l'habitacle. Lui qui tirait.

C'est moi qui ai tiré.

Il avait tué Yannick.

Ça n'avait duré qu'une seconde. Le chauffeur lui avait foncé dessus, et Sacha avait ouvert le feu. Légitime défense. Mais le résultat était le même, Yannick n'avait pas survécu. La balle l'avait atteint en pleine tête et il était décédé à l'hôpital.

Tout lui revenait à présent.

Les obsèques.

Les journées resté prostré chez lui.

Son chagrin, immense.

Et le déni.

Il avait décidé de refuser. D'oublier ce qui n'était pas soutenable.

Coline le prit dans ses bras. Il se retenait de pleurer, il n'en avait pas le droit.

Maintenant, il faut payer.

– C'est à cause de Yannick ? Tu peux me parler, tu sais.

Pour dire quoi, qu'il avait sombré ? Que depuis des semaines il conversait avec un fantôme ? Non, bien sûr que non, il ne pouvait pas. C'était trop tôt. Yannick était encore là, à côté de lui. Vivant. Sacha ne voulait pas qu'il s'en aille. Il l'avait ressuscité, le tir ne l'avait qu'effleuré.

Coline le serra plus fort. Il enfouit son visage dans son cou, dans sa douceur. Yannick s'éloignait. *Reste un instant, juste un instant.* Dehors les nuages s'enflammaient pour annoncer le jour. Un jour de feu, rouge comme le sang. Sacha sentit l'arme dans sa main, l'odeur de l'huile et de la poudre brûlée. Puis il ferma les yeux à s'en faire mal. Parce qu'il savait.

Quand il les rouvrirait, Yannick aurait disparu.

Il serait mort.

50

De Bray patientait sur le trottoir, un sac en plastique à la main. Coline se gara devant la maison d'arrêt, repartant aussitôt, dès qu'il grimpa à l'arrière. Pas besoin de s'éterniser. Un maton ou un visiteur risquait de les reconnaître. Elle se dépêcha de quitter la rue de la Santé pour prendre la direction des Maréchaux. Les rues fourmillaient de passants qui partaient au travail, la circulation était ralentie, mais elle ne prendrait pas le couloir de bus. Ils avaient le temps, maintenant. Gallet avait été présenté à la juge et incarcéré dans la foulée. Son audition de première comparution s'était transformée en discours de propagande, appelant à la souveraineté populaire, à la nécessité d'éduquer les foules. Il se prenait pour Robespierre. Le Grand Libérateur. Il avait même prévu de prendre l'Élysée d'assaut.

Ce soir, il dormirait dans une cellule.

De Bray passa la tête entre les deux sièges avant et posa la main sur l'épaule de Sacha.

– Je t'avais dit qu'on l'aurait. Heureux ?

– Grave, et je ne suis pas le seul. Et c'est grâce à toi. J'ai demandé une prime. Ça va prendre quelques jours, mais ça te permettra de te refaire.

– Je l'ai pas fait pour ça… Tu auras encore besoin de moi ?

– Non, c'est bon. Il nous reste du taf, mais la tête du serpent est coupée.

De Bray se tut et Coline se rappela ce que Sacha lui avait dit à son sujet. Qu'il ne se sentait plus à sa place qu'en prison. En l'observant dans le rétroviseur, elle eut l'impression qu'il n'espérait plus rien de ce qui défilait au-dehors. Ce monde n'était plus le sien, il y avait renoncé. Ou bien c'était le contraire, elle n'aurait pas su dire. Un survivant. Qui subsistait dans un siècle qu'il ne comprenait plus, se languissant de celui qui avait disparu. Elle soupçonnait Sacha de l'avoir choisi pour ça. Et parce qu'il pouvait compter sur sa fidélité jusqu'à la fin de ses jours.

– On te dépose où ?

– J'en sais rien. Trouve-moi un petit hôtel pour cette nuit, ensuite je verrai.

– J'attends une réponse pour un boulot de vigile, ça devrait marcher. D'ici là, appelle-moi si nécessaire.

Ils s'arrêtèrent à la porte d'Orléans, devant le premier hôtel décent. De Bray la salua et suivit Sacha, son sac de sport par-dessus l'épaule. Quelques vêtements, des vieux livres. Pas grand-chose en tout cas. Elle lui jeta un dernier coup d'œil, le cœur serré, jusqu'à ce que la porte de l'hôtel se referme sur eux.

L'attente ne dura pas. Dès que Sacha revint, elle démarra et fonça vers le périph. Les autres étaient déjà au bureau. Encore une journée. Ensuite elle pourrait dormir, rêver d'autre chose que de viol, de meurtre et d'anarchie. Elle saturait, il dut le ressentir.

– Je n'y serais pas arrivé sans toi.

Cueillie, elle ne sut quoi répondre.

– Sans François non plus, d'ailleurs. Le pire, c'est qu'il n'était même pas vraiment ravi de sortir de taule.

– Ouais, c'est un drôle de type.

– Il est surtout malheureux. Tu sais comment il en est arrivé là ? À la base, c'était un gosse de bonne famille, mais il avait la connerie dans le sang. Il a plongé à dix-sept ans, en tuant un mec dans un bar. Une bagarre parce que sa copine se faisait draguer. Il s'est pris une volée devant elle, et au lieu d'en rester là, il est revenu avec le fusil de son père et a abattu le type. Tout s'est joué si vite. S'il pouvait faire marche arrière… mais personne ne peut remonter le temps. Il a pris une vie, et maintenant, il doit vivre avec.

On parle de qui, là ?

Coline pensa à ce qu'il s'était passé entre eux, la veille. Quand elle l'avait trouvé en plein délire, en train d'halluciner et de parler aux murs. Il s'était tu en la voyant, comme sous le choc. Il regardait dans le vide. Ou plutôt il voyait quelque chose dans le vide. Une présence.

Elle n'avait pas su comment réagir, lui demander clairement ce qu'il se passait. Poreuse au chagrin qui l'ensevelissait peu à peu. En entendant à son souffle qu'il allait se mettre à pleurer, elle l'avait étreint, et ils avaient fusionné leurs douleurs. Il n'y avait plus eu ni peur ni peine.

Ce matin, Sacha semblait encore bouleversé. Il recula son siège et pressa ses mains sur ses yeux. À qui pensait-il quand il disait que de Bray avait « pris une vie » ? À son indic ou à lui ? Puisqu'elle n'arrivait pas à aborder le sujet de Yannick de front avec Sacha, elle décida de faire comme lui. De parler par voie détournée.

– De Bray… Tu ne crois pas qu'il faudrait l'aider ? On en crève de tout garder pour soi, ça finit par prendre toute la place. On ne peut pas vivre comme ça, à ruminer seul.

Et là, tu parles de qui ?

Elle aussi avait tant à déballer. Des mensonges. Les preuves qu'elle avait fait disparaître. Louis qu'elle avait utilisé. Son viol. Les mains sur le volant, elle fixait la route, un voile lui brouillant la vue. Elle les avait trahis, et rien ne changerait ça. Pas plus ses larmes que ses excuses.

Sacha n'avait pas répondu. Il s'était endormi. *Quelle chance.* Elle éteignit la radio, envieuse. Elle devrait quant à elle encore attendre – sans savoir très bien ce que ses rêves lui réserveraient.

Il se réveilla en arrivant au Bastion. Coline descendit la voiture au parking, alors qu'il bâillait à se décrocher la mâchoire. Elle se gara, récupéra son sac sur le siège arrière, s'apprêtant à sortir. Mais il l'arrêta.

– Attends, j'ai un truc à te dire.

Il parut soudain suspicieux. Comment aurait-il pu être au courant ? Sauf si Louis lui avait tout raconté ? Non, c'était impossible, il l'aurait prévenue.

– Les secrets, c'est mauvais dans un groupe. Il faut qu'on discute de ce qu'il s'est passé. Les autres sont au courant ?

Au courant de quoi ? Son cœur se mit à battre plus vite.

– Non, je n'ai rien dit à personne.

– Même à Louis ?

Il a tout balancé. Comment lui en vouloir ? Mêler Louis à cette histoire avait été une erreur, elle le mesurait maintenant. Sacha insista.

– Je sais que vous êtes proches. Même à lui, tu n'as rien dit, tu es sûre ?

Elle se mit à paniquer. Il fallait qu'elle sorte de cette voiture. Sacha exigeait une réponse, il ne la lâcherait pas. Alors elle supplia intérieurement, ne sachant pas où elle mettait les pieds, et mentit une fois de plus.

– Oui, je te le jure.

– Certaine ?

– Oui. Tu n'as plus confiance ?

– C'est pas ça… mais c'est gênant, tu comprends. J'aurais préféré que tu ne me voies pas comme ça hier.

Hier. Le *safe word* effaça tout son affolement. Il évoquait sa propre part d'ombre, pas la sienne. Elle voulut l'interrompre, ce n'était ni l'endroit ni le moment pour discuter, ils étaient à bout de forces. Mais il continua.

– J'ai trouvé un psy qui va me suivre. Il parle d'état de stress post-traumatique. D'après lui, je n'ai pas réussi à surmonter ce qui est arrivé à Yannick. On appelle ça une psychose délirante, ça arrive parfois après un choc. C'était tellement réel. J'ai toujours du mal à réaliser, mais ça va aller. Je n'ai pas le choix. Emma et les gosses ont besoin de moi.

Elle aurait dû se sentir soulagée. Mais mettre des mots sur l'état de Sacha était comme un retour de lame. Elle avait négligé tous les signaux. Elle l'avait négligé, abandonné – qu'elle l'accepte ou pas.

– Je suis désolée, on aurait dû prendre soin de toi.

– Oublie ça, c'est pas ta faute. C'est la faute de personne. Tu ne pouvais rien faire. Mais, là, tu peux m'aider.

– Dis-moi.

Tout ce que tu veux.

– Garde ça pour toi pour le moment, mais je vais quitter mon poste. J'ai prévu de l'annoncer à Adèle aujourd'hui. J'ai des tonnes de jours à prendre, après… je ferai autre chose. Ailleurs qu'en PJ. J'aurais dû m'arrêter après les obsèques de Yannick. C'était une connerie de m'accrocher, je vous ai fait prendre des risques à tous.

Coline ne trouvait rien à dire. Une pulsion la poussa vers lui, mais elle la maîtrisa. Ils échangèrent mille mots sans se parler. Puis un sourire triste passa sur le visage de Sacha.

– Je peux compter sur toi ?

Elle acquiesça, il sortit de voiture et claqua la portière. Clap de fin. Trente années de carrière s'achevaient comme ça, dans un sous-sol mal éclairé. C'était peut-être ce qui attendait aussi Coline, dans quelques années ? Ce qui les attendait tous finalement.

Un long silence plus tard, les portes de l'ascenseur s'ouvrirent sur le couloir de la brigade et Louis apparut. Un verre à la main.

– Qu'est-ce que vous foutez ? On vous attend pour boire un coup.

Une ultime chance d'être ensemble.

Demain, tout serait différent.

51

Sacha avait tenu parole. L'annonce avait été brutale pour le groupe. Il ne leur avait pas tout expliqué et Coline s'était promis de garder certaines choses pour elle. C'était mieux ainsi. Il méritait de rester celui qu'elle avait rencontré la première fois qu'elle s'était présentée en PJ. Un mentor.

Et de toute façon, elle s'en allait elle aussi.

Léandre lui avait proposé de le rejoindre à la SDAT. Ça lui faisait un peu peur, mais elle en avait besoin. Son instinct le commandait, se reconstruire exigeait un long chemin, et ses blessures cicatriseraient mieux si elle ne voyait plus ses collègues. L'absence a quelques vertus.

Midi. Elle quitta le Bastion. La façade était moins élégante, plus froide que celle de l'historique Quai des Orfèvres. Un vaisseau de verre surgi du béton, loin de la Seine et de la place Saint-Michel. Simenon ne hantait plus les lieux, aucun escalier n'y grinçait. Ils avaient conservé le numéro de la rue : 36. Le chiffre rappelait plus d'un siècle de PJ. Il faudrait peut-être quelques décennies pour que l'endroit devienne aussi mythique, mais Coline y avait passé des moments inoubliables. Sept ans de souvenirs, de passion et de sacrifices.

Elle remonta vers le parc Martin-Luther-King. Un havre de verdure à quelques mètres du tribunal. Elle aimait ses allées, s'y promenait pour se ressourcer. La circulation était fluide à cette heure sur le boulevard Berthier. Son esprit s'échappa. Vers le périph, l'autoroute. Pour filer jusqu'à la mer. Elle rêvait d'autre chose. Prendre le large pour se retrouver, seule avec elle-même.

Un véhicule sérigraphié passa sirène hurlante, la tirant de sa langueur. Elle regarda danser la lumière du gyrophare jusqu'à ce qu'il fane au bout de la rue. C'était plus fort qu'elle, elle ressentait la même abnégation qu'aux premiers jours. L'offre de Léandre était séduisante. Un nouveau départ.

Le calme était retombé sur l'avenue. Les vitres du Bastion reflétaient les nuages comme si le ciel se confondait avec ses fenêtres. Elle le contempla un instant avant de traverser. Dans les jardins, l'odeur de l'herbe coupée annonçait le retour du printemps.

Elle prenait la tangente, résolue, le cœur encore bleu de maux.

Il y avait un ailleurs.

REMERCIEMENTS

Mille mercis à Laëtitia Kugler pour ses conseils et à Marie Leroy, qui m'a soutenu et aidé à chaque roman.

Cet ouvrage a été imprimé en France par
CPI Brodard & Taupin
Avenue Rhin et Danube
72200 La Flèche (France)

pour le compte des Éditions Fayard
13 rue du Montparnasse, 75006 Paris
info-fayard@editions-fayard.fr
en décembre 2025

Composition et mise en pages
Nord Compo à Villeneuve-d'Ascq

PAPIER CERTIFIÉ

fayard s'engage pour
l'environnement en réduisant
l'empreinte carbone de ses livres.
Celle de cet exemplaire est de :
0,150 kg éq. CO_2
Rendez-vous sur
www.fayard-durable.fr

N° d'édition : 31-7208-8/02 - N° d'impression : 3063997